熹妃傳

第一部

解語 著

熹妃傳

目錄

第一章

凌家有女初長成

康熙四十三年的冬天，京城早早飄起了雪花，細密連綿，一下便是好幾天，百姓為避風雪都躲在家中不外出，街上少見行人蹤跡，就是擺攤的小販都比往常少了好些。

城郊南邊一處小小的四合院裡，一名年約四旬，身著一襲淺紫色旗裝的婦人滿臉焦慮地在廳中來回走動，不時瞟一眼緊閉的院門。

「夫人，妳別走了行不行，我頭都快被妳晃暈了。」坐在一旁的男子撫額，頗有些無奈地望著那道紫色身影。

婦人聞言腳下緩了些許，但仍是憂急不安，指間那方帕子都快被她絞爛了。

「老爺，你說這麼久了榮祿怎麼還不回來，會不會是出事了？要不你去朝上打聽打聽，再不然找同僚問問也行，好歹你也是從四品的典儀，問個殿試結果總不打緊吧？」

凌柱拍拍身上那襲略顯陳舊的長袍起身苦笑道：「妳也會說我只是個從四品典儀，虛銜而已，根本沒有實權；再說上回又不小心得罪了石侍郎，弄得如今在禮部處處受排擠，就連今年的冰炭敬都被苛扣了，唉……」

適才剛一出口，富察氏就曉得自己說錯了話，這些年來，凌柱在朝中是何處境她最清楚不過，真可稱得上是舉步維艱。那個石侍郎不只苛扣外省官員孝敬來的冰炭敬，還變著法挑刺，只要稍稍讓他抓到一點錯就罰俸銀，以至於堂堂朝廷官員大冬天連銀炭都燒不起，還要搬到城郊居住，但出口的話是收不回來了，只得歉然道：「老爺，妾身不是這個意思，妾身……」

「行了，妳我夫妻多年，我還不知道妳嗎？我也就是隨便發發牢騷，不說這個了！」凌柱倒是看得開，很快便調整過來，拍著富察氏的手安慰。「夫人耐心些，很快就會有消息了，再說若兒已經去看了，一有消息立刻便會來告知我們。」

話音未落，便聽得「砰」的一聲，院門被人用力推開，一道嬌小玲瓏的身影如燕般飛奔而來，在積雪重重的院落裡留下一連串小巧的足印。

「阿瑪，額娘，來了，來了，報喜的人往咱們這兒來了！」來人揭下天碧色斗篷風帽，露出一張清麗無雙、精緻如畫的臉龐，喜悅掛滿了眉梢眼角，正是兩人的長女鈕祜祿凌若。

「真的？」一直盼著報喜的人來，等真要來的時候富察氏又有點不敢相信。

「是啊，很快就到了。」凌若用力點頭，眉眼彎若天邊弦月。

「太好了！太好了！」見女兒一再肯定，富察氏再無半點懷疑，淚光一下子在眸底浮現，他們一家等這個好消息，實在等得太久太久了。

「老爺，你看我這樣打扮著行嗎？會不會太簡單了些，還有頭髮亂不亂？要不要重新梳洗打扮一下？」聽到漸漸清晰的鑼鼓聲，富察氏緊張地問，唯恐儀態有所不周失了官家身分。

凌若與父親相視一笑，上前挽了富察氏的手臂笑嘻嘻道：「額娘，您不要這麼擔心了，我保證您從頭到腳看上去都很得體大方，比那些所謂的貴婦還要像貴婦，只有宮裡的娘娘才能跟您比。」

富察氏被她誇張的話語逗得一樂，心中的緊張沖淡了不少，笑點著她額頭道：「就妳這丫頭嘴甜。」

說話間，報喜的官差已到了院外，凌柱夫婦趕緊整一整衣衫迎上去，只見那兩名身著暗紅色差服的官差滿面笑容地拱手賀道：「恭喜典儀大人，令公子榮祿殿前高中，被皇上選為二甲第七名，賜進士出身！」

二甲第七名！

這個成績令凌柱喜出望外，科舉每三年一次，先要取得秀才資格，然後歷經鄉試、會試，從中選出三百餘人參加殿試，由皇帝親自出題考問，最終排出名次。

雖不是狀元、榜眼，但成績同樣足以傲視群倫，要知道任何一個能進入殿試的都是一方人傑，想要在他們中間占得頭幾名，又豈是那麼容易的事。

按例，以榮祿的成績進翰林院任庶起士不成問題，只有當了庶起士將來才有問鼎帝國權力巔峰的資格，最重要的是榮祿還年輕，才二十二歲，當真是前途無可限量。

凌柱心下歡喜之餘，趕緊拿出一早便備好的紅包遞過去，足有五兩重，就賞銀而言，雖不多但也算不得菲薄了。

誰想那個瘦高個的官差接在手裡掂了掂，竟露出輕蔑之色，斂了笑容陰陽怪氣地斜眼道：「跑了這麼老遠的路，累死累活才賺了幾兩碎銀子，連去三元樓喝個酒都不夠，真是晦氣。」

「就是，早知這樣咱兄弟就不跑這趟了，城裡有的是中了進士的人，隨便一個給的賞銀都不只這個數。」另一個人同聲附和，尖酸刻薄地奚落著凌柱等人。

「算了，兄弟，就當咱自己倒楣吧。」瘦高個官差假惺惺勸了一句，隨後睨了一眼一言不發的凌柱冷笑道：「活該有些人一輩子都只能當一個沒權沒勢的典儀！從四品？我呸！在這京師狗屁都不是！」

「你們胡說什麼？信不信我去順天府告你們侮辱朝廷命官！」聽得他們越說越過分，還公然侮辱阿瑪，凌若哪還按捺的住，出言相斥。

「朝廷命官？」兩人聞言不僅不怕還公然大笑起來，肆無忌憚地指著小小的院落諷刺：「是朝廷命官的話就不會住在這種荒郊野外，還過得如此寒磣，連乘轎子也沒有，真是笑話。」

「你們說夠了沒有？」富察氏面無表情地看著兩人，一指院門道：「若是夠了的話便請你們離開，否則休怪我等不客氣，鈕祜祿家雖然落魄了，但也不是你們這些跳梁小丑可以任意詆毀的。」

「走就走，誰希罕待在這個破地方。」兩人啐了一口滿不在乎的揚長而去。

原本高高興興的一件事，被這兩個披著官差皮的流氓給攪得一肚子火，哪還有半點家人高中進士的歡喜。

「阿瑪，適才您為何一句不說，任由那兩個小人侮辱您？」在凌若印象中，父親雖是個老實人，但絕不是半點脾氣都沒有，俗話說泥人尚有三分火氣，何況是活生生的人？再說誰都看得出那兩人是故意鬧事，尤其是那個瘦高個。

凌柱慢慢收回目光，一絲精芒在眼底閃過，凝聲道：「妳們知道那個瘦高個是誰嗎？」

他？富察氏與凌若疑惑的對視了一眼，聽這意思，此事彷彿另有隱情？

「這人我曾見過。」凌柱緩緩坐在椅上，手指輕叩桌沿。「四年前我剛到禮部去拜會石侍郎時曾見過他，那時他還是一個剛從鄉下來，投靠石侍郎想混碗飯吃的遠房表親。」

「阿瑪的意思是……」凌若隱隱明白了什麼。

「若我所料不差，他根本就是石侍郎故意安排來折辱我的，我若與他針鋒相對，正好中了石侍郎的下懷，萬一激動之下說了不該說的話，他就可以順理成章參我一本，頂戴不保不說，只怕連餘生都不得安穩。」凌柱緩緩道出這個令人詫異的事實。

「這個姓石的好狠毒，當初老爺不過是因意見不合與他爭執了幾句，事後也證明是他錯了，他竟記仇至今；把我們逼到這步田地不算，還想出這麼惡毒的點子來羞辱老爺，真是欺人太甚。」富察氏越說越氣。

凌柱苦笑道：「就因為如此，他才不肯放過，石侍郎本就不是什麼心胸寬大之人，有何好奇怪的。還有，夫人妳不要忘了，他女兒貴為當朝太子妃，從來就只有被人奉迎的分，何曾被人這般頂撞過，而且還是一個官職比他小得多的人。」

他長嘆一口氣，目光落於富察氏與凌若身上。「我並不曾後悔頂撞於他，因為那件事確是他有錯在先，只是連累了夫人和幾個孩子，我實在於心不安啊。」

「老爺，咱們是一家人，何來連累之說，只要一家人齊齊整整、開開心心的在一起，吃得差些、住得差些又有什麼！再說，妾身相信日子總會好起來的，你看，榮祿中了進士，若兒又有了喜歡的人，只待選秀一過便可準備婚事，伊蘭和榮祥也逐漸長大懂事，一切都在往好的方向發展，也許過不了多久就會苦盡甘來。」

「幸好有你！」凌柱握住富察氏伸來的手感慨而言，他這一生能得如此賢妻真不知是幾世修來的福氣，正因如此，所以他二十多年來從未想過納妾。

凌若地望著恩愛宛若新婚的雙親怔忡出神，直至凌柱寬厚的手掌撫過她垂順如流水一般的青絲方才醒過神來。

「在想什麼？」凌柱關心地問道。

凌若淺淺一笑，宛若綻放於風雪中的梅花。「沒什麼，只是在想女兒將來是否也有額娘的福氣，能得一個像阿瑪一樣的男子相伴到老。」

「額娘相信容遠一定會好好待妳。」對這一點，富察氏從不懷疑。

聽額娘提起心上人的名字，凌若臉上禁不住有些發燒，跺腳不依地道：「好好的總提他做什麼，八字還沒一撇呢。」

「傻丫頭，這有什麼好害羞的？」凌柱笑言。「男婚女嫁是再正常不過的事，容遠是我們看著長大的，他品行如何沒人比我們更清楚，雖是普通人家，但阿瑪知道妳只想『願得一心人，白首不相離』。榮華富貴，錦衣玉食從不是妳的嚮往，所以容遠必會是妳最好的歸宿。」悄然撫去凌若不知何時滲出眼角的晶瑩。「待將選秀應付過去後，阿碼和額娘一定好好為妳操辦喜事，雖做不到風風光光，但至少讓妳體體面面的出嫁。」

富察氏含淚欣然頷首道：「是啊，咱們家都多少年沒辦喜事了，趁著這回定要好生熱鬧一番。」

「嗯！」凌若用力點頭，唇緊緊抿著，她怕一鬆開淚就會落下⋯⋯

上天是公平的，雖不曾給她大富大貴的命運，卻給了她全心全意關心愛護她的家人，這是用多少金錢都買不來的。

當別的父母都在為了自身或家族的榮華富貴，想盡一切辦法將親生女兒往宮裡推的時候，她父母卻支持她去追尋自己想要的幸福。人生至此，尚有何求？

一入宮門深似海，從此生死難再見。

世人只看到表面的風光，誰又知曉風光背後的辛酸；後宮佳麗三千，得皇上寵幸封妃封嬪者能有幾人？又有哪一個不是踩著別人的屍骨上去，後宮之爭最是殘酷不過。

更多的女子至死連皇帝一面都不曾見過，更甭說召幸，她們只能枯坐於銅鏡前，眼睜睜看著自己如花容顏漸漸老去，由盛開走向凋零，最終老死於深宮中，化為一堆白骨，無人問津，無人追憶……

這樣的人生，是她絕不想涉足的！

她只想與容遠相守一生，就像阿瑪與額娘一樣，平凡而幸福，一生一世一雙人。

第二章　驚變

夜色宛如暈染在水中的松煙墨，從天邊蔓延而至，雪依舊在下，只是落在這夜色中，彷彿與夜一般黑。

按例，天下士子被錄取為進士後，皇帝會親自設宴款待這些天子門生。是以凌柱等人並未等榮祿回來一起吃飯，用過飯後一家人便圍坐在平日難得燃起的暖爐前，一邊聊天一邊等榮祿回來。

倏然，緊閉的房門被人用力推開，一道修長挺拔的身影裹著漫天風雪出現在眾人眼前。

呼嘯的寒風夾霜雪而來，吹熄了一室的明亮，唯有暖爐裡的炭火還在忽明忽暗，偶爾傳過來幾聲清脆的爆炭聲。

藉著這一點光芒能夠看到那是個英挺出色的男子，眸子宛如上等墨玉，即使在夜間依然燦燦生光，似若天邊星辰，他正是鈕祜祿家的長子——鈕祜祿榮祿。

「阿瑪，額娘！」隨著這個哽咽的聲音，榮祿跪在凌柱夫婦面前，重重磕了一個頭。「兒子有負阿瑪、額娘所望，只得中二甲第七名，請二老責罰。」

一直以來，他對自己的才學都非常有信心，認為憑藉文采、憑自己會試第二名的成績，即使考不上狀元，也當名列一甲。誰想殿試最終名次下來時，他只排在二甲第七，雖這個名次已很高了，但他並不滿意。

他深知自己家族的處境，更明白自己是全家人打破這種窘境的唯一希望，所以拚命讀書，希望可以有朝一日重振門楣，然現在到底還是差了些……

凌柱緩步來到跪著的榮祿面前，寬大的手掌落在榮祿的肩頭，沉聲道：「起來，我們鈕祜祿家的男兒沒有動不動就下跪的習慣，起來！」

「阿瑪你不怪我嗎？」榮祿愕然問道。

「怪你？哈哈哈……」凌柱大笑，親自扶他起來。「為什麼要怪你，二甲第七名有什麼不好？多少人一輩子連個秀才都考不上，更甭說得中進士，你有這個成績阿瑪為你高興還來不及，又怎麼會怪你呢！」

「是啊，剛才你阿瑪聽說你高中二甲，高興得嘴都合不攏。」富察氏拭著眼角的淚道。

「二甲也好，狀元也罷，只是一時的風光罷了，前方的路才是最重要的，前程與榮耀需要你自己去爭取，阿瑪對你有信心！」

凌柱的話令榮祿重燃起信心，一字一句道：「是！兒子會盡一切努力去爭取，絕不讓阿瑪失望。」

「好！好！好！」凌柱拍著比他還高的兒子肩膀連說三個好字，顯然心中快活至極。

「恭喜大哥！」凌若等人亦上前恭賀，沒有人比他們更清楚大哥為了今天付出了多少努力，這一切都是他應得的。

這一夜於凌府來說，是歡騰雀躍的，多少年從未有今日這般熱鬧，一切的一切都讓他們對未來充滿了希望。

但這一切僅僅持續了十天，十天後的一紙公文徹底擊碎了他們的好心情。

十一月初九，吏部下達公文：二甲進士榮祿被選為正七品按察司經歷，外放江西，主管江西一省刑名、訴訟事務。

當凌柱一家聽到這個消息時，當真猶如晴天霹靂。按慣例，一甲三人、二甲前十名以及一些才華出眾者都會被選為庶起士，入翰林院任編修、修撰之職，為何榮祿不僅沒被選為庶起士，還要外放為官？

雖說按察司經歷與編修、修撰同為七品官，但事實上有著天壤之別，朝中有一個不成文的慣例：非進士不入翰林，非翰林不入內閣。庶起士又號稱準相，成為庶起士的都有機會平步青雲。

可而今榮祿被外放，這等於是變相貶官，要他這輩子再沒翻身機會；再說江西一地有許多未開化的土人，好勇鬥狠，不受管制，一旦激怒他們，隨時都可能沒命。

為什麼事情會急轉直下？凌柱厚著臉皮去吏部文選司打聽，這裡主管官員的政績考核、升遷等等，必然會知道一些內情。最終一位平日與凌柱有幾分交情的官吏偷偷告訴他，榮祿本已選在庶起士名冊內，但因為一個人的介入，最終被外放，這個人就是剛剛升任禮部尚書的石重德。

石重德這是要徹底毀了榮祿，不給凌家留下任何翻身的機會。

凌柱氣恨交加，可是又能怎麼樣？他根本沒有與石家對抗的資本，這口氣即使忍不下也得忍，否則只會召來災禍。

榮祿本以為從此可以一展才華報效國家，誰知現實卻給了他狠狠一耳光。滿腹經綸又怎麼樣？進士出身又怎麼樣？他人一句話就可以打得你永世不能翻身，心灰意冷之下唯有借酒消愁，好好一個才子被逼成了個酒鬼，人不像人鬼不像鬼，可悲可嘆……

富察氏既要寬慰凌柱，又要擔心兒子，心力交瘁之下終是病倒了。

凌家——敗落幾成定局！

第三章 從此蕭郎是路人

「咦，你今天怎麼沒去學堂？」清脆似銀鈴的聲音驚醒了坐在石階上發呆的榮祥。

他看到與自己有七、八分相似的伊蘭，不耐煩地揮了一下手中的枯枝。「不用妳管。」

「啊！」伊蘭輕呼一聲，發現榮祥臉上有一大片青紫的瘀傷，連眼睛都腫了，當下忙問：「你怎麼了？為什麼臉上傷了這麼大一塊？」

「都說了不用你管！」榮祥把頭埋在膝間不想與她搭話。

「你不說是吧？好！那我告訴阿瑪去，讓阿瑪親自來問你。」伊蘭扔下這句話轉身就走。

還沒來得及邁步就被榮祥牢牢拉住，說什麼也不許她去告訴阿瑪，伊蘭輕嘆一口氣，軟聲道：「那你告訴我到底發生了什麼事。」

榮祥儘管萬分不樂意，但還是說了出來，今早在去學堂的路上碰到了阿布庫家的箚泰，兩人同在一間學堂上課，常有矛盾，這回箚泰知道了他哥哥的事，一路上就不停地取笑他，還罵他哥哥活該。榮祥一怒之下與他撕打了起來，本來一對一箚泰是打不過他的，可箚泰還有好些個跟班呢，這麼一來榮祥自是吃虧，被揍了個鼻青臉腫，連學都沒去上，偷偷溜回了家。

「這一切都怪那個姓石的，要不是他從中搗鬼，大哥怎麼會落到這步田地，我又怎麼會被箚泰那個臭小子取笑！」榮祥恨恨地道，枯枝被他捏成了兩截。

伊蘭無言地坐在他身側，小手托著香腮凝望天邊變幻莫測的雲彩，良久才輕輕道：「誰叫他們有一個當太子妃的女兒，一人得道雞犬升天，是這樣的了。」如此感慨，哪像出自一個年方八歲的女孩口中。

榮祥狠狠地把枯枝扔向雪地。「我就不相信他們能得意一輩子，說不定明兒個太子就被皇帝老爺給廢了，到時……嗚……嗚嗚……」

「噓！」伊蘭嚇得趕緊捂住他的嘴，小聲斥道：「你瘋了，這種大逆不道的話也敢說出口，被人聽到不只你沒命，咱們全家都要跟著陪葬。」

榮祥也曉得這話不能隨便亂講，剛才只是在氣頭上脫口而出罷了，垂首踢著腳邊的積雪嘟囔了一句：「要是我們家也有人在宮中為妃就好了。」

伊蘭聞言想了想忽地拍手道：「對了，過幾天姊姊不是要參加宮中的選秀了嗎？如果到時候姊姊被皇上看中，那咱家不就可以出一個皇妃了嗎？」

「不行！」榮祥當即反對。「姊姊將來是要跟容遠哥哥在一起的，她要是入了宮，那不是要跟容遠哥哥分開了嗎！」

伊蘭不置可否地點點頭。「話是沒錯，可我覺得入宮也挺好的啊，綾羅綢緞、山珍海味任其享用，還有一堆人伺候，高高在上，想做什麼都可以，待到那時誰還敢小瞧咱們家。」

「妳那麼喜歡，那妳自己去，別拿姊姊說事，她是不會入宮的。」榮祥給了她一個白眼，拍拍衣裳站起來就走。

「你等著瞧！」伊蘭扮了個鬼臉也快步離開了。

他們並不知道，從始至終都有一個人站在他們身後，聽到了他們所說的每一句話、每一個字……

凌若不知道自己是怎麼回到房間的，回過神來的時候，她已經站在銅鏡前，纖指輕撫著銅鏡中那張再熟悉不過的臉龐，吹彈可破的肌膚、靈動的雙眼、小巧的鼻梁、嫣紅的嘴唇，這一切拼就一張清麗無雙的容顏。

這是她的臉，活了十五年的臉，可為何現在看起來這麼陌生，彷彿……她從不曾認識過自己……

沒錯，想要重振凌家，擺脫石重德的迫害，就只有一條出路——入宮為妃！

可是她從未想過要走上這條路，一旦踏上，將會是永無止境的爭鬥，不是集寵一身登臨天下，就是成為他人路上的踏腳石。

她可以嗎？可以做到嗎？

雙手緊緊攥成拳，連指甲嵌到肉裡都不知道疼。是自私地放任自己去追尋幸福，還是用這張臉、這具身體去為整個家族謀求利益？

良久良久，她終是睜開了眼，水霧盈滿了整個眼眶，令她看不清鏡中的自己，看不清那張秀美絕倫的臉……可是一切都不重要了，從此以後，這張臉將不再屬於她自己。

是的，她決定了，她要入宮！她要成為皇帝的女人！哪怕從此墜入無間阿鼻地獄也絕不後悔！

凌家已沒有別的出路，只能靠她了，何況就像伊蘭說的，入宮也沒什麼不好，吃得好穿得好還有人伺候，唯一不好的就是此生此命再不屬於她……

紅唇輕彎，勾勒出一抹傾絕眾生的微笑，哪怕心痛到無法呼吸也不能讓別人看出來。既已選擇了這條路，那麼她一定會努力走下去。

容遠……

淚驀然落下，如折翅的蝴蝶，墜落，永不得飛起！

這個名字註定要成為她一生的夢魇。

褪下一身簡素衣衫，放下如墨青絲，白玉般純潔的身軀赤裸於鏡中，無一絲瑕疵，是這樣的青春與美好。睇視許久，她從箱底取出一襲鵝黃銀紋暗繡海棠花的衣衫，慢慢套在身上，然後一點一點挽起柔滑如絲的長髮，盤成一個如意髻，一支翡翠簪子斜斜穿過髮髻垂下細細幾縷流蘇，與頰邊那對翡翠耳墜相映成輝，又在眉間仔細貼上淺金色的花鈿。

望著鏡中於清麗之中又添幾分嬌豔的自己，凌若長吸一口氣，打開關了許久的房門。冷風帶著晶瑩的雪花呼嘯而入，吹起她寬大的雲袖與裙裾，翩然若舞，彷彿似欲乘風歸去的月中仙子。

又下雪了嗎？明明剛才還是晴天……

輕輕嘆了口氣，取過放在門邊的傘撐開，徐徐走了出去，既已經打定了主意，那麼有些事她必須要親自去了結。

踏雪而行，沿著西直門入了城內，此時雖天降飛雪，但進城、出城的人還是不少，還有水車出入，紫禁城中的皇帝是不喝市井之水的，專喝玉泉山的泉水，故此每日都要派人從玉泉山運水，風雨無阻。

慶安堂——當這三個字映入凌若眼簾時，心狠狠地抽搐了起來，痛得她幾乎喘不過氣，真的要這樣做嗎？她捂著胸口在街上進退兩難。

「讓開！前面的女子快讓開！」

怔忡之際，她沒聽到有人在喊她，更不曾注意到有一隊人正策馬飛快地接近，等她看到的時候已經來不及了，馬上的人根本止不住撒腿狂奔的快馬，眼見就要傷在馬蹄下，後面一人策馬快跑上前，在馬蹄踩落之前探身險險將她騰空抱起。

「妳想死嗎？」這是那人將她放下時所說的話，言語中有隱約的怒氣。

定一定神，凌若抬起頭，隔著漫天雪花看到了救她之人的模樣，是一個相貌極出色的男子，渾身散發出逼人的貴氣，只是神色太過冷峻，令人難生親近之感。

「謝謝。」她道謝，他卻不領情，一勒馬繩冷言道：「想死的話就離遠點，別在這裡害人。」

先前差點踩到凌若的那個人回過頭來不耐煩地催促：「老四跟她廢什麼話，還不快走，咱們已經晚了。」

他深深地看了凌若一眼，漠然吐出一句話：「命是妳的，要與不要妳自己看著辦。」說罷頭也不回的策馬離去，馬蹄飛揚，在雪地中留下一大片蹄印。

這人說話好生刻薄無禮，枉生了這麼一副好皮相。凌若搖搖頭撿起掉在地上的傘，緩步走向已近在咫尺的慶安堂。

慶安堂是間百年老藥鋪，此間的主人姓徐，歷經數代，皆是宅心仁厚者，常有布醫施藥之善舉，為周圍百姓所稱讚。

眼下沒什麼人來抓藥，掌櫃的瞇著眼在櫃檯上打盹，不曾發現有人進來，凌若也不叫醒他，逕直轉到後院，她知道，此刻他一定在那裡，果然，剛一進去便看到一個年輕男子在簷下搗藥。

隨著她目光的駐足，男子有所感應，抬頭望這邊瞧來，待看清是凌若時，露出一抹乾淨純粹到極點的笑容，猶如春時的陽光，溫暖卻不耀眼。

凌若近乎貪婪地望著這個朝自己走來的男子，將他的容與笑一點一滴刻入骨子裡；從今往後，只能夢魂中相見……

「怎麼下雪天過來了，不冷嗎？」他問，伸手拂去落在她肩上的雪。

「不冷。」凌若別過頭不敢再看他，深怕再多看一眼，眼淚就會不受控制。

「若兒，妳是不是有什麼話想和我說？」容遠敏銳的感覺到今天的凌若有點不同。

凌若點點頭，看著紛紛揚揚的大雪，忽地輕笑出聲，輕盈地轉了個身問：「容遠哥哥，你看我這身打扮好看嗎？」

容遠一愣，不意她會問這個，當下答：「自是好看，我從未見妳打扮得這般漂亮過。」

「那你說我入宮選秀的話，是不是有很大機會被皇上看中，選為宮妃？」每說一個字她的心都在滴血，表面上卻裝得若無其事。

「妳這是什麼意思？」容遠皺眉問道，心中的不安逐漸擴大，隱約覺得凌若接下來要說的話，絕不是他想要聽到的。

凌若故作不解地道：「怎麼？你聽不懂嗎？我說我要入宮為妃！」

「若兒妳在胡說些什麼？為什麼我越來越聽不懂，妳明明曾說選秀只是迫於無奈，不會去爭什麼宮妃之位，而且我們也說好了——」

「說好了要在一起是嗎？」凌若毫不客氣地打斷了他的話，掩脣嬌笑道：「那只是我跟你開的玩笑罷了，一生一世一雙人，呵，這麼老套的話你居然也相信，真是愚蠢到家！」

「若兒，妳到底知不知道自己在說什麼！」若不是太過熟悉，容遠都要懷疑眼前這個人是不是他所認識的凌若，否則為何看起來完全不一樣。

「我當然知道，是你不懂罷了！」彈一彈指甲，她漫不經心地道：「飛上枝頭變鳳凰，這是多少人盼都盼不來的事，現在我有這個機會，你應該為我高興才是，怎麼說我們也算是相識一場，你不是真想讓我跟著你一輩子受窮吧。」

「不是！妳不是那樣的人，我不信！」容遠大聲否認，不願相信她說的話。

「我是！不論你信與不信，我都是這種人。」她漠然看著他，雙眼沒有一絲溫度，冷得教人打從心底發顫。「我告訴你，這樣窮困的日子我過夠了也過怕了，我想要錦衣玉食、前呼後擁的生活。而且從始至終我都沒有喜歡過你，只是窮極無聊逗你玩罷了，沒想到你還當真了。我要說的就是這些，以後我不想再見到你。」

她拂袖於風雪中轉身，未及離去，就被人從後面用力抱住。

容遠在她耳邊大聲道：「我不相信！若兒，不管妳怎麼說我都不相信妳會是這樣的人，告訴我，妳是不是有什麼苦衷？告訴我！」

「沒有苦衷，徐容遠，你將自己看得太高了。」垂目看著環抱著自己的手，就是這雙手整整守候了她十年，而今她卻要親自推開，從此再沒人替她遮風擋雨，唯有自己一人孤零零走下去。

後悔嗎？也許吧，可是她已經沒有退路了……

一步一步，掙扎著走出那個懷抱，不再理會他，任由自己沉淪在風雪之中。

恨吧，如果恨我能讓你今後的人生好過一點，那麼你就恨吧……恨過後，請將我忘卻，從此海闊天空任君遊……

容遠哥哥，雖然不能與你白頭到老，但是我會永遠記住你，記住你曾深愛過我，矢志不忘。

第四章　郭絡羅氏

康熙四十三年十一月十八日——

紫禁城順貞門在矇矇天光中緩緩開啟，昭示著三年一度的秀女遴選正式開始。滿、蒙、漢八旗女子，但凡及歲者皆需參選，如因故未能閱選者必須參加下屆閱選，否則雖至二十八歲亦不能出嫁，違者由該旗都統參查治罪。

秀女四更時分便候在順貞門外，每一輛馬車上均樹有雙燈，標識車中主人為哪一族、哪一旗，按序排列，由年長太監引入順貞門前往鐘粹宮安置。能站在此處的秀女都經過層層篩選，身體不潔或身有殘疾者早在初選時便被排除。

鈕祜祿氏隸屬鑲黃旗，凌若與同旗秀女站在一起聽任太監安排。此地是皇宮，天下間最尊貴也是非最多的地方，若不能做到謹言慎行，只怕禍患臨前時，連是怎麼來的都不曉得。

鐘粹宮管事姑姑早已領了數十名宮女在院中等候，見到她們到來微一欠身，不卑不亢地道：「各位小主吉祥，奴婢是鐘粹宮的管事姑姑紅菱，從現在起至小主們正式受封這一段時間，小主們的一切衣食住行均由奴婢負責打理。另外從明日起，教引嬤嬤會來這裡教導諸位小主宮中禮儀，以免小主們在御前對答時有所失儀。」她掃了眾人一眼又道：「若小主們沒有問題的話，那奴婢就為小主們安排住處了。」

「咱們這裡足足有百餘人，鐘粹宮有這麼多房間安置嗎？」秀女中有人心懷疑惑地問。

紅菱微微一笑道：「一人一間自是不能，但兩人一間還是可以的，奴婢知道眾位小主都是千金之軀，不願與人同住一間，但眼下還請體諒一二，奴婢在這裡先謝過眾位小主了。」

凌若在心中暗道，這人好生能耐，還沒等他人發難，就先把話給堵死了，宮裡果然沒有一個是善與之輩。

秀女中不少人皺起了柳眉，不過倒也沒人提出異議，畢竟誰都不願剛一來就得罪人，甚至有人已在暗中盤算該如何拉攏這個看著年歲不大、但精明過人的姑姑，好讓她多幫襯自己。

之後的事就簡單多了，按兩人一間安排好後由宮女領著離去，凌若被安排與佐領三官保之女郭絡羅慕月一間。

兩名宮女將她們帶到西側一間廂房後施了個禮，其中一個年齡稍長些的脆聲道：「二位小主好，奴婢叫如意，她叫吉祥，是負責照料這進小院的，兩位小主往後有事可以吩咐奴婢們，另外早膳已經備下，待會兒就會送至小主房中，如小主們沒有別的吩咐的話，奴婢們先行告退了。」

「有勞了。」慕月和顏悅色地點點頭，從月白色荷包中取出金瓜子賞了她們每人一顆。如今這世道，一兩金子可兌十二兩白銀，莫看金瓜子小，卻可以抵得上普通宮女一個月的份例，兩人喜孜孜地謝了賞退下。

在他們說話時，凌若已經大致打量了一下房中陳設，暗讚道不愧是皇宮，連給無品無級之秀女住的屋子也精巧雅致，雖擺了兩張床鋪，但全然不覺擁擠。

「不知這位姊姊如何稱呼？」身後傳來溫軟的聲音，正是郭絡羅氏，她正笑吟吟地看著轉過身來的凌若。

凌若揚一揚脣角，微笑如天邊浮光一般淺淡，客氣地道：「不敢，喚我凌若便是。」宮中最不值錢的就是這所謂的姊姊妹妹，根本沒有真心可言，何況這個郭絡羅慕月絕不是個簡單人物，單看她始一入宮便開始收買人心就知道了，否則即使真要打賞也沒必要賞金瓜子這麼貴重。

慕月似沒聽出她話中的生疏，親親熱熱地拉了凌若的手道：「適才順貞門外馬車排序的時候，我記得姊姊的馬車在我之前，想來是比我大，既如此這聲姊姊是無論如何都少不得的，以後妳我同住一屋，還望姊姊多多照拂才是。」

「當是互相照拂才是。」凌若見她神態誠懇，一時也分不出這話是出於真心還是假意。

慕月側頭仔細打量了凌若一眼，嘆道：「今日見了姊姊，方知古人誠不欺我，所謂冰玉為肌，秋水為神，指的就是姊姊這般天姿國色吧，與姊姊一比，妹妹可算是庸脂俗粉了，想來這次選秀姊姊定能入選，封妃封嬪指日可待。」

凌若眉尖微蹙，輕噓道：「這種事情切不可亂說，此屆秀女中佼佼者甚多，比我出色者更不在少數，何況妹妹也絕非妳自己所說的那般平庸，再說當今聖上英明神武，絕非一個只注重容貌之人，相對而言德行才是最重要的。」

「姊姊太謹慎了。」慕月淡淡的回了一句，緩步走至桌前倒了一杯茶，宜人茶香伴隨水氣氤氳繚繞，使她的容顏看起來有些不真實，眉眼低垂，令人看不清她在想些什麼。

她將茶遞予凌若，待其伸手來接時看到她光潔如玉的皓腕似乎愣了一下，繼而又仔細瞧了一眼，訝然道：「姊姊怎得打扮得這般素淨？」

凌若此刻身上除了一對翡翠耳墜之外並無其他飾物，就是頭上也只得幾朵零星的銀箔珠花及一支翡翠簪子，唯有身上那套鵝黃銀紋暗繡海棠花的衣裳還算起眼，這身打扮與其他珠環翠繞、華衣美賞的秀女比起來確實寒磣了些。

「我素不喜繁複，這樣挺好。」凌若淡淡地答了一句，並不準備多說什麼。

「果真如此嗎？」慕月嫣然一笑，流露出適才所沒有的動人嬌態。「姊姊既不肯說，那妹妹就代妳說了，鈕祜祿凌若——從四品典儀凌柱之女，今科二甲進士榮祿之妹，我可有說錯？」

「當年先皇后還在的時候，鈕祜祿家族可說是風光無限，可惜自先皇后與溫貴妃先後薨了之後，鈕祜祿家族就淪落了，到如今已淪為一個下三等的家族，而姊姊的阿瑪更是得罪了禮部尚書石大人，聽說大冬天的連炭都燒不起，真是可憐；還有妳哥哥，本來好好的可以當庶起士、進翰林院，卻被封為什麼按察司經歷，外放江西。」慕月嘖嘖搖頭，似真的在為榮祿惋惜。

凌若漸漸冷下神色，她已看出郭絡羅慕月不懷好意，前面那些親熱根本就是裝出來的。

慕月並非沒察覺凌若神色的變化，但她毫不在意，反而笑得更歡了，拂一拂特意為此次選秀去江南訂製的玫瑰紫縷金百蝶穿花雲緞錦衣，眼波流轉曼聲道：「這次選秀，姊姊想必很想雀屏中選吧？畢竟這是挽救鈕祜祿家族最後的機會了，可是……」

柔弱無骨的手指輕撫上凌若唯美的臉龐，她的碰觸令凌若感到噁心，退後幾步避開她的手。「可是什麼？」

慕月拍了拍手嘻嘻一笑：「可是姊姊真的有機會嗎？姊姊一家可是得罪了太子妃的阿瑪呢！」

凌若氣極反笑。「我能否入選不用妳來操這個心，何況後宮之中也不是太子妃一人說了算的。」

「看來姊姊真是什麼都不知道呢，那妹妹就好人做到底，再告訴姊姊一件事。」

她湊到凌若耳邊，嫣紅朱唇吐氣若蘭，一字一句道：「負責本屆選秀的是榮貴妃，而榮貴妃是太子妃的姨母，什麼叫牽一髮而動全身，以姊姊的聰慧，沒道理不知道吧？」

她笑，天真無邪，凌若冷眼相看，不知對方告訴自己這些的目的是什麼，但絕非出於善心，這個女人雖年紀與她相差彷彿，但心機深不可測，絕不會僅僅只是為了逞一時口舌之利。

「姊姊妳頭上的簪子似乎歪了，我幫妳重新插好。」

凌若來不及拒絕，簪子已被她先一步拿在手中，在準備插上去的時候，對方手驀然一鬆，翡翠簪子自她手中掉落於地，「叮」一聲輕響，再看已成兩截。

「哎呀，都怪我笨手笨腳，竟把姊姊唯一的一支簪子給弄斷了，這可怎麼是好？不過想來姊姊妳大人有大量，應該不會為此而怪我吧！」說是道歉，實際全無半點歉意，凌若甚至在她眼底看到了深深的笑意。

她在挑釁！想通了這一點，凌若反而冷靜了下來，淡然道：「只是一支不值錢的簪子罷了，有什麼好怪責的？妹妹太見外了，若無事的話，我想去外面走走。」

盯著她離開的背影，慕月神色漸冷，她是故意試探，想看看對方到底能忍到什麼程度，沒想到她居然可以裝成若無其事，還真不簡單。

從見到鈕祜祿凌若的那一刻起，她就知道這是一個勁敵。後宮最不缺的就是美貌，但同樣，想在後宮爭上位，最需要的也是美貌，而鈕祜祿凌若的容貌足已威脅到她。

這個威脅甚至大於入宮前阿瑪讓她注意的那幾個貴女，不過幸好……幸好鈕祜祿凌若有個致命的缺點。

禍根已經種下，很快，很快就會爆發出來，到時候……呵呵，想到這裡，慕月的心情一下子好轉許多。

第五章　相逢

大雪初霽，鐘粹宮的太監、宮女正執帚清掃積雪，遠遠見到凌若過來低了低頭便算見禮，此刻的凌若僅僅只是一個秀女，在沒有正式冊封前算不得主子，所謂小主不過是客氣些的稱呼，真論地位，不見得比這些太監、宮女高多少。

沿著朱紅宮牆漫無目的地走著，也不知走了多遠，待到回過神來時，凌若發現自己不知何時已出了鐘粹宮範圍，置身於一片偌大的梅林；紅梅於蒼虯的樹枝間姿意盛放，映雪生輝，猶如最上等的紅寶石。

路盡香隱處，翩然雪海間。

若兒，將來我們尋一處幽靜之地，栽上一大片梅樹，讓妳足不出戶就可隨時見到梅雪之景。

言猶在耳……容遠哥哥，梅林我已尋到，但它不屬於你也不屬於我，是屬於大清皇帝的。

閉目，將眼底的酸澀生生逼回，一切早在她選擇這條路的時候就註定了。容遠與她，就如流水與游魚，只能是彼此生命裡的匆匆過客，無論是誰眷戀回望，都是一種不幸。

相濡以沫，不如相忘於江湖。

如此，最好。

深深地吸了一口氣，正待要離開，忽聽得隱約有聲音，咦，此處還有人？

帶著這個疑惑，凌若循聲而去，於梅林深處一座池畔邊見到了兩道身影。那是一男一女，男的背對著看不清容貌，只能看到女子的模樣，她披了緋紅羽緞斗篷，看著不過十五、六歲，朱脣瓊鼻，眉眼彎彎，甚是美麗，因隔得過遠聽不清楚他們在說些什麼，似乎是在爭執。

說了一陣子，女子似乎生氣了，轉身欲離去，想是因走得太急，不小心被宮人未及清理的斷枝給絆倒在地，男子伸手去扶，卻被她一掌揮開，自己艱難地自地上爬起，然後一瘸一拐的離開，從始至終都不曾再看過男子一眼。

男子默默看著她離開，儘管看不到他的神情，但凌若還是從他孤獨的背影裡感受到了深深的落寞與悲傷……

凌若尚在猜測他們身分，男子已經轉過了身，彼此目光撞了個正著，皆是一臉驚容。

他驚訝於這裡不知何時多了一個人；凌若則吃驚於她竟然見過這個人，可不就是那日在集市上遇到的人嗎？雖裝束不同，但那冷峻的神態卻是一般無二，凌若相信自己絕不會認錯。

他是何人，竟會出現在宮中？凌若自不會傻到以為對方是小太監，那種與生俱來的貴氣絕不是太監能擁有的，何況那件紫貂皮披風，就是尋常富貴人家也穿不起。

皇上？這個念頭剛閃過便被她否決了，當今皇上已過天命之年，絕不可能還是年輕人模樣；除此之外，就只有身為天潢貴胄的皇子能自由出入後宮……

呃，她記得那日在市集上，另一人曾管他叫四弟，照此看來，對方的身分已經呼之欲出。

思忖間人影已來到近前，凌若趕緊壓下心中的訝意，斂袖欠身道：「凌若見過四阿哥。」

胤禛眼皮微微一跳，這個宮女面生得很，而且好不懂規矩，居然不自稱奴婢，她難道不知道在宮裡是大忌嗎？單憑這一點就可以定她一個死罪。

「妳是哪宮的宮女，為何在這裡偷聽主子說話？」明明從未在宮中見過，為何那張漂亮得有些過分的臉總給他一種似曾相識的錯覺？

凌若先是一怔，旋即明白過來，敢情自己這身裝扮太過素淨，以至於四阿哥把自己當成了宮女，曾經的一面之緣他早已忘得一乾二淨。

「我不是——」她剛要解釋便被胤禛打斷。

「不是什麼？」胤禛冷笑道：「好一個不知死活的奴才，在主子面前膽敢自稱『我』，是想作死嗎？」

見他不問青紅皂白就是一通指責，凌若又好氣又好笑，兩次相遇，他都在問她是不是想死，這算不算是一種另類的緣分？

「四阿哥從何處看出我是宮女？」她撫著袖口柔軟光滑的風毛似笑非笑地反問。

「難道妳不是？」胤禛微微一愣，這才認真打量起凌若來，這一瞧之下果然看出些許不同，雖裝束淡雅簡單，且髮間幾乎瞧不見什麼飾物，但依然非普通宮女所能比擬。

各宮主子身邊得臉的宮女他都曾見過，記憶之中並無此女，看來是自己想當然耳了。

含一縷笑意在脣邊，再度欠身行了一個挑不出錯來的禮，聲如黃鸝婉轉：「秀女鈕祜祿凌若見過四阿哥，四阿哥吉祥。」

胤禛擰緊了漂亮的眉毛未再多說什麼，話鋒一轉冷聲道：「既是秀女，不在鐘粹宮好生待著到此處來做什麼，剛才的事妳聽到了多少？」

「我若說不曾聽到，四阿哥信嗎？」她自嘲地問，碧玉耳墜貼在一側頰邊，冰涼如朝雪。許是初次見面有了不好的印象，所以面對他，她難有平常心。

胤禛冷哼一聲，目光如刀在凌若臉上寸寸刮過，有尖銳而滲人的寒意。「不論妳聽到沒聽到，最好都將今日之事爛在肚中，好好做妳的秀女，但凡聽到一丁點風聲，我都唯妳是問。」

「四阿哥這是在威脅我嗎？」傳言說四阿哥胤禛是當朝聖上十數位阿哥中最不近人情的一個，冷面冷心、刻薄無情，素有冷面阿哥之稱，如今看來果真如此。

「隨妳怎麼想，記住管好妳的嘴，小心禍從口出。」扔下這句話，胤禛轉身離開，根本不管凌若答應與否，他相信只要這個秀女有點腦子，就不會與他對著幹。

凌若暗自搖頭，也許她與這位高高在上的四阿哥天生犯沖，不然怎麼每一次見面都逃不脫不歡而散的結局？

說起來，她倒真有幾分好奇剛才那女子的身分，竟可以令猶如萬年寒冰一樣的四阿哥露出不為人知的一面，那種深慟的悲傷與落寞至今想來還有所觸動。

出了梅林，她問了好些個宮人，才找到回鐘粹宮的路，還沒踏入宮門便看到前院站了一道曼妙身影，正盈盈望著她笑。

「姊姊！」見到來人，凌若頓時大喜過望，快步來到近前，執了對方的手迫不及待地問：「姊姊什麼時候到的？」

「剛到，因路途遙遠耽擱了幾天，還好趕得及入宮，這不一進宮便來找妳了，問了伺候的人說妳出去了，還想著要不要等妳回來，妳就到了。」秋瓷如是說道，眼眸裡是止不住的笑意。「妳去了哪裡，怎麼手這樣冷？」

秋瓷的關懷令凌若感到格外溫暖，她是江州知縣石巍山之女，比凌若大了一歲，以前石巍山曾在凌柱手下任職，兩家關係極好，後來石巍山奉命外調，舉家搬遷，這才少了走動，不過一直有在互通書信。

「閒來無事便去外面走了會兒。」凌若隨口答了一句，兩人一邊說話一邊來到不遠處的八角亭中，待各自落座後，凌若方才有空仔細打量她。一身湖藍織錦旗裝，領口、袖口皆鑲了上好的風毛，根根雪白無一絲雜色，髮間插了一支金累絲鳳簪，鳳口銜下一顆小指大小的紅寶石，映得她本就端莊秀麗的姿容更加出色。

「幾年未見，姊姊越發漂亮。」凌若由衷讚道，話音未落腰間已被呵了一記。

「好啊，小丫頭長大了居然敢取笑姊姊了啊，看我怎麼收拾妳！」

凌若最是怕癢不過，秋瓷一使這招，她立即沒轍，笑得東倒西歪好一陣子才止住，上氣不接下氣地道：「我……我哪有取……取笑姊姊，是真的……漂亮嘛！」

秋瓷攏了攏凌若笑鬧間散開的碎髮嘆道：「要說美貌，妹妹才是真的貌美如花，不需任何裝飾便有傾城之美，所謂『清水出芙蓉，天然去雕飾』，指的可不就是妹妹嗎？」

出人意料的是凌若並未因她的誇讚而欣喜，反而顯得有些鬱鬱寡歡，問其是何緣故，凌若遲疑了一會兒方才將慕月的事與她說了，臨了道：「這個郭絡羅慕月甚是囂張，瞧其樣子不只是我，恐怕一般秀女盡皆不放在眼中，家世雖不錯，但也算不得頂尖，何以敢這般肆無忌憚？」

秋瓷默然起身，目光望向不知名的遠方，許久才道：「我說一件事，妳就知道這個郭絡羅慕月的囂張從何而來——永和宮的宜妃也是郭絡羅氏。」

凌若肅然一驚，脫口問：「難道她們之間有關係？」

「不錯。」飄渺的聲音彷彿從天邊垂落。「郭絡羅慕月正是宜妃幼妹，兩人差了整整二十餘歲。」

宜妃，郭絡羅氏，康熙十三年入宮，初賜號貴人，帝甚愛之，於康熙十六年冊封宜嬪，康熙十八年生皇五子，二十年晉封宜妃，二十二年生皇九子，二十四年生皇十一子，長達十餘年間，寵冠後宮，無人可及，即使現在也不曾失寵，連榮貴妃都要讓她三分。

秋瓷瞧著失神的凌若嘆然道：「妹妹容顏出色，怪不得她會針對妳，妳忍讓著些就是了，左右離選秀也不過數日工夫，切莫與她與衝突，否則將來就算妹妹入宮，只怕日子也不會好過。」

「我知道。」凌若輕聲道，細密纖長的睫毛在投下一片淺淺的陰影。「與之相比，我更擔心太子妃那邊……她若真的有心阻擾，我只怕真會落選。」

關於這一點，秋瓷也無可奈何，只能寬慰道：「也許事情並不像我們想像得那麼壞，我聽說榮貴妃為人處事最是公正，否則皇上也不會讓她打理後宮，妹妹不要過於擔心了，縱然真有事，姊姊也會幫妳。」

凌若知道她是在寬慰自己，沉聲道：「我明白，幸好有姊姊與我在一起。」

她畢竟只有十五歲，縱使心智再成熟，終究過於年少，不曾真正經歷過艱險，而今乍然進了勾心鬥角、權力傾軋的後宮難免不能適應，秋瓷的出現大大安撫了她徬徨不知所措的心。

「妳我是姊妹，在這後宮中互相扶持是應該的。」她回給凌若一個溫和的笑容，正是這個笑容讓凌若記了許久許久。

第六章　危機

數九寒天乃一年中最冷的日子，滴水成冰，然東宮正殿內卻因燒了地龍與炭盆而溫暖如置身春天，在氤氳的香氣中，太子妃石氏半閉眼躺在貴妃榻上，兩名小宮女一人一邊，執玉輪在她腿上按摩，靜極無聲。

過了一會兒，簾子被人挑開，進來一個年約四旬的宮女，她看了一眼假寐中的石氏，揮手示意兩個小宮女退下，自己則取了玉輪在石氏腿上輕輕滾動。

「如何？知道太子這幾日都去了哪裡嗎？」石氏閉著眼問。

「回娘娘的話，奴婢打聽過了，太子近日看上了凝月軒的一個清倌，天天去捧她的場，看太子的樣子，似乎打算給她贖身。」迎香小心翼翼地回答。

「他敢！」石氏驟然睜眼，手狠狠拍在榻上，顯然生氣至極。

「娘娘仔細手疼。」迎香趕緊勸道：「其實太子只是逢場作戲罷了，並不是真心喜歡，太子心中最看重的還是娘娘您，要不然怎麼這些年來從未納過妃妾。」

「哼，妳不必替他說好話，他是個什麼樣的人本宮心中清楚得很。」話雖如此，但神色到底緩和了幾分，扶著迎香的手起身來到輕煙嫋嫋的博山香爐前，舀一杓香末，用透明的指甲慢慢撥至爐中，索繞於鼻尖的香氣頓時又濃郁幾分。

「要不是擔心他一味沉溺女色誤了國事，本宮才懶得理他，近幾年皇阿瑪對他本就有所不滿，偏他還不知收斂。」說起胤礽，石氏一副恨鐵不成鋼的樣子。「去，讓那個清倌離開京城，免得他心老在外面收不回來。」

見迎香答應，石氏又問：「昨日讓妳去打聽的事怎麼樣了？」

「奴婢去問過鐘粹宮的管事姑姑，凌柱確有一女兒入宮選秀，名為凌若，年方十五。奴婢曾偷著眼瞧過，長得甚是美貌，最重要的是她很像一個人。」

「誰？」石氏漫不經心地問，但在聽到迎香的回答時，臉色頓時為之一變，低低驚呼：「什麼？孝誠仁皇后？」

「是，奴婢從她身上看到了孝誠仁皇后的影子。雖然孝誠仁皇后去世的時候奴婢才十五、六歲且又過了二十餘年，但奴婢絕不會記錯。」迎香原是伺候榮貴妃的宮女，最是穩重不過，後來石氏入宮，榮貴妃擔心宮人伺候不周，便遣了她過來。

石氏俏臉微沉，良久才道：「皇阿瑪對孝誠仁皇后一直未能忘懷，若讓他看到鈕祜祿凌若……」

「留牌子是必然的事。」迎香接了她的話說下去。「憑著皇上對孝誠仁皇后的思念，對她定是聖眷隆重，也許用不了多久就可以封嬪封妃，寵冠六宮。」

石氏挑起斜長入鬢的蛾眉森然道：「昨日阿瑪來和本宮說的時候，本宮還覺得他過於小心了，現在看來卻是一點都不過，這個人絕不能留在宮中。」她撫著手上的碧璽手串徐徐道：「去叫小廚房做幾道拿手的點心，待會兒本宮親自拿去給榮貴妃。」

「娘娘想將這事說與貴妃娘娘聽？」迎香輕聲問道。

石氏脣角微揚，有深深的笑紋在其中。「本宮可沒說，本宮只是有些日子沒給姨娘請安了，想去請安，順帶敘敘家常罷了。」

迎香會意地笑笑，未再多言。她伺候榮貴妃多年，對於榮貴妃的喜惡再清楚不過，她也許公正，也許明理，但那只適用於不會威脅到她地位的情況下，一旦關係到自身利益，公正二字便成了笑話。

她相信，榮貴妃絕不願意再回到孝誠仁皇后的陰影下，哪怕僅是一個替身。

遠在鐘粹宮的凌若並不知道危機正一步步向自己走來，這幾日她都牢記秋瓷的話，任慕月怎麼挑釁都不與她爭執，只認真跟教引嬤嬤學習規矩，早知道宮中規矩繁瑣，卻不想繁瑣成這樣，一言一行，一顰一笑，連走路時帕子甩多高都有規定。

這日放晴許久的天空又下起了雪，秀女們本以為可以免了一天練習，至少可以在屋中練，偏那幾位嬤嬤半點情面都不講，不只要練，還照常要在院內練，惹的一眾秀女敢怒不敢言，一個個縮著脖子站在院中，鼻尖凍得通紅。

「請小主們跟著我再走一遍，起！」桂嬤嬤面無表情的在前面示範，雪越下越大，漫天漫地，如飛絮鵝毛一般，模糊了眾人的眼，只能看到無盡的白色。

「不練了不練了！」終於有秀女忍不住把帕子往地上一扔，嚷嚷道：「這麼冷的天，手腳都凍僵了還怎麼練啊。」

凌若認得那名秀女，徐佳琳玉——當朝一等公的女兒，也是所有秀女中身分最尊貴的幾人之一，真正的天之驕女。

桂嬤嬤目光一掃，走到她面前淡淡道：「請小主把帕子撿起來繼續練。」

琳玉瞪了她一眼尖聲喝道：「妳是耳朵聾了還是怎麼了？我都說不練了，教來教去就這些規矩，妳不煩我都嫌煩。」

「請琳玉小主把帕子撿起來繼續練。」桂嬤嬤就只回她這麼一句話，不過臉色已有幾分不好看。

見自己說的話被人這般無視，從不曾被人拂逆過的琳玉「噌」的一下火就上來了，不只不撿，還拿腳用力踩著帕子，仰起下巴傲然道：「我就不撿，妳待如何？別忘了妳只是一個奴才，什麼時候輪到妳來命令我了。」

秋瓷在後面用微不可聞的聲音對凌若道：「這個徐佳琳玉太過心高氣傲，這種性格怕是要吃虧的。」

凌若點點頭未說話，此時紅菱已得了稟報趕到此處，她先是安撫了桂嬤嬤一番，然後走到不以為然的徐佳琳玉面前，深深地看了她一眼，俯身自地上撿起溼漉漉的絹帕，將之遞到她面前。琳玉冷哼一聲別過頭去，根本沒有要接過的意思。

紅菱收回手，轉臉看向院中近百位秀女，聲音清晰的傳入在場每一個人耳中：「奴婢知道各位小主心中或多或少都有所不滿，認為我也好，幾位嬤嬤也好，都只是奴才，憑什麼管妳們。不錯，我們是奴才，但小主們也還不是正經主子，只有通過三日後的選秀大典，並且被皇上留牌子冊封答應、選侍，乃至貴人的才有資格被奴才們稱一聲主子，否則連留在宮中的資格都沒有。」

「桂嬤嬤之所以如此嚴格，也是為了小主們好，身為宮嬪，一言一行皆為天下典範，不論何時何地都不允許失儀。若小主們想安安穩穩參加選秀大典，就請在這三日中好生聽幾位教引嬤嬤的話，不要讓奴婢為難。這不是為了奴婢，而是為了小主自己。」

「姑姑客氣了。」一陣緘默後，不知是誰先說了一句，其他人紛紛跟上，顯然這番話鎮住了原本心存不滿的秀女們。

紅菱再一次將帕子遞給繃著臉的琳玉。「小主是繼續練習，還是要奴婢去如實回了貴妃娘娘，說小主不遵教化，妄顧宮規？」

琳玉沒想到她敢威脅自己，偏又發作不得，若她真去回了榮貴妃，那自己定然會被訓斥，也許連選秀的資格都會失去。思慮再三終是忍了這口氣，恨恨地接過又溼又髒的帕子，準備等將來入了宮成為主子，再與她清算今日這筆帳。

紅菱怎會看不出她想什麼，然只是笑笑便離開了。

「這個管事姑姑好生厲害。」凌若低低說了一句，秋瓷盯著紅菱離去的身影掠過一絲異色。「若無本事如何能坐到這個位置，此人確有幾分能耐。」

之後再無一人敢有異議，全部規規矩矩跟著桂嬤嬤練習，任它冷風如注、飄雪若絮，未有一絲動搖。

非是她們心智有多麼堅定，而是她們清楚，要成為人上人必須先過這一關。如此一日，累自是不用說，手腳都凍麻木了，幸而有薑茶暖胃驅寒，否則非得生病不可。

凌若用過膳，見時辰尚早，又不願對著慕月，乾脆執了傘與風燈去外面走走，後宮雖大，但她認識的地方卻不多，除了鐘粹宮就只有上回去過的梅林。

第七章 靜水流深，滄笙踏歌

凌若緊了緊披風漫步於梅林中，落雪之夜正是梅花盛開之時，冷冽的風中無時無刻不充斥著沁人心脾的清香，雪無聲無息的落在花瓣上，映得花色愈發殷紅，晶瑩剔透宛若工匠精心雕刻而成的寶石。

一路走來，四周寂靜無聲，原本踏在雪地上極輕微的聲響也因這份寂靜而無限放大……

還有兩天就要選秀了，那一日她將傾盡所有去博得皇帝的關注與喜愛，以求在宮中占有一席之地。

直到現在阿瑪與額娘都不知道她已改了主意，還在家中等著她回去。

「我願做一個明媚女子，不傾國，不傾城，只傾其所有過自己想要的生活……」

這是她去年除夕夜許下的願，本以為那觸手可及，而今才知道那竟是一個永不能達成的奢望。

想得出了神，連身後多了一個人都不知道，直至耳邊有低沉的男聲響起：「妳是誰？」

凌若悚然一驚，險些丟了手裡的風燈，定一定神轉過身去，藉手裡微弱的燈光打量來人。

那是一個身形削瘦、面貌清癯的老人，披一襲銀灰色大氅，裡面是醬色絲棉錦袍，用玄色絲線繡了團福如意圖案，令凌若印象最深的莫過於那雙眼，清亮睿智，彷彿能看透他人的心思，全然沒有這個年紀該有的渾濁與昏黃。

當凌若的臉清晰展現在他面前時，老人如遭雷擊，整個人待在原地，愣愣地看著那張似曾相識的臉，怎麼會？怎麼會這麼像？那五官那神態，像極了大婚那一年的她？難道真是她顯靈了？

「芳兒……」他喃喃而語，手伸出欲去碰觸那張從不曾淡忘的臉，卻在看到她惶恐的模樣時驚醒，一寸距離，卻彷彿隔了一輩子。

終不是她……

她像芳兒也像姨娘，但她終不是她們……

嘆息在心底徐徐散開，收回手，看著無意間握在掌心的雪花，難以言喻的失望在眼底凝聚。

儘管他的聲音很輕，凌若還是聽到了，芳兒——這是誰，他又是誰？

能夠出入宮廷禁地，又是這個年紀且有鬍鬚，難道……凌若的心狠狠抽了一下，貝齒緊緊咬住下脣，以免自己會忍不住驚呼出聲。

在勉強穩住心神後，她深深地拜了下去。

「秀女凌若參見皇上，願皇上萬福金安。」

「妳是今屆的秀女？」淡淡的聲音裡是難以揣測的威嚴。

沒聽到叫起的話，凌若不敢起身，只小聲道：「回皇上的話，正是。」

「起來吧。」儘管知道不是，但看到她的臉，呼吸還是為之一滯，普天之下，唯有她們兩人能這般影響他，即使逝去數十年也不曾改變。

康熙深深地吸了口氣壓下心中的悸動，目光爍爍地看著她，似笑非笑地道：「妳倒是很有眼力，沒有將朕錯認是老太監。」

凌若努力想要擠出一絲笑顏，無奈心中萬般緊張，勉強擠出的笑容跟哭臉一般難看。

「皇上天顏，豈是尋常人能比，縱使民女再眼拙，也斷不會誤認為太監。」

康熙笑笑，越過她往梅林深處走去，凌若不敢多問，更不敢就此離去，只得亦步亦趨跟在康熙身後。

走了許久，她終於鼓起勇氣問：「皇上經常來這裡嗎？」

康熙停下腳步，環視著四周道：「睡不著的時候就會來這裡走走，妳知道這片梅林叫什麼名字嗎？」

「不知。」凌若如實回答。

「叫結網林，再過去還有一座池，名為臨淵池。」他回過頭來，目光卻未落在凌若身上，而是望向不知名的遠方，眼中是深深的懷念。

「臨淵羨魚，不如退而結網。」凌若下意識就想到這句話。

深邃的目光彷彿跨越千年而來，在凌若身上漸漸凝聚，默默重複著凌若的那句「臨淵羨魚，不如退而結網」，許久蕭索地笑道：「也許那就是她當時的心情吧。」

她？凌若心中頗為好奇，何許人物讓身為九五至尊的皇帝如此掛念？然她清楚，這不是她該問的問題。

「以前皇后還在的時候，朕常與她來這裡走走。」輕若無物的細雪落在臉上有細微的冰涼。

「是孝誠仁皇后嗎？」凌若仰頭輕問，關於這位皇帝的一切在心底默默閃過。他雖先後立過三位皇后，但論感情最深的莫過於嫡后孝誠仁皇后，少年夫妻，青梅竹馬，三十年前孝誠仁皇后仙逝的時候，皇帝大慟，輟朝五日，舉國同哀。所遺之子胤礽剛滿週歲便被冊為太子。

康熙點點頭，忽道：「妳會吹簫嗎？」

「略會一些，算不得精通。」

話音未落，便聽得康熙擊掌，一名上了年紀的太監自暗處閃出，恭謹的將一柄綴有如意絲絛的碧玉簫遞給凌若，正是伺候他數十年的總管太監李德全。

「隨意吹一曲給朕聽聽。」

聲音穿過雪幕而來，透著淡淡的落寞。

凌若默默接過玉簫，略一思索，心下已有了計較，豎簫於脣邊，簫聲悠悠迴響在這片寂靜的梅林中。

曲調三起三落，初似鴻雁歸來，有雲霄之飄渺，序雁行心和鳴，倏隱倏顯，若往若來。其欲落也，回環顧盼，空際盤旋；其將落也。息聲斜掠，繞洲三匝，其既落也，此呼彼應，三五成群，飛鳴宿食，得所適情：子母隨而雌雄讓，亦能品焉。

一曲《平沙落雁》彷彿將人真切帶到了那片天空，看雁群在空中盤旋顧盼，委婉流暢，雋永清新，即使是不懂韻律的李德全也聽得如痴如醉。

待最後一個音節徐徐落下，凌若執簫於身前，朝尚在閉目細品的康熙欠身道：「讓皇上見笑了。」

康熙緩緩睜開眼，含一絲笑意道：「妳的簫藝很好，比宮中的樂師吹得還要好，不在於技巧而在於妳吹出了那種意境。」

沒想到一曲聽罷，竟意外令他心中的鬱結少了許多，那種平和自然，已經許多年未有了。目光落在凌若奉至面前的簫，康熙淡淡一笑道：「這簫就送給妳吧，好生保管，將來再吹給朕聽。很晚了，妳該回去了，天黑路滑，朕讓李德全送妳。」

凌若正欲謝恩，忽地臉上多了一隻手，陌生的溫度讓她有種想逃的衝動，可是她不能逃，不能違逆這位握有天下的至尊之意。

「妳想入宮嗎？」他問，是從未有過的溫和，眼裡甚至還有幾分希冀。

同。

他的掌心因常年騎馬射箭有厚厚的繭，那麼粗糙那麼灼熱，與容遠的完全不同。

許久，她笑，明媚無比，宛如掠過黑夜中的驚鴻，蹭著他掌心的紋路一字一句道：「凌若想陪在皇上身邊一生一世，永不分離。」

靜水流深，滄笙踏歌；此生，再無回頭之路……

第八章　宜妃

李德全親自將凌若送至鐘粹宮外，凌若遠遠便看到宮門外站了個人在那兒左顧右盼，心下還奇怪，這麼大晚的天又下著雪，怎麼還有人在外面，待走近了方發現那人竟是秋瓷。

秋瓷看到了凌若，一顆空懸已久的心總算放下了，趕緊快步迎上去。「妹妹去哪兒了，怎得這麼晚才回來？」

見秋瓷如此關懷自己，凌若滿心感動，握了她攏著護手依然森冷如鐵的手道：「只是閒著無事隨意走走罷了，不想竟讓姊姊憂心，實在不該。」

「沒事就好。」秋瓷長出了一口氣，此時才注意到凌若身後站了一個年老的太監，訝然道：「這是……」

李德全趨前一步打了個千兒道：「奴才李德全給小主請安。」

李德全！這個名字令秋瓷為之一愣，那不是皇上近身太監嗎，也是宮裡的太監總管，她入宮後還特意打聽過，怎麼會出現在這裡，還和凌若在一起？

「外面雪大，二位小主快進去。」李德全將撐在手裡的傘遞給凌若，躬身笑道：「小主若沒其他吩咐的話，奴才就回去向皇上覆命了。」

「有勞公公了。」凌若正欲行禮，慌得李德全趕緊扶住，忙不迭道：「您這是要折殺奴才，萬萬使不得。」

李德全跟在康熙身邊數十年，什麼沒見過，今夜之事後，鈕祜祿凌若入宮幾成定局，將來是正經八百的主子，他怎敢受禮。

凌若笑笑，明白他的顧忌，當下也不勉強，待其離開後方與秋瓷往宮院中走去。「姊姊怎麼知道我不在屋中？」

秋瓷嘆了口氣道：「還不是為了那個郭絡羅氏，我怕她又藉故氣妳，便想來看看，哪知去了才知道妳不在，天黑雪大，我怕妳有事便在宮門口等妳回來。」說到此處，話鋒一轉似笑非笑地道：「沒想到卻讓我看到李公公親自送妳回來，妹妹，妳是不是應該有話要和我說呢？」

對於秋瓷，凌若自不會隱瞞，一五一十將適才發生的事說了一遍。

聽完凌若的敘述，秋瓷先是一陣詫異，隨即浮起衷心的笑意。「想不到還沒選秀，妹妹就已經先見到了皇上，而且聽起來皇上對妹妹印象甚佳呢，不然也不會將玉簫賞了妳，這事若讓其他秀女知道了，還不知要羨慕成什麼樣呢。」

低頭撫著溫潤的簫身，凌若並未如旁人一般欣喜如狂，反而有點失落。「我也不知道此事是好是壞。」

秋瓷拂去飛落在她鬢髮間的細雪，溫然道：「是不是又想起徐公子了？」見凌若低頭不答，她長嘆一聲勸慰：「妹妹，妳即使再想又能如何，從妳選擇這條路開始，妳與他就是兩個世界的人，再掛念，除了徒增傷悲還能有什麼？眼下妳所要做的就是牢牢抓住皇上，唯有他才可以幫妳重振鈕祜祿家族的榮耀，只有他才可以幫妳解決所有難題。」

凌若絞著玉簫所綴的流蘇默默不語，半晌才低低道：「姊姊說的我都明白，只是總不能完全放下，也許再過一段時間就好了。」

「我明白，但是這件事，妳萬不可讓他人知道，否則於妳有百害而無一利。」秋瓷鄭重說道。

凌若點了點頭，深深地看著濃重如墨的夜色。「我會記住，我的歸宿在紫禁城，永遠記住。」

這句話她既是說給秋瓷聽，也是在說給自己聽，讓自己時刻謹記，一刻不忘。

之後的兩日，天色有放晴之勢，積雪漸漸融去，看這趨勢，十二月初八的選秀大典應會有一個好天氣。

永和宮，東六宮之一，於康熙十六年指給剛晉位的宜嬪居住，至今已有二十餘個年頭。

宜妃如今已是快四十的人了，但因保養得宜，看著倒像是三十許，全然看不出已育有數子。

「她當真這般過分？」宜妃擰眉問坐在一旁的慕月，話間隱隱有一絲怒氣。

慕月一臉委屈地撇撇嘴。「我怎麼敢欺瞞姊姊，自進宮到現在，她仗著自己有幾分姿色就眼高於頂，根本不將其他秀女放在眼中，我更是經常受她氣，有一回她還拿滾燙的茶水潑我，姊姊妳瞧。」她說著捲起袖子露出雪白的手臂，那裡赫然有一道紅色、似被水燙出來的印子。

宜妃本就來氣，眼下見得慕月受傷，哪還按捺得住，將琉璃茶盞往桌上重重一放怒道：「這個鈕祜祿凌若好生過分，妳是本宮的妹妹她都敢如此，可見囂張到何種程度。」說罷又仔細打量了慕月手臂上的傷口一眼。「還好沒起水泡，只要紅印消下去就沒事了，寄秋，去將上回皇上賞本宮的生肌去瘀膏拿來。」

在寄秋離去後，慕月咬著下脣道：「若她只是針對我一人也就罷了，可她越說越過分，最後連姊姊妳也不放在眼中，還說……」她覷了宜妃一眼，神色遲疑。

宜妃冷冷道：「妳儘管說就是，本宮倒想聽聽她都說了些什麼。」

慕月小心翼翼道：「她說姊姊不過是運氣好才有如今地位，其實根本一無是處，她若進宮，必取姊姊而代之。」

「好！好！好一個鈕祜祿氏，不過是個小小典儀之女，心思卻當真不小，還沒進宮就已經想取本宮而代之了。」宜妃怒極反笑，只是這笑容森冷，讓人打從心底發顫，熟悉宜妃的人都知道她動了真怒。

「主子息怒，鈕祜祿家早已沒落多年，照理來說這個鈕祜祿凌若不應這麼膽大包天才是。也許這中間有什麼誤會。」寄秋取了生肌去瘀膏來，聽到宜妃的話輕聲勸了一句，那雙眼有意無意的從慕月臉上掃過。

慕月豈會聽不出她話中之意？當下柳眉一豎喝道：「妳這話什麼意思，是說我在撒謊騙姊姊嗎？」

「奴婢不敢，奴婢是怕有人居心不良，利用娘娘與小主來達成自己不可告人的目的。」寄秋口中說不敢，但分明就是在指她，慕月氣得牙癢癢偏又不能發作。

宜妃是在宮中淫浸多年的人，深諳爭寵奪權之道，先前一時氣惱，再加上慕月是她親妹妹，根本不曾懷疑有它，如今冷靜下來後，也覺著有些問題，但她並不點破，接過寄秋取來的藥膏，挑出一點輕輕在慕月手臂上抹著，眸光意味深長地看著她道：「妳覺著她對妳來說是一個威脅？」

慕月心裡「咯噔」一下，知曉姊姊已經識破自己的伎倆，但話已至此，再改口是不可能了，何況姊姊這般問，分明已經意動，當下她把心一橫，抬首沉聲道：「不是對月兒，而是對姊姊。」

「哦？」宜妃漫不經心地應了一聲，收回手指，只見指尖除了透明的藥膏外，還有淡不可見的紅色，眸光一緊，另一隻戴了鏤金護甲的手指在繡有繁花的桌布上輕輕劃過，抬起時，有一條細不可見的絲線勾在上面，似乎稍一用勁就會崩斷。

「姊姊若見過她，便會相信月兒的話。」儘管慕月很不願意承認，但凌若確有傲人美貌，比她更勝一籌。

宜妃默默起身來至宮門處，凝望今晨內務府剛送來的十八學士，那是天下茶花的極品，一株上共開十八朵，花瓣層層疊疊，組成六角塔形花冠，朵朵顏色不同，紅的就是全紅，粉的便是全粉，齊開齊謝，極是好看。

如此珍品，內務府縱是悉心栽培也不過幾株，孝敬給了宮中最受聖眷的幾位娘娘，宜妃便是其中之一；其餘嬪妃便只有豔羨的份。

見宜妃久久未說話，慕月原本篤定的心逐漸沉了下去，難道姊姊不肯出手對付鈕祜祿凌若？這樣的話那她算盤豈不是要落空？

正當她不安之時，宜妃動了，她轉過身對寄秋道：「去庫房將前些日子送來的那尊白玉觀音帶上，咱們去景仁宮。」

景仁宮正是榮貴妃的居所，眼下宜妃要去那裡，用意再明瞭不過。

慕月喜形於色，待要說話，宜妃已移步來到她面前，撫著她垂在鬢邊的流蘇輕輕道：「人吶，聰明是好事，但千萬不要以為全天下就自己一人聰明，將別人當成傻瓜耍，否則吃虧的只能是自己，月兒，妳說對嗎？」

慕月身子一顫，知曉宜妃這是在說自己，一直以來，她與這個親姊姊聚少離多，當年宜妃進宮時她尚未出生，後來也只有逢年過節才隨額娘至宮中與宜妃相聚一、兩日。在她心中，與宜妃並未存了多少親情，更多的是利用甚至覬覦。

當她看到此時宜妃溫和中暗藏凌厲的眼神時，便明白自己大錯特錯，這個姊姊遠比自己以為的更厲害，遠不是她能對付控制的，至少現在不行。

想通了這一點，慕月再沒有任何猶豫，斂起所有鋒芒與非分之想，溫順地如同一隻小貓。「月兒明白。」

「但願妳是真的明白。」宜妃淡淡一笑，凌厲之色逐漸淡去，取而代之的是溫情與寵眷。「月兒，妳是本宮親妹妹，只要妳不犯大錯，本宮一定會護著你。」

言，盡於此。

第九章 難容

景仁宮與永和宮同屬東六宮，隔得並不算遠，守在景仁宮外的小太監遠遠看到宜妃肩輿過來，不敢怠慢，趕忙迎上去打了個千兒。「奴才給宜主子請安，宜主子吉祥。」

宜妃下了肩輿擺手示意他起來。「貴妃在嗎？」

「回宜主子的話，主子正在屋中與太子妃說話。」小太監恭謹地答道。

聽聞太子妃也在，宜妃精心描繪過的長眉微微一挑，待小太監進去通稟後方側頭問面露喜色的慕月：「妳知道什麼？」

慕月貼著耳朵，小聲將凌柱與石厚德的恩怨敘述了一遍，眼下這個時候太子妃來拜訪貴妃，多半與此事有關。

說話間，有人挑了簾子出來，除原先那小太監之外還有一名年長的宮女和珠，朝宜妃福了一福笑道：「主子聽說宜主子來了，不知有多高興，讓您快些進去。」

榮貴妃剛進宮的時候和珠便已在身邊伺候，最得榮貴妃信任不過，縱是宜妃也不敢輕視了去，客氣了幾句後方才挑簾進了後殿。剛一進去便有股熱氣迎面而來，瞬間將適才路上那點寒意吞噬。

榮貴妃素不喜奢華，是以整個景仁宮布置以簡約而不失大氣為主，宜妃將暖手爐遞給寄秋，雙手合於腰際，端端正正蹲下去行了個禮。「妹妹給貴妃姊姊請安。」跟在她身後的慕月與寄秋亦跟著行禮。

榮貴妃是康熙九年進的宮，如今已是近五十的人了，雖再不復年輕時的青春貌美，但歲月在磨滅韶華的同時，也將那份端莊得體深深銘刻在她骨子裡。

「都說過多少次了，妹妹怎得還這般見外，快快起來。」榮貴妃抬手虛扶，一邊叫人搬來繡墩。

宜妃斜倚了坐下，含笑道：「禮不可廢，否則叫人看見了又該說妹妹我沒規矩了，剛進宮那陣子可沒少吃這個虧。」

她取過寄秋捧在手中的錦匣道：「前些日子兄長進宮來探望時帶來一尊白玉觀音像，我瞧著玉質和雕工都不錯就留下了，知道姊姊近年來吃齋念佛，這尊觀音像送給姊姊，是再合適不過了。」

榮貴妃接在手中打開一看，饒是她見多了奇珍異寶也不禁為之動容，整尊觀音像高兩尺，玉質潔白瑩潤毫無瑕疵，觀音呈立站狀，面相豐腴、神態安詳，胸前垂掛瓔珞，右手持一經卷，右手攜佛珠一串，赤足站立於一碧玉質地的雕海水托蓮花座上，雕工細膩，連衣紋都清晰流暢。絕對是一件貴重無比的珍品。
榮貴妃本不肯收，但架不住宜妃勸說，兼之又確實喜歡，終是收下了，著和珠拿到佛堂去供奉。
「秀玉見過宜妃娘娘。」那廂石氏也起來笑吟吟朝宜妃見禮，待起身後瞥見在宜妃身後朝她行禮的慕月，訝然道：「咦，這是新來的宮女嗎？好生標致，而且……」
「而且什麼？」宜妃接過宮人遞來的香茗似笑非笑地問。
石氏蹙眉道：「不知是否秀玉眼花，怎麼瞧著她的五官神韻有些像宜娘娘您？」
榮貴妃初不在意，聽得石氏提及，著意打量了一眼，果然是有四、五分相似，難道是巧合？正在疑惑之際，眼角餘光不經意掃過慕月垂於耳際的殷紅流蘇，按例宮女不得佩帶流蘇，如此說來，她不是宮女？榮貴妃略一琢磨，立時猜出了慕月的身分，回首朝石氏笑道：「妳不曾看錯，但卻說錯了。宜妃的妹妹、佐領三官保的千金，怎麼會是一個宮女呢？」
宜妃抿脣笑道：「真是什麼都瞞不過姊姊。慕月，還不快重新見過榮貴妃和太子妃。」
慕月乖巧地答應一聲，上前一步重新見禮，聲如銀鈴：「慕月給貴妃娘娘請安，給太子妃娘娘請安。」
榮貴妃招手示意她過去，細細打量道：「真是個標致伶俐的姑娘，越看越像宜妃年輕的時候，看來今年宮中又要多一位姓郭絡羅氏的妃嬪了。」

榮貴妃是負責此次選秀之人，她開口自是八九不離十，在暗示慕月有很大機會被選中留牌子，宜妃心中暗喜，面上卻不露分毫，反而咳聲嘆氣，有難解之愁容。

「宜妃為何嘆氣？難道妳不想慕月入宮嗎？」榮貴妃奇怪地問。

「哪能啊。」在榮貴妃的再三追問下，宜妃方一臉為難的將事情講了出來，聽得榮貴妃與石氏皆是一怔，同問道是何人如此狂妄無禮。

「是鈕祜祿家的女兒，叫凌若。」慕月在宜妃的示意下說出了凌若的名字。

石氏一聽這個名字，頓時冷笑不止，榮貴妃更是沉下了臉，怒意在眉間若隱若現，寒聲道：「真是有其父必有其女，在宮中也敢如此膽大妄為。」

「怎麼，貴妃也知道這個人？」宜妃假裝詫異。

「宜娘娘久居深宮自然不知，這個鈕祜祿凌若的阿瑪與我阿瑪同在禮部為官，雖只是小小四品典儀，卻狂妄自大，從不將我阿瑪放在眼中，陽奉陰違不說，還多番頂撞。」

「真是有其父必有其女。」榮貴妃攥了袖子凝聲道：「他們以為還是從前嗎？」

宜妃悠悠道：「昔日鈕祜祿一族倚仗有孝昭仁皇后和溫僖貴妃撐腰為所欲為，從不將他人放在眼中，而今雖說是落魄了，還一門心思巴望著東山再起呢。」她朝鐘粹宮努努嘴，意思再明確不過。

饒是榮貴妃涵養極佳，這一刻也禁不住為之變色，她可以不在乎區區一個秀女，卻不能不在乎一個與孝誠仁皇后有七、八分相似的秀女。只要是康熙初年進宮的，無人不知孝誠仁皇后在康熙心目中獨一無二的地位。

這個女子，絕不能進宮。

宜妃並不知榮貴妃這番心思變化，見她不語只道還有所猶豫，又道：「身為女子當有四德，即德、容、言、功；四德當中又以德行最要緊，無德驕狂之人，連正身立本的資格都沒有，又怎配入宮為妃伴御駕左右。」

「妹妹所言甚是。」榮貴妃雙目微閉，睫毛如羽翼垂下，擋住眼眸不經意間射出的凌厲。

「只是本宮雖負責這一次選秀，卻也無權隨意撂牌子，一切要等皇上閱過方能決定，不知妹妹有何好辦法？」她撫著袖口繁複的花紋，聲音依舊一派溫和，聽不出喜怒與否。

宜妃微微擰眉，她當然聽得懂榮貴妃話中之意，但難就難在此處，秀女留牌子與否是要看皇帝意思的，她們並無權過問，頂多只能在旁邊提上幾句，除非……

正當宜妃盤算著如何才能不讓凌若出現在選秀時，石氏忽地起身道：「若秀女不潔或與他人有染，是否又另當別論？」

「這是何意？」榮貴妃驀然一驚，坐直了身，目光與宜妃一道落在石氏身上。

石氏彎唇露出一絲冷酷的笑意，別在髮間的晶石長簪劃過一道生冷的光芒，若荒野中毒蛇之眼。

第十章

人為刀俎我為魚肉

轉眼已是十二月初七，夜幕濃重如墨，過了這夜，鐘粹宮百餘名秀女的命運都將塵埃落定，是走是留，是飛上枝頭變鳳凰還是打回原形，很快便見分曉。

明日就是選秀大典，身為鐘粹宮的管事姑姑，紅菱有太多事要忙，從早到晚幾乎一刻不曾停過，好不容易才將諸事安排妥當坐下來歇歇，有人來報，說景仁宮的林公公指名要見她。

林公公？那不是榮貴妃的心腹嗎，這麼晚了他跑來此地做什麼？

林泉並未回答，只是說奉榮貴妃之命，宣秀女鈕祜祿凌若至景仁宮覲見。

凌若同樣滿頭霧水，榮貴妃是後宮最尊貴的女子，那麼高高在上，怎麼會知道她一個小小秀女，還指名要見她？莫非……想到秋瓷曾經說過的話，她隱隱有了不好的預感。

夜已三更，景仁宮卻依舊燈火通明，比白晝更加輝煌耀眼，令人微微目眩。凌若跟著林泉來至正殿，跨過及膝的朱紅門檻，悄悄抬頭掃了一眼，只見正殿之上端座著兩位珠環翠繞、氣度雍容的女子，其中一個定是此間正主榮貴妃，另一個就不知是誰了。

正當她猶豫該如何見禮時，腿彎子猛然被人踢了一下，不由自主地跪倒在極硬極冷的金磚上。

「大膽狗東西，見了貴妃主子和宜妃主子還不跪下。」林泉喝斥了一句後轉頭換了一副笑臉，躬身道：「主子，鈕祜祿凌若來了。」

「妳抬起頭來。」榮貴妃盯著低頭跪地的凌若，目光極是複雜，她想親眼瞧一瞧這女子，是否真的如石氏所言，像極了孝誠仁皇后。

凌若惶恐地抬起頭，當那張臉毫無保留地展露在燭光下時，宜妃大驚失色，倒吸一口冷氣，怎麼會？怎麼會這麼像她？

孝誠仁皇后仙逝之時，宜妃不過剛剛進宮，雖只見過寥寥數面，且已過去三十年，但像孝誠仁皇后這麼出色的人，只需見過一面便會永生難忘。

果然……榮貴妃猛地蜷緊雙手，剛剛修剪過的指甲掐得掌心隱隱作痛，但這遠比不得記憶被揭開的痛。

康熙九年，她入宮不過數日便得幸於皇帝，由選侍晉為貴人，所有人皆以為她從此平步青雲，卻不想偶爾一句失語有冒犯皇后之嫌，竟令得皇帝再不踏足她處，足足冷落了她七年，七年……女子最美好的七年就這樣沒了，連唯一的兒子都因為太醫不肯來診治而早殤。

等她好不容易藉機復起時，已是二十餘歲，又熬了這麼多年且生了一子一女，方才有今日之地位，心中對孝誠仁皇后簡直可說是恨之入骨，而今乍一見凌若，若非還有理智克制，真恨不得當即上去剝皮拆骨。

所以，她明知道宜妃今日所來非善，明知道宜妃是在利用自己除掉郭絡羅慕月進宮的障礙，她依然甘之如飴。

「姊姊……怎麼……她……」過度的吃驚令宜妃語無倫次，好不容易才平靜下來，但內心依然波濤洶湧。想喝口茶定定神，卻因手抖而灑了一身，她事先並不知凌若像孝誠仁皇后。

「意外嗎？」榮貴妃淡淡地睨了她一眼，起身於長窗下雙耳花瓶處拈一朵梅花在鼻尖輕嗅，清冽的香味讓她頭腦一下子清醒了許多。

花盆底鞋踩在金磚上的聲音在凌若身前戛然而止，居高臨下地看著那張讓她厭惡至廝的臉，許久，她終於說話：「鈕祜祿凌若，妳可知罪？」

凌若茫然搖頭，她感覺這位看似和善的貴婦並不喜歡自己。

榮貴妃閉一閉目，努力將眼底的厭惡掩去，冷然道：「妳身為秀女卻與他人私訂終身，做出苟且之事，妳可知，這是株連九族的死罪！」

榮貴妃的聲音並不大，然聽在凌若耳中不啻於平地驚雷，炸得她頭暈目眩，慌忙否認：「我沒有！」

話音未落臉上便重重捱了一耳刮子，當場就把她打懵了，耳邊更傳來林泉尖細若刀片刮過鐵鍋的聲音：「狗膽包天的小浪蹄子，貴妃主子面前也敢自稱『我』，真當是活得不耐煩了。」

宜妃已恢復了鎮定，聞言吃吃一笑，起身道：「像這種不懂尊卑之人，該好好教訓一番，省得她以後再犯。」

林泉答應一聲卻沒敢立刻動手，只以目光詢問自家主子的意思，榮貴妃冷冷看著那張嘴角滲血的臉，快意在眼底快速掠過，涼聲道：「既是宜主子開口了，那就讓她好好長長記性吧。」

林泉答應一聲，獰笑著抓住凌若的髮髻，不顧她的求饒左右開弓，足足打了十幾個耳刮子方才停下。

等他打完，凌若頭髮散了，臉也不成樣子了，兩邊嘴角都打裂了，臉腫得老高，到處都是指痕瘀腫。

「知道錯了嗎？」她問，高高在上，猶如不可侵犯的女神。

「回貴妃娘娘的話，奴婢知錯了，奴婢下次絕不再犯。」凌若咬牙回答，每說一個字都會因牽動臉上的傷而痛徹心扉。

冰冷尖銳的鎏金護甲在凌若臉上輕輕劃過，並不用力，但那種言語無法形容的森冷，卻令她身體不能自抑地戰慄。

她不懂，明明從不曾見過，為何榮貴妃對她會有這麼大的敵意，縱使是石尚書之故也不該這般明顯才是。

「徐容遠是妳什麼人？」靜默的聲音裡夾雜著一絲冷酷。

突兀地從榮貴妃口中聽到這三個字，凌若心驟然一沉，這絕對不會是好事情。

「徐家與奴婢的家是世交，所以奴婢與徐容遠自幼相識。」在那雙毫無溫度的眼眸逼視下，她不敢扯謊。

「僅是自幼相識那麼簡單嗎？」榮貴妃冷笑，手微微一使勁，在那張臉上留下一道通紅的印子，她恨，她恨不得現在就毀了這張臉。

「是。」凌若吃痛，不由自主地往後縮了一下，可是在這宮裡，她又能逃去哪裡？人為刀俎，我為魚肉。是生是死，由不得她選。

「還敢撒謊，看樣子妳是不見棺材不掉淚了。」手指狠狠箝住凌若下巴，強迫她看著自己的眼睛，一字一句道：「來人，給本宮繼續掌她的嘴，直到她說實話為止！」

「貴妃娘娘容稟，奴婢真的什麼都不知道！絕不敢有半點隱瞞。」凌若趕緊辯解，唯恐遲上一星半點。

「鈕祜祿凌若，妳不必再死撐了。」許久未出聲的宜妃撫一撫袖口以銀線繡成的瑞錦紋起身淡淡道：「妳與徐容遠苟且之事，本宮與貴妃娘娘都已知曉。妳未經選秀便與他私訂終身不說，還做出不軌的行為，其罪當誅！」

「我……奴婢沒有！」凌若趕緊改口急切道：「是，奴婢與容遠確實相識，但發乎於情，止乎於禮，絕對沒有不軌之事，求兩位娘娘明鑑！」

「那妳就是承認與他有私情了？」榮貴妃面無表情地問，不待凌若回答又將目光轉向宜妃。「秀女未經選秀與人私通，行苟且之事，該如何定罪？」

「按大清律例，除秀女本人問斬之外，其本家亦要問罪，十四歲以上男丁充軍，女子為奴。」宜妃口齒清晰，說的再清楚不過。

一聽要連累家人，凌若更加慌張，連連磕頭否認，只為求得寬恕。可她不知兩妃早已定下除她的心思，莫說她們不信，就是信又如何？被「莫須有」迫害的從來不只岳飛一人。

榮貴妃本欲剝奪她選秀的資格、趕出宮去就算了，畢竟此事不宜聲張且無實證，更忌諱傳入康熙耳中。然宜妃的一句話提醒了她——縱使這次應付過去，那下次呢？三年之後她又可以選秀，到時該當如何？經此一事，凌若必然會記恨她們，不會再像現在這般毫無防備。

「那依妹妹的意思呢？」留凌若一人在正殿，榮貴妃與宜妃移步偏殿商議，如今她們已在一條船上，誰也脫不了關係。

宜妃撫了撫鬢間的寶藍點翠珠花，陰惻惻道：「要妹妹說，自是一不做二不休，就按大清律處置了她，只是不經內務府而已，不然留著她總是一樁禍事！」

「妹妹的意思是……」榮貴妃氣息微微急促，她心裡也動過這個念頭，只是顧忌太多不敢真說出口。

外頭不知何時起了風，呼呼作響，冰涼刺骨的風從朱紅雕花窗扇縫隙間漏了進來，吹熄了本就有些搖曳的燭火，側殿內一下子暗了下來，無法言說的恐怖在殿中蔓延，儘管宮人很快便重新燃起了燭火，依然令榮貴妃驚出一身冷汗，當即拒絕宜妃的提議。

「姊姊什麼時候變得這麼心慈手軟？」宜妃冷笑。在宮裡，身居高位的娘娘哪個手上沒有幾條命。

「總之不行，貿然死了一個秀女，本宮無法向皇上交代，萬一追查下來，這個關係是否由宜妃妳來擔待？」說到最後一句，榮貴妃已語帶風雷之聲。

宜妃在心底暗自嘆了口氣，她本想藉此事扳倒榮貴妃，一舉兩得，可惜榮貴妃不肯上這個當。

榮貴妃心中有了計較，再度來到正殿，凌若依舊瑟瑟發抖地跪在地上，一見兩人進來，連忙磕頭呼冤，甚至願意讓宮中嬤嬤驗身，以證自身清白。

凌若儘管足夠聰明，但還是太單純稚嫩了，她不懂，從踏入景仁宮的那一刻，她的結局就已經註定了，說什麼都是徒勞。

榮貴妃冷冷看她一眼道：「依妳之罪本當問斬，今本宮念在上天有好生之德，就饒妳一死。但死罪可免活罪難逃，選秀妳自是不能參加，不過本宮也不虧待妳，將妳賜給四阿哥為格格。」

德妃與她素來不對盤，現在正好將這個麻煩推給她兒子。

這就是榮貴妃的狠辣之處，後宮沒有一個是省油的燈，她雖不能殺凌若，卻可以讓她生不如死。

格格？凌若不敢置信地盯著滿口慈悲的榮貴妃，眼中頭一次出現怒意，她即使再傻再笨也該看出來榮、宜二妃完全是有意針對她。

在本朝，格格有兩種意思，一種是被尋常百姓知曉的，對於宗親官家小姐的稱呼，是敬稱；另一種則是皇子府、王府裡沒有名分的通房丫鬟，莫說不入宗譜玉碟，就是一聲主子都當不起。

正經官宦人家出身的女子，尤其還是滿人，自大清開國以來，從未有指為格格的道理，再差也是一個庶福晉。只有漢人或是身分卑賤的女子才會被指為格格。對於一個官宦人家的小姐來說，被賜給他人當格格比殺了她還難受。

榮貴妃這一巴掌，摑得不僅僅是凌若一個人的臉，還有整個鈕祜祿氏的臉面。

凌若緊緊咬住下唇，一言不發，直至嘴裡嘗到腥鹹的滋味方才稍稍鬆開，混著殷紅的鮮血木然吐出幾個字：「奴婢謝貴妃娘娘恩典。」

榮貴妃滿意地點點頭，示意林泉將她帶出去，連夜送往四貝勒府。

一夜之間，凌若的命運軌跡被徹底顛覆，從此踏上一條不可預知的道路。

於失魂落魄間，凌若被帶出了景仁宮，離開了曾經寄託她一切的紫禁城……

等她回過神來時，已經身在四貝勒府後院一間廂房內，是府裡的管家高福領她進來的，林泉將榮貴妃手諭交給高福後就走了，之後高福領了個與她年紀相仿的丫鬟過來，告訴她，以後這個就是專門伺候她的丫頭墨玉。

「姑娘，您身上都溼了，要不要奴婢給您換身衣裳再服侍您就寢？」墨玉揉著惺忪的睡眼問，她在睡得正香的時候被高管家從被窩裡挖出來，告訴她新姑娘來了，以後她就負責照料這位的衣食起居。

姑娘……這就是她以後的稱呼，再不是鈕祜祿凌若，而是四貝勒府裡一個暖床的格格，下人對這一類人的稱呼是姑娘，跟青樓中那些妓女的稱呼一樣。

事情上，她們就是府裡的妓女，專屬於四貝勒一人的妓女，連妾都不是。

她木然站在那裡，尖銳淒涼的笑聲驟然爆發，仰天大笑狀若瘋癲，許久許久，直至臉上盡是笑出的淚水才漸次低了下去。

拋棄至親至愛，捨棄一生自由，只為求入宮，到頭來卻是這樣的結局。這是報應，報應她傷害了那個守候她十年的至情男子，報應她不自量力，妄想以一已之力挽回鈕祜祿一族的頹勢！

墨玉被嚇壞了，自己不過是問她一句要不要換身衣裳，怎得這麼大反應，該不是神智有問題吧？虧她還長了一張這麼漂亮的臉蛋，真可惜；還有這位姑娘臉上怎麼又紅又腫，彷彿被人剛剛掌過嘴一般……

墨玉搖搖頭正準備告退，卻看到站在那裡的凌若搖搖欲墜，嚇得她連忙過去抱住對方，一抱之下頓時發現不好，這位新來的姑娘身上竟然燙得厲害，似在發燒，連忙喚道：「姑娘？姑娘妳怎麼了？」

今夜一連串的打擊早將凌若逼到崩潰邊緣，過來時又恰逢下雨淋了一身，寒氣入侵，心神憂鬱，能撐到現在都是一種奇蹟，在墜入無邊黑暗前，凌若最後看到的是墨玉關切的面孔……

第十一章 震怒

十二月初八，康熙四十三年的選秀定在體元殿進行，年過天命的康熙帝攜後宮位分最高的榮貴妃、宜妃、德妃一道挑選德才兼備的秀女以充掖後庭。八旗秀女分滿、蒙、漢，分別選看，凡中意者記名字留用，就是所謂的留牌子，不中意者則賜花一朵，發還本家，即撂牌子。

悉心打扮的百餘名秀女，最終得以留牌者不過區區十數名，每一個皆是佼佼者，貌美如花。

選上的自是喜上眉梢，沒選上的則失望至極，有幾個甚至因傷心過度暈厥過去。

待看完最後一撥秀女已是晌午時分，正當一直提著顆心的榮貴妃與宜妃相視一眼，暗自鬆氣時，康熙的一句話讓她們剛放下的心再度提到了喉嚨。

「此次共有秀女幾人？」身著明黃緞繡五彩雲蝠金龍十二章龍禮袍的康熙擰眉

問隨侍在側的李德全。

李德全不假思索地道：「回皇上的話，共有一百七十六名秀女，不過今日參選的唯有一百七十五名。」他心下已猜到康熙這麼問的原因，畢竟當日之事，他是除康熙之外唯一一個知情者。

「這是為何，還有一人呢？」康熙瞇起細長的眼眸，臉色微微發沉。

李德全小心地睨了康熙，以及旁側有些坐立不安的榮貴妃一眼，揮退尚留在殿內的秀女。「啟稟皇上，今日選秀名冊遞到奴才這裡時，奴才發現有人將鈕祜祿凌若的名字自名冊中劃去，沒來的那名秀女應是她；之後奴才也問過鐘粹宮管事姑姑紅菱，她說這是榮貴妃的意思，鈕祜祿凌若在前一夜被榮貴妃宮裡的林公公帶走了，至今未歸。」

不待康熙追問，榮貴妃忙自椅中起身，欠身道：「回皇上的話，的確是臣妾的意思，臣妾昨夜剛剛得知，原來鈕祜祿凌若在參選之前行為不檢，與一名叫徐容遠的男子有染，這般不知自愛的女子實無資格參選，所以臣妾才自作主張將此女之名自名冊中劃去。」

「還有這等事？貴妃久居後宮，怎會知道宮外之事？」康熙話中的懷疑讓本就提心吊膽的榮貴妃更加慌張，她萬不能說是石氏告訴她的，否則以她與石氏的關係，只會讓康熙更加懷疑。

正當她思忖該如何回答時，和珠走上前來雙膝跪地道：「啟稟皇上，是奴婢前幾日出宮探望家人時無意中聽來的，回宮後與娘娘說起此事，娘娘還怕是市井中人亂嚼舌頭冤枉凌若小主，特意命奴婢再次出宮去打探清楚。」

「這麼說來，此事是真的了？」康熙面無表情地盯著和珠，看不出喜怒。

和珠雙肩微動，不敢直視康熙，垂目盯著自己映在金磚上的身影道：「是，正所謂無風不起浪，奴婢打探後得知凌若小主確與一男子有染，且還私訂婚盟，娘娘為保後宮清寧，迫不得已將凌若小主的名字劃去。」

「貴妃，事情真像和珠所言嗎？」冬雪初霽，暖暖的陽光自雲層中灑落，將紅牆黃瓦的紫禁城照得愈發莊嚴華美，朝暾夕曛中，彷彿人間仙境。

康熙溫和的言語令榮貴妃精神一振，忙答：「正是，皇上要操勞國家大事，日理萬機，臣妾不敢為一點小事勞煩聖駕。皇上當初許臣妾掌管後宮之權，就是要臣妾為皇上分憂解勞，數年來臣妾不敢有一刻忘記。」

「是啊，皇上，這些年來貴妃姊姊將後宮打理的井井有條，臣妾相信她所做的一切都是為了後宮安寧著想。」宜妃吟吟笑道，當日之事她也有份參與，若此時裝聾作啞不發一語，難保榮貴妃不會忌恨在心，倒不如賣個人情給她。

在座的三位妃子，唯有德妃未曾說過隻言片語，只是盈盈立於康熙身邊，神色寧靜溫柔。

聰敏如她早已發現眼下的寧靜不過是暴風雨前的寧靜罷了，此時多嘴只會帶來不必要的麻煩，所以她只要安靜看戲即可。

果然，就在榮貴妃以為能夠遮掩過去時，康熙驟然發難，眸光犀利如箭，刺得榮貴妃與宜妃心頭發冷，連忙垂下頭。

「好一個為了後宮安寧著想。」康熙冷笑道：「貴妃，朕且問妳，此次入選者有一百七十六名秀女，妳是否對每一個秀女的名字都瞭若指掌？否則為何那麼巧，出宮探親的和珠一聽到鈕祜祿凌若之名，就知道她是此次參選的秀女，而妳偏又對此事這般上心，不知會朕一聲就將名字從冊中劃去？貴妃，妳捫心自問，當真無一點私心？」他登基四十餘載，擒鼇拜、平三藩，當中不知歷經過多少事，怎會聽不出區區謊言。

康熙這番疾風驟雨般的訓斥，徹底粉碎了榮貴妃心頭最後一點僥倖，慌得她趕緊跪下，迭聲道：「臣妾不敢！」

她不明白，為何少了區區一個秀女會讓康熙如此關注，這種事情並不是沒有過，以往就算知道了也僅僅問一聲便罷，從未像此次這般揪住不放過。

「是嗎？朕看妳們一個個敢得很！」康熙冷哼一聲，目光掃過坐立不安的宜妃。「這件事是否連妳也有份？」

見康熙問自己，宜妃趕緊強打起精神道：「皇上說笑了，您又不是不知道臣妾最是膽小不過，就算再借臣妾一個膽也不敢做出欺瞞聖聽之事，且臣妾相信貴妃姊姊也不敢，興許其中有什麼誤會也說不定。」

宜妃的話令康熙面色稍霽，但當他得知凌若已被榮貴妃擅自指給四貝勒胤禛為格格時，登時大怒，抄起茶碗狠狠摜在榮貴妃面前，滾燙的茶水濺了榮貴妃一身，面容陰冷地怒斥：「荒唐！真是荒唐！」

不論三妃還是李德全，都是伴駕多年的老人，從未見康熙發過這麼大的火，慌得連忙跪下請康熙暫息雷霆之怒，至於榮貴妃早已嚇得瑟瑟發抖，不知如何自處。

「自大清開朝已來，還從未有四品朝官之女被賜給阿哥當格格的事！貴妃，如此荒唐之事妳倒是告訴朕，朕要怎麼向百官交代，妳告訴朕！」最後幾句康熙幾乎是吼出來。

榮貴妃嚇壞了，大氣都不敢喘一聲，唯恐更加激怒康熙，宜妃倒想幫著說話，可她剛一張嘴，就被康熙凶狠的眼神瞪了回去。

格格……這是一個近乎妓女的稱呼，一想到那個像極了她的女子遭受如此不公的對待，他就心痛至極，連帶看榮貴妃的眼神也充滿了戾氣。

許久，他微微收斂怒色，冷聲道：「貴妃，妳入宮有三十多年了吧？」

榮貴妃不知其意為何，戰戰兢兢答：「回皇上的話，臣妾入宮至今已有三十四年。」

他默然頷首，露出深思之色。「三十四年……那就是康熙九年入的宮，那時孝誠仁皇后尚在是嗎？」

榮貴妃心裡狠狠震了一下，小心回道：「是，臣妾當時有幸得到皇后教誨，受用一生，臣妾心裡一直記著皇后恩德，未敢有忘。」

「朕原先也這麼認為，現在看來卻是錯了。」在沉重的失望中，他越過跪在地上的諸人，一步步往緊閉的宮門走去。

李德全見狀，趕緊自地上爬起來，一溜煙跑過去開門；當陽光重新灑落體元殿時，榮貴妃聽到了此生康熙對她說的最後一番話——

「貴妃，妳年紀也不小了，往後無事還是不要出景仁宮了，專心禮佛，宮裡的事就交給宜妃和德妃打理。至於和珠，她愛嚼舌根子，不適合再留在妳身邊伺候，打發了去辛者庫吧。」

「不要，皇上不要！臣妾知錯了，皇上您要罰就罰臣妾一人，不要牽連和珠，她已是快五十的人了，現在要她去辛者庫等於要她的命啊，皇上！」德妃淚如雨下，跪步前行，想要去抓住那抹明黃，可最終只能眼睜睜看著康熙遠去。

湘繡，其實芳兒已經不在了，就算有與她長得一模一樣的人入宮，朕也不會為她冷落了妳，畢竟妳陪了朕三十餘年，為朕生兒育女；只是，現在一切都晚了⋯⋯

從體元殿至御書房，一路行來康熙都未開口說過一句話，李德全接過小太監新沏的六安香片，捧至一臉疲倦，閉目坐在御座上的康熙面前。「萬歲，勞累一天了，喝口茶提提神吧。」

李德全等了一會兒，始終不見康熙答應，遂大了膽子低聲道：「其實萬歲若真喜歡凌若小主，何不下一道聖旨將她召入後宮呢？」

康熙驟然睜開眼，眸底一片森寒，冷笑道：「李德全，你這差事當得越發有出息了，居然敢教唆朕搶自己兒子的女人！」

李德全慌忙撩衣跪下，連磕了好幾個響頭既惶恐又委屈地道：「皇上您可冤枉死奴才了，奴才對皇上一片忠心可鑑日月，萬不敢做出對不起皇上的事，否則教奴才不得好死、死無全屍……」

康熙不耐煩地揮揮手。「行了，別整這些虛頭巴腦的東西，若不是看在你對朕還算忠心的分上，憑你剛才那句話，朕就可以活活剮了你！起來吧。」

「謝皇上恩典，謝皇上恩典！」李德全擦了擦被嚇出的冷汗站了起來，見康熙伸手，趕緊遞了六安香片過去。

康熙接過茶盞徐徐吹散杯中熱氣，抿了一口，頭也不抬地道：「你是不是還有話想說？說吧，朕不怪你就是了。」

李德全飛快地瞄了康熙一眼，見他臉色還算平和，嚥了口唾沫小心翼翼道：「其實……榮貴妃昨夜才將凌若小主賜給四阿哥，依奴才看，興許四阿哥到現在都還不知道此事，更甭說寵幸凌若小主了，皇上您就算真將凌若小主召進宮來，也不算什麼大事。」

也只有打小在康熙身邊伺候的他才敢說這些話，換了其他人就是再想也絕不敢說出口，伴君如伴虎——這句話絕不是空談，稍有不慎就會人頭落地。

康熙搖搖頭，略帶幾分苦笑道：「朕不是唐明皇，所以朕不敢冒天下之大不韙。此事若傳揚出去，就是一人一口唾沫星子也足以把朕給淹死，朕還指望著做一個明君呢。」

「罷了，罷了。」康熙仰天長嘆，不無遺憾地道：「一切皆由天定，強求不得啊，你晚些去貝勒府傳朕的話，讓四阿哥好生對待鈕祜祿氏，莫因她格格的身分便輕慢了去，等往後有合適的機會，再晉一晉她的位分，格格之位實在太委屈她了。」

李德全躬身答應，見康熙沒有其他吩咐方才悄無聲息地退下。

第十二章　四貝勒府

凌若不知自己昏迷了多久，只覺醒來時渾身痠痛，嘴裡還火燒火燎一般，隱約看見有一個人背對著自己，連忙扯了乾澀的聲音喚道：「水……我要水……」

正在幹活的墨玉起初還以為是自己聽錯了，回頭看到凌若真的醒來，頓時露出欣喜之色，趕緊自桌上倒了杯水遞至床邊。「姑娘，妳可算醒了。」

凌若顧不得回答，就著墨玉的手貪婪地喝著對她來說恍如瓊漿玉露般的清茶，一口氣喝完猶不解渴，又要了一杯方才緩解口中的乾渴。

「我睡了很久嗎？」墨玉在凌若身後墊了兩個半舊的棉花墊子，讓她可以倚著坐一會兒。

凌若記得她昏過去是夜裡，而今外面天光大亮，想來起碼睡了一夜有餘。

「姑娘您足足昏睡了四天呢，燒得手腳都抽搐了還說胡話，奴婢好怕妳就這麼一睡不起。」說著，她眼睛紅了一圈，映著黑青的眼眶特別明顯。

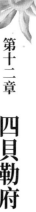

凌若微微一怔，原來不知不覺間自己已去鬼門關前轉了一圈，可惜閻羅王不肯收她，又將她趕回了陽間。她撫了撫自己明顯削瘦許多的臉頰，朝墨玉善意地笑道：「這些日子辛苦妳了。」

墨玉不好意思地笑笑。「奴婢沒事，只要姑娘您無恙就好了，再說奴婢照料姑娘是應該的。對了，姑娘睡了這麼久餓不餓，要不要奴婢去給您盛碗粥來？」

被她這麼一說，凌若還真感覺肚子空落落的，遂點頭道：「也好。」

墨玉離去後沒多久便端了碗熱騰騰的粥進來，輕聲道：「姑娘身子剛好轉，吃不得油膩的，得吃清淡些，奴婢在粥裡加了些鹽，姑娘您趁熱吃。」

「謝謝妳！」她微笑，猶如池中蓮花一瞬間綻放，美得令人窒息。

墨玉怔怔地看著她，良久才擠出一句：「姑娘，妳真好看，像仙女一樣，連年福晉都沒妳好看。」

年福晉？凌若的疑惑很快得到了解釋，四貝勒胤禛今年二十六歲，於十三年前奉命迎娶內大臣費揚古之女烏拉那拉氏為福晉，夫妻稱不上恩愛，但也相敬如賓。之後又有湖北巡撫年遐齡幼女與管領耿德金之女先後入府，立為側福晉。年氏是前幾日剛入的府，也是康熙指的婚，四貝勒府張燈結綵，大宴七日，連康熙和胤禛生母德妃都來了，雖只是納側福晉，但那排場比之嫡福晉也不遑多讓。

墨玉當時被抽去前院伺候，曾有幸得見到年氏，驚為天人，她從不知一個人可以長得這般美豔絕倫。原以為再沒人可與年福晉相較，卻不想這麼快就又遇到一個。相較之下她更喜歡這位新來的格格，人長得漂亮又沒什麼架子，不像那位年福晉，聽在前院伺候的人偶爾聊起，說是不太好伺候呢。

四貝勒府分東、西、中三路，每路各有三進院，凌若現在居住的是西路的後院，名為攬月居，她們這些格格不像那些側福晉、庶福晉一般可以獨居一處，攬月居便是所有格格的居所。

「那妳呢，妳又為什麼在府裡當差，是家生子還是賣身的？」凌若好奇地問，墨玉說了許多，卻從未涉及到自己。

墨玉把玩著胸前用藍繩束起來油光發亮的髮辮，歪頭笑道：「奴婢是今年剛簽的賣身契，不過只簽了三年，比姑娘來這裡早不了多少日子。」

「為什麼要簽賣身契，家裡沒人了嗎？」凌若一邊喝粥一邊問，興許是寂寞興許是無聊，總之她很喜歡與墨玉說話。

墨玉搖搖頭。「不是的，奴婢家裡父母健在，還有一個哥哥和妹妹，哥哥今年都二十多了，早過了娶妻的年紀，只因家裡太窮所以一直未娶上，今年好不容易說到一戶人家願意將女兒嫁給哥哥，但要五十兩彩禮錢，為了給哥哥湊這錢，奴婢就自願賣身給四貝勒府三年，雖然四貝勒府規矩大，但待遇也豐厚，除了賣身的錢，這三年裡奴婢還能每月領到一兩月錢呢，存夠三年又有三十六兩了，有了這些銀子，家裡日子就不會太緊巴了。」說到這裡她笑彎了眉眼，彷彿這是一筆多麼大的財富。

她單純的笑顏感染了凌若，鬱結數日的心緒在這一刻有撥雲見日的感覺，是啊，人有時候可以活得很簡單，一片瓦、一碗飯便於心足矣。

她雖然不幸，但比她不幸的人還有很多，不論身在何處，她一定要努力活下去，自怨自艾只能令親者痛、仇者快。

想通這一點之後，凌若眼中的迷茫一掃而光，取而代之的是前所未有的堅定。

別看墨玉是個沒什麼心眼的姑娘，但這一刻竟能敏銳覺察到凌若的變化，遂笑道：「姑娘是想到了什麼嗎？」

凌若攏一攏披在身後的長髮，淡淡道：「算是吧，墨玉，與我說說四貝勒吧。」

「四貝勒啊……」墨玉皺了皺鼻子道：「其實奴婢也不太瞭解，來府裡一個多月，只見過四貝勒一面，還隔得老遠。聽府裡的下人說四貝勒經常板著一張臉，很少笑，很多人都怕他呢……」她壓低聲湊近了小聲道：「還聽說京城裡有人給四貝勒取了個綽號叫『冷面阿哥』。」

冷面阿哥？凌若啞然失笑，還個綽號還起得真貼切，她前後見過胤禛兩次，每次都是一副生人勿近的模樣，實在很難叫人產生好感，相較之下那位素有「賢王」美稱的八阿哥風評要好得多。

「姑娘您這次病能好，真應該謝謝溫格格？」

「溫格格？」她說的肯定不會是四阿哥的女兒，應是與她一般身分的女子。

「嗯。」墨玉接過凌若吃了一半的粥放在小几上，低聲道：「姑娘病著的這幾天正是年福晉進門的日子，闔府上下皆忙著新福晉的事，壓根沒人理咱們，奴婢找了好幾次，連高管家面都沒見著就被打回來了。眼見姑娘燒得快不行了，大夫也沒人去請，奴婢真不知該怎麼辦，幸而溫格格瞧見了，知道後親自去找了高管家，高管家看在溫格格的面上才派人去請了大夫來瞧。之後溫格格又來瞧過幾次，知道姑娘沒大礙了才放心。」

墨玉不說凌若還不知道有這回事，心下微涼，以往在家中，雖過得拮据，但阿瑪、額娘向來愛護自己，稍有點病痛便急得不得了；眼下在這裡，活了十五年的命在他人眼中不過是草芥罷了，生死根本不在意。

凌若在心裡嘆了一聲，壓下心中苦楚淺笑道：「如此，改明兒真要好好謝謝這位溫格格。」

第十三章　李氏

靜養幾日後，凌若身子已經差不多好了，就是手腳還有些無力，趁著外頭天氣晴朗，就讓墨玉扶她出去走走，老待在屋裡悶得很。

沿著六稜石小徑一路出了攬月居，冬日陽光晴好，從天空中大片大片傾落，令迎面吹來的風帶了幾分暖意，舒適而愜意。

好快，一轉眼已是十二月二十二，再有十日不到就該過年了，以往都是與家人聚在一起熱熱鬧鬧過年，今年卻要一人獨過了，也不知阿瑪他們怎麼樣了，是否已曉她的事，若是知曉了想必又要好一頓傷心……

神思恍惚間，凌若不曾注意到面前多了兩個容色妍麗的女子，直至墨玉暗中扯了她衣袖一把方才回過神來。只聽對面那個身著粉色衣衫的女子扶著鬢邊鬆垮的珠花刻薄地道：「早聽說府裡新來了個格格，還是官宦千金，本想著會是個知書達理的，現在才知道竟是個連最基本禮儀都不懂的野丫頭，見了福晉也不行禮，真是百聞不如一見，不知她阿瑪是怎麼教出來的。」

旁邊那女子披了件緋紅緞錦繡海棠紋披風，裡頭是一身織錦團花的旗裝，甚是富麗，髮間簪了一對紅寶石鑲就的玫瑰長簪，垂下長長的珠絡於頰邊，襯得她本就豔麗的容顏愈發出色，眸光微動，落於凌若身上，不知在想什麼。

凌若起先還不以為意，然聽得她話語中辱及阿瑪，神色立時冷了幾分，側頭問：「她是福晉嗎？」

墨玉噗哧一笑低聲道：「姑娘您這麼說真是太抬舉她了，她倒是眼巴巴盼著當福晉，但哪有那麼容易啊，不過與您一樣都是格格罷了，姓葉，就住在攬月居最東頭那間，算是眾位格格裡較受寵的一位。」說到這裡她指指旁邊的女子道：「這位才是正經八百的側福晉。」

府裡統共兩位側福晉，一位姓年一位姓李，墨玉提過年氏，年紀與自己相仿，容色豔麗絕倫，有沉魚落雁之貌。眼前這位略有不及，且年紀瞧著已有二十上下，應是另一位側福晉。

「妳就是新來的格格？」李氏絳唇輕啟，露出瑩白如玉的貝齒。

「是。」既已知道了對方的身分，凌若自不會再這般大剌剌站在那裡，一甩繡有牡丹花的帕子端端正正行了個禮。「凌若見過李福晉，福晉吉祥。」隨後又向葉氏行了個平禮，葉氏冷哼一聲也不回禮。

按著規矩，只有嫡福晉才可被稱一聲福晉，其餘側福晉、庶福晉等，皆要在福晉前冠以姓或名，以示嫡庶有別。

李氏眸光一轉，從護手中伸出一隻潔白瑩潤的手，小指上的金鑲翠護甲在陽光下異常耀眼，她挑起凌若的下巴仔細端詳了一番後淡淡道：「長得倒是挺標致，聽說妳前些日子病了，眼下看來卻是好了呢，請大夫了？」

潔白的指尖傳來荼蘼花的幽香，凌若低眉垂視道：「有勞李福晉掛心，已請大夫看過，現在已好得差不多了。」

「如此甚好。」李氏漫然點頭，手重新籠回護手中，似笑非笑地道：「聽聞妳阿瑪是從四品典儀，又是鑲黃旗，身分雖說不上貴重但也不輕了，何以宮裡僅僅將妳賜給四爺為格格？這樣實在太委屈妳了。」

看似溫和的話，卻像一條毒蛇一樣狠狠咬住凌若的痛處，令她臉色為之一變，幸而從在鬼門關繞了一圈回來後，她已非昔日之凌若，幾息之間就恢復了鎮定，凝聲道：「回福晉的話，凌若出身尋常，能有幸伺候在四爺身邊已是幾世修來的福氣，感激還來不及又怎會覺得委屈呢。」

「凌格格不只人長得美，連口齒都很挺伶俐的，這番話說的可真動聽。」李氏掩脣輕笑，眸底不易察覺的厲色一閃而過。

葉氏在一旁插嘴：「那也得心口如一才好，就怕有些人口是心非，福晉您可千萬別被些許花言巧語給蒙騙了。」她本就看凌若不順眼，抓到機會自不會放過。

凌若笑笑未語，倒是墨玉心中不忿，辯解道：「我家姑娘才不是這種人，葉格格您莫要隨便冤枉好人。」

聽得墨玉居然敢頂嘴，葉氏登時拉長了臉，寒聲道：「什麼時候咱們府裡的下人變得這般沒規沒矩？我跟福晉在說話也敢插嘴，如此下去，假以時日還不得騎到咱們頭上來？」說到這裡睨了凌若一眼皺眉道：「真是有什麼樣的主子就有什麼樣的奴才，一個個都不知尊卑。」

聽她辱及自家姑娘，本已準備低頭認錯的墨玉氣憤地道：「奴婢沒有忘記尊卑，只是照理直說罷了。」

「還敢頂嘴！」一再被頂撞，葉氏哪嚥得下氣，不顧李氏在場，揚手欲摑。

「請姊姊息怒。」凌若一把將墨玉拉到身後，迎上去道：「墨玉是妹妹的奴才，她若有不小心衝撞姊姊的地方，妹妹代她向姊姊賠個不是，還請姊姊看在妹妹的薄面上饒過她這一回，待回去後妹妹一定嚴加管教。」

「給妳面子？妳又算個什麼東西！」葉氏一把推開她尖聲道：「今日我這個做姊姊的就替妳好生管教一下這個無禮犯上的奴才，讓開！」

「請姊姊高抬貴手。」凌若迎上她再一次揚起的手掌。「若姊姊真要打，那就打凌若吧。」

入府以來，若不是墨玉悉心照料，她現在如何還有命站在這裡，在她心中早將墨玉視為親近之人，怎肯任由葉氏欺凌。

「妳！」葉氏大怒，這掌到底不敢真摑下去，她雖囂張但還不至於沒了頭腦，凌若與她同是格格，萬一她藉此為由告到嫡福晉甚至是貝勒爺那裡去，可就麻煩了。

「好了，都少說一句。」聞得李氏開口，葉氏不敢再糾纏，恨恨一跺腳站回到李氏身後。

李氏輕拍了拍她的手，示意葉氏稍安勿燥，隨即移步來到凌若面前淡淡一笑道：「想不到凌格格還是個心善之人，對下人這般愛護。」

凌若不知她這麼問的用意何在，正斟酌著該怎麼回答，聽得她又道：「善待他人固然是好，但萬事都要有個度，若因此過於放縱，那便是壞了貝勒府的規矩，這於妳於她都不是什麼好事，記住了嗎？」

「妾身謹記福晉教誨，回去後定會嚴加管束。」凌若深深低下頭去，墨玉亦跪地認錯。

李氏嗯了一聲後又道：「既已知錯，那這次就罰妳小跪一個時辰吧，若再犯絕不輕饒。」

「是，奴婢領罰。」墨玉樸實卻不笨，心知這樣的懲戒已是姑娘極力維護的結果了，再多言只會為姑娘帶來更多的麻煩。

「那就勞凌格格在這裡督視了。」李氏點一點頭對葉氏道：「咱們走吧。」

「是。」葉氏恭順地答應一聲，扶了李氏離去，在經過凌若身邊時，狠狠瞪了她一眼。凌若明白，此事並沒有了結，相反，恰恰剛開始。

第十四章　蒹葭

待她們走遠後凌若方直起身，看到筆直跪在那裡的墨玉輕嘆一聲，又心疼又生氣地道：「她要說就由得她去說，何必與她一般見識？平白讓自己受這一番苦。看妳以後還敢魯莽。」

墨玉趕緊搖頭，囁囁道：「奴婢再也不敢給姑娘惹麻煩了。」

瞧她那一臉委屈又不敢說的樣子，凌若心頭一軟，蹲下來撫著她長長的髮辮道：「我不是怕麻煩，也不是不知道妳是替我出頭，但逞口一時口舌之利對事情本身並無幫助，反易被人抓住話柄，惹來災禍。在這府中不比外面，做任何事都要瞻前顧後，萬不可貪一時痛快。眼下我在貝勒府中毫無根基，唯一能夠信任依靠的就只有妳了，若妳有事，我又該如何？」

這一番推心置腹的話聽得墨玉大為感動，知道姑娘是真拿她當自己人才會這麼說，當下鄭重道：「奴婢記下了，奴婢發誓以後一定會謹言慎行。」

「那就好。」凌若這才放下心來，頓一頓又頗為擔心地道：「跪得疼嗎？」這條小徑是用六稜石子鋪成，最是防滑不過，但人若跪在上面，石子的稜角就會刺進肉裡，有尖銳些的甚至能扎破衣褲、弄出血來。幸而此刻是冬季，穿了棉衣棉褲，不像單薄衣衫時硌得那麼疼，但痛楚是難免的。

墨玉搖頭道：「不疼，奴婢又不是第一次跪，早習慣了，倒是姑娘您身子剛好，萬不可再累著，趕緊去亭子中坐著，奴婢保證一定會好好跪著，絕不動一下更不會站起來。」唯恐凌若不信，她又舉起手發誓。

見她受著罰還一心以惦記自己身體，瞧著那張一本正經的臉，凌若眼中漸漸浮起一層水光，模糊了雙眼，讓她無法看清眼前的事物，但她的心從未有一刻像現在這般清明與堅定過。

既然命運不可更改，那麼她唯一能做的就是努力去面對，不頹廢、不放棄，堅強地活下去，保護自己想要保護的人。

她不敢讓墨玉起來，萬一被人瞧見了傳到李福晉耳裡，只會讓她覺得墨玉不服管教，往後日子更難過了。

好不容易熬過一個時辰，凌若扶著墨玉一瘸一拐回到了攬月居，路經小院時，恰碰到幾個精心打扮的格格聚在一起聊天，見到她們主僕狼狽的模樣，自然免不了一陣譏笑。

時光如靜水一般，無聲無息卻從不曾停下，凌若站在四稜窗前靜靜凝望濃黑如墨的夜空，在不知幾千幾萬丈高的夜空深處，明月靜懸，星光閃耀。

「砰！」從遠處傳來一聲輕響，將凌若自恍惚中驚醒，放眼望去，只見一朵絢麗的煙花在夜空中綻放，而這僅僅是開始，在它之後不斷有煙花升空，綻放、消散、再綻放，將夜空渲染得五彩繽紛，美不勝收。

墨玉也被煙花吸引了過來，站在凌若身側讚嘆不已，直到煙花放完她才戀戀不捨地收回目光。

「知道是誰家在放煙花嗎？」煙花雖與鞭炮一樣為火藥製成，但它的製作工藝比鞭炮難許多，這也導致了煙花的價格是鞭炮的好幾倍，一般百姓根本燃放不起，能像剛才那樣燃放大量煙花的人家，非富即貴。

「今天是八阿哥迎娶嫡福晉的大日子，剛才的煙花肯定是八貝勒府放的。聽說那位八福晉是……西安將軍莫……莫……」墨玉想破了腦袋瓜子也想不起來那位大人叫什麼名字，氣得她直敲自己腦袋。

「可是西安將軍莫巴仁？」凌若曾聽父親說起過此人，驍勇善戰又懂行軍布陣，是本朝難得的將領，可惜在準噶爾戰役中陣亡。

「對對對！」墨玉連連點頭。「就是這個名字，還是姑娘腦瓜子好使。聽說八福晉是莫巴仁將軍唯一的骨血，當年將軍戰死後沒多久將軍夫人就因病去世了，皇上憐惜將軍女兒孤苦無依，便將她接入宮中撫養，直到今年才賜婚給了八阿哥。」

「今年可真是熱鬧，先是咱們府裡納了側福晉，現在又是八阿哥娶了嫡福晉。」墨玉掰了掰指頭笑道：「還有七日就該過年了，到時候又會好熱鬧，阿爹會把養了一年的豬殺了，阿媽則拿出早已做好的新衣裳……」越說越小聲，因為她猛然想起如今已不在家中。

凌若長嘆一口氣，攬過墨玉的肩膀安慰道：「三年而已，很快就過去了，過了這三年妳就可以回去與爹娘團聚了，這三年間就由我陪妳一起過年吧。」

墨玉吸了吸鼻子，抹去凝聚在眼底的淚，用力點頭。「嗯，奴婢和姑娘一起過年。」

是夜，凌若躺在床上久久不能入睡，墨玉三年後就可以回家與親人團聚，那麼自己的盡頭又在哪裡？還是說永遠沒有盡頭？

「唉……」自選秀以來嘆息的次數，比她以往十五年加起來還要多。

披衣起身，趿鞋來到外面，沒了煙花絢爛奪目，明月在夜空中猶為顯眼，似水月華靜靜灑落庭院中。

十二月的夜極冷也極靜，萬籟俱寂，不像春夏秋三季有蟬叫蟲鳴，偶爾一陣風吹動，晃得樹枝簌簌作響，凌若緊了緊衣裳，藉著月光慢慢走在曲幽小徑間，軟底繡鞋踩在地上發出細微的聲響。

出了攬月居再往前走不遠便能看到蒹葭池，凌若第一次聽到這個池名的時候愣了好一陣兒，她自幼習讀詩書，自然知道蒹葭二字出自哪裡，但沒想到會有人以此作為池名。

聽墨玉說，此池是皇帝將宅院賜給四阿哥後，胤禛特意命人挖的，是一個蓮池，一到夏天池中便開滿了蓮花，放眼望去，當真是「接天蓮葉無窮碧，映日荷花別樣紅」。

胤禛是男子，且以她對胤禛的認識來看，他不像是會喜歡花花草草的人，且又以蒹葭命名，不知是為哪個女子所建，是嫡福晉嗎？興許吧，嫡福晉的名字裡彷彿就有一個蓮字。

他，至少是個有心人……

這樣想著，她對胤禛的牴觸少了許多，凌若行走幾步來至池邊，此刻不是蓮花盛放的季節，只能看到靜靜一池水，映著岸邊稀稀疏疏幾盞燈籠。

「蒹葭蒼蒼，白露為霜。所謂伊人，在水一方。溯洄從之，道阻且長。溯游從之，宛在水中央。蒹葭萋萋，白露未晞。所謂伊人，在水之湄。溯洄從之，道阻且躋。溯游從之，宛在水中坻。」

凌若徐徐吟來，這首詩名為《秦風・蒹葭》出自《詩經》，她第一次讀到這首詩的時候，就甚是喜歡詩中那種不可言語的朦朧意境，當時深深記在了心裡，此刻再記起依然一字不忘。

「蒹葭采采，白露未已。所謂伊人，在水……」

「誰在哪裡？」正吟到一半，忽聽到不遠處響起一個低沉略有些含糊的男聲。

凌若大吃一驚，這麼晚的天還有人在嗎？正訝異間，一個身影搖搖晃晃從池的另一邊走了過來，手裡彷彿還拿著什麼。

凌若定睛細看，待看清時又是好一陣驚訝，來人竟是胤禛，只見他一身寶藍色袍子，腰間繫了條暗金鑲紫晶帶子，一塊五蝠捧壽和田玉珮與累絲香囊一併繫在下面。

這一切並無不妥之處，偏是胤禛滿身酒氣，一臉通紅不說，手裡還拿著壺酒，走路都搖搖晃晃了，酒還不住往嘴裡灌，人還沒到近前呢，便已先聞到那陣酒味，也不知他喝了多少。

凌若微微蹙眉，忍著嗆人的酒味朝他行了一禮。「妾身見過貝勒爺。」

「是妳？」胤禛睜著朦朧的醉眼仔細打量了凌若一眼，居然認出了她，踉踉蹌蹌地指了她道：「妳，妳不是應該在宮、宮裡選秀嗎？怎麼跑到我府裡來了？」

「榮貴妃已將妾身指給貝勒爺為格格。」話音剛落便見胤禛不慎踩到一塊凹凸不平的碎石上，身子失了平穩差點摔倒，凌若趕緊扶住。

胤禛拍拍發暈的腦袋醉笑道：「對，我想起來了，皇阿瑪和我說過妳，他還要我好好待妳，莫要虧待了去。」

「皇上也知道這事了嗎？」凌若一怔，連胤禛甩開了她的手都沒發現。

「怎麼不知道。」胤禛往嘴裡灌了一大口酒，腳步踉蹌地道：「為了妳的事皇阿瑪龍顏大怒，將榮貴妃禁足在景仁宮，額娘說她從未見皇阿瑪發過這麼大的火。」

皇上，他是這樣關心她嗎？可是一切都遲了，想必皇上心中也明白，否則不會這樣囑託四阿哥……

凌若搖搖頭，不再去想這些已經過去的事，抬眼望去，發現胤禛不知何時跑到池畔，隨時都有可能摔下去，這大晚上的又喝得這般醉，真摔下去可怎麼得了。

「貝勒爺小心！」胤禛腳下一滑險些落入水中，凌若慌忙將他拉住，埋怨道：「您這是喝了多少酒啊，竟醉成這樣？」

「多少？」胤禛茫然搖頭。「我不記得了。」他捂著胸口，忽而笑道：「喝醉了嗎？不，沒有，我的心還疼，還沒有醉！我還要喝，妳放開，我要喝酒！」

「再喝下去我怕你連路都不會走了。」凌若死死按住他的手，說什麼也不讓他繼續喝了，真不知這位爺發的是哪門子瘋。

「妳好煩啊。我不用妳管。」胤禛用力推開面前這個煩人至極的小女子，看到她因站不穩而摔在地上，薄唇冷冷吐出兩個字：「活該！」

「你！」凌若一陣氣結，若不是見他喝醉了酒，她才懶得管他。好疼啊，抬起撐地的手，發現上面破了好大一塊皮，火辣辣的疼。

胤禛將壺裡最後一口酒飲盡，揚手將酒壺拋入池中，大聲道：「君不見黃河之水天上來，奔流到海不復回。君不見高堂明鏡悲白髮，朝如青絲暮成血。人生得意需盡歡，莫使金樽空對月。哈哈哈！」他在大笑，卻聽不出絲毫開心之意，有的只是無止無盡的悲傷與難過。

「我想要的求之不得，不想要的卻一個又一個。」他止了笑回過頭來，眸中有深刻的悲傷，令凌若深深為之震驚。「鈕祜祿凌若是嗎？妳告訴我這是為什麼？為什麼？」

凌若大約明白了，胤禛應是有喜歡的人，卻不能與之在一起，反而他不喜歡的人，譬如自己，卻一個個被塞到他身邊。

凌若猛然想起之前墨玉的話，今夜是八阿哥大喜的日子，胤禛與八阿哥是同胞兄弟，沒理由不去的，如此說來應是從那裡回來，難道胤禛喜歡的是八福晉？

凌若用力捂住自己的嘴，深怕一個不小心驚叫出聲，這個猜想實在太過驚人了，但除此之外她想不到其他可能。

他與她，原來皆是傷心人。

許久，凌若上前扶住他，輕輕道：「妾身不能回答貝勒爺的問題，但是妾身曾聽佛家說過人生有八苦：生、老、病、死、愛別離、怨長久、求不得、放不下。只有真正經歷過這八苦，方才是完整無缺的人生。」

「愛別離……求不得……放不下……」胤禛喃喃重複著凌若的話，許久，他抬頭朝高懸於夜空的明月伸出手，然後緩緩合攏，月依舊在那裡，他什麼都抓不住。

忽地，他抱住凌若，抵在她肩上放聲大哭，像一個小孩般，彷彿要將心中的痛苦與悲傷都渲瀉出來。

凌若從未想過一個男人可以哭得那麼傷心、那麼無助，更無法想像高傲、冷漠如胤禛也會有哭泣的時候，想來，他心中應是愛極了她……

如此想著，心中竟生出一絲心疼的感覺，默然無語……

許久，哭聲漸漸止住，當胤禛抬起頭時，臉上已看不到一絲淚痕，唯有凌若清楚，剛才那一切並不是幻覺。

「陪我坐一會兒吧。」這一刻胤禛的眼神清明無比，看不出一絲酒意。

「好。」凌若沒有拒絕，陪他一道坐在冰冷的石地上，寒意隔著衣裳滲入肌膚，凌若忍不住打了個寒顫。

「冷了？」胤禛睨了她一眼隨手脫下長袍披在她身上，不容拒絕。

聞到衣上屬於胤禛的氣息，凌若臉微微一紅，低頭環抱雙膝，靜靜坐在胤禛身邊，聽他指著天上的星星，一個個告訴她叫什麼名字。

「這顆是牛郎星，那顆是織女星，每到七夕時，兩顆星就會離得很近。」說到這裡胤禛神色微微一黯，恍惚道：「以前她總問我什麼時候能到七夕，這樣牛郎和織女就可以團聚了。」

「她是一個怎樣的女子？」她知道不該問這個，可是忍不住心中好奇。

「湄兒嗎？」說到這個名字，胤禛嘴角浮起苦澀的微笑。

湄……湄……蒹葭池……凌若眸光剎那一亮，彷彿有一道閃電在腦海中劃過，令她豁然開朗，脫口而出：「蒹葭池是為八福晉而建？」

話出口她才意識到不好，她只是猜測胤禛喜歡的人是八福晉，又不曾證實，怎能這樣不負責任地說出來呢？萬一錯了可怎麼辦。

胤禛意外地望了她一眼，自嘲道：「妳猜到了嗎？八福晉……」天知道說出這三個字時他的心有多痛，簡直像有針在扎一樣。

所謂伊人，在水之湄。

「她說她喜歡西湖滿池蓮花盛開的樣子，所以我為她建了蒹葭池，希望她能夠天天看到，可是她並不希罕，連看都不曾來看過一眼。」胤禛的聲音是強行壓抑後的哽咽。「十餘年，我守了她十餘年，可她卻離我而去，沒有一絲眷戀……」

凌若不知該從何勸起，她經歷過，知道這種痛不是輕易可以撫平的，良久才道：「貝勒爺有沒有聽說過彼岸花？」

胤禛沒有回答，只以目光示意她說下去。

凌若抿一抿耳邊的碎髮，娓娓道來：「彼岸花又稱曼珠沙華，相傳這種花，花開不見葉，有葉沒有花，雖是同根生，卻永遠不相見。有人說，穿過這些花，曾經的一切都留在了彼岸，那麼，人就可以重新開始。」

他明白，她這是在勸他放下，他也想放下，可是十餘年感情，不是一朝就可以放下的，否則他也不至於這麼痛苦。

「世間真有這種花嗎？」胤禛被她勾起一絲興趣。

「也許吧，誰也不曉得。」凌若的目光有幾許迷離，她也很想知道是否真有這種花，又是否穿過這些花就可以徹底忘記容遠，忘記彼此的十年……

「與妳說話似乎挺有意思的。」說了一陣子，心似乎不再痛得那麼厲害了。

「貝勒爺以後若是再想找誰說話，妾身隨時願意奉陪。但是下一次希望……」

凌若故意停住話鋒，似笑非笑的望著胤禛。

「希望什麼？」他知道她是在等他問。

「希望貝勒爺不要再喝這麼多酒，否則您還沒醉，妾身先醉了。」她佯裝醉倒的樣子，令胤禛為之失笑，這女子實在很有意思啊。

他搖搖頭正要說話，忽覺胸口一陣煩悶，緊接著胃裡翻江倒海地，哇的一聲將今夜吃下去的東西全吐了，幾乎全是酒，只有少得可憐的食物混在酒中。

「貝勒爺你要不要緊？」凌若顧不得身上沾到的嘔吐物，趕緊扶住胤禛。

「我沒事，歇會兒就好了。」待將胃裡的東西悉數吐出來，胤禛才覺舒服些，他抹了抹嘴角靠在凌若身上，眼皮沉重到抬不起來。

「侍從在哪裡，我叫他們送您回去休息。」凌若等了半天都不見胤禛答應，回頭一看，發現他竟然已經靠著自己睡著了，任她怎麼喚都不醒，急得不知該怎麼辦才好。現在這麼冷的天若任由他在外面睡，必然要生病，可是此地只有他們兩人，她對貝勒府所知有限，根本不知要把他送到哪裡去。

思來想去，凌若唯有咬一咬牙，將胤禛扶回自己的居所，儘管隔著好幾層衣裳，她還是能感覺到胤禛結實的身體，一路上臉紅得發燙，所幸無人看見。

好不容易將胤禛放到床上，凌若已經累得快散架了，她不想吵醒已經睡下的墨玉，只好自己去打了盆水來，將胤禛與自己身上的汙穢物擦去，又給他脫靴子、蓋被子，忙完這一切，凌若又累又睏，倚在床榻邊一步也不想挪動。

目光落在胤禛熟睡的臉上，閉著眼的他沒有了平日那種凌厲尖銳，倒生出幾分柔和，胤禛長相本就極其出色，可惜他平時老板著一張臉，好似別人都欠他幾百兩銀子一般，教人避之唯恐不及；他若肯多笑笑，也不至於被人說刻薄寡恩。

這就是她將要伴之一生的男人啊……

想起她與胤禛，真的很可笑，第一次見面他對她說：想死就離遠點；第二次見面他警告她：但凡聽到一點風聲，我都唯妳是問。從無一句好話，可就是這樣可笑的兩人，如今卻要共度一生。

她是他無數女人之一，他卻是她的唯一，上天何其不公。

今後的歲月她該怎麼去面對他，是與其他女子一般以色侍人，竭力去討他歡喜嗎？

曾幾何時，她想過在這貝勒府中寂寂終老，不爭寵不奪愛；可是今日墨玉之事讓她明白——我不犯人，人卻會犯我。

想要無寵安然終老，不過是一個夢罷了；沒有底線的退讓換來的不是海闊天空，而是懸崖絕壁，粉身碎骨。

權勢——只有這兩個字才能保證無人敢欺她鈕祜祿凌若，而這一切，都建立在眼前這男人的寵愛上。

湄，一個近水近岸、似水似岸，極動人的一個字。

湄兒，就是胤禛藏在心底的名字，從不知道原來京城有名的冷面阿哥還有如此至情至性的一面，胤禛啊胤禛，到底哪個才是真正的你，而我又該以何種心態去面對你……

想著想著，凌若竟倚在床榻邊睡著了。

第十五章 過夜

冬日的夜猶為漫長，六更時分，天不過才剛矇矇亮，墨玉就打了個哈欠從通鋪上爬起來穿衣洗漱，收拾停當後她端了盆熱水來到凌若的房間。

「姑娘該起床了。」墨玉照例將銅盆放上柚木架子，浸溼面帕後一邊喚著一邊撩起綃紗簾子；往常這時候姑娘早起身了，今日怎麼睡得這麼沉，連自己進來都沒聽到。

「姑……」當墨玉看到自家姑娘睡在榻邊，而床上明顯躺了一個男子時，後面那個字怎麼也叫不出來，取而代之的是一聲尖叫。

「出什麼事了！」凌若睡得正酣，突然聽到尖叫聲，嚇得她一個激靈，幾乎從地上跳起來。

「姑娘妳……」墨玉指指她又指指床上那個男子，張口結舌不知該從何說起。

「到底怎麼了？別一副活見鬼的樣子。」凌若揉著隱隱作痛的太陽穴沒好氣地道。

墨玉快暈倒了，這副畫面就算不是活見鬼也差不多了，怎麼姑娘還一副不打緊的模樣，這是要急死她嗎？

她一把拉過凌若氣急敗壞道：「我的好姑娘啊，就算貝勒爺沒召妳，妳也不能做出這種事，妳知不知萬一要是被人知道了，是要處死的！」

凌若知道墨玉是為她擔憂著急，感動於一瞬間漾滿胸口。「傻丫頭，妳還是先過來看看他是誰吧，別一口咬定就是姦夫。」她忍住笑意將墨玉拉到床前，讓對方仔細看看躺在那裡的人究竟是誰。

墨玉不高興地拉長了臉準備隨意一瞅便算了事，呃……怎麼看著有點像貝勒爺啊？往仔細了瞧，墨玉的眼和嘴漸漸張成一個圈，指著那人結結巴巴地道：「這……這……這不是貝……貝勒爺嗎？」

「妳總算明白了。」凌若拍著額頭佯裝頭痛地道：「我還真怕妳連貝勒爺都不認識，把他當成姦夫好一頓毒打呢！」

墨玉尷尬地分辯：「我，我哪知道會是貝勒爺。」說到此處她猛然抬起頭，既驚又喜地道：「姑娘，您，您和貝勒爺……」

「休得胡說。」凌若紅了臉啐道：「我和貝勒爺什麼都沒有，只是恰巧碰到貝勒爺喝醉了酒，所以扶他到這裡歇著罷了。」

「原來是這樣啊，奴婢還以為貝勒爺寵幸了姑娘呢。」墨玉不無失望地撇了撇嘴，她是真希望姑娘能被貝勒爺看上，這樣姑娘就不會隨便讓人欺負了，一想到姑娘上回病得差點沒命，她就心酸。

「在那嘟囔什麼呢，還不快扶我去梳洗。」凌若怕墨玉的小腦瓜子再亂想一通，趕緊催促她做事。

「哦。」墨玉答應一聲，扶起腿麻得無法走路的凌若去梳洗，收拾停當後她取來一身月白旗裝，一臉古怪地問：「姑娘，您要換衣裳嗎？」

「還是等貝勒爺走後我再換吧。」儘管胤禛在睡覺且又有簾子隔著，凌若還是沒勇氣在這裡換衣裳。

正說話間，忽地聽到床上有響動，她忙過去一看，只見胤禛撫著額頭表情極是痛苦，凌若明白他必然是因為宿醉頭痛，當下命墨玉將他扶起，自己則去倒了杯茶來，細細吹涼後遞到他脣邊，看他一口一口喝下去。

呼……感覺頭沒那麼疼了，胤禛長出一口氣睜開眼，看到在餵自己喝水的凌若，他先是一愣，旋即又恢復了平常，顯然昨夜的事他並沒有忘記。

「好些了嗎？」凌若放下喝了一半的茶問。

胤禛點點頭看了周圍一眼漠然道：「我這是在哪裡？」

「攬月居，妾身的房間。」凌若在心底暗嘆，果然他一醒來就變回冷面冷情的胤禛，昨夜那個真性情的胤禛只是曇花一現罷了，她起身一福道：「昨夜貝勒爺喝醉了，妾身不知該如何安置，擅自將貝勒爺帶回此處，如有不周，請貝勒爺治罪。」

胤禛審視了她一眼，意外發現她還穿著昨夜的衣裳，而自己身上的衣裳也好端端沒動過，頗有幾分意外，他喝醉睡著後竟是什麼都沒發生，真是稀奇，若換了尋常無寵女子，逮到這麼個機會怕是會想盡辦法黏上來，這個鈕祜祿凌若倒真有幾分特別。

胤禛穿上千層底黑靴示意墨玉出去，待屋中只剩下他們兩人時方才挑眉問：「昨夜妳睡在哪裡？這裡可就一張床。」

心思靈巧如凌若豈有聽不出他言下之意的道理，雙頰微微一紅低聲道：「妾身倚在床邊睡了一會兒。」

「妳不想得到我的寵幸嗎？」他挑起她光潔的下巴，眸光閃爍著奇異而幽暗的光芒。

她在他眼中看到了素顏的自己，竟無端生出幾分心慌來，她真的做好準備將一切奉獻於這個男子了嗎？

「為什麼不說話？」帶了碧玉扳指的拇指撫過她光滑的臉頰，溫熱與冰涼奇異地融和在一起，令她激靈靈打了個冷顫，頭腦瞬間清醒，如今早已沒了她選擇的餘地，願與不願，她都註定屬於愛新覺羅・胤禛。

如此想著，她坦然迎向胤禛審視的目光，笑意恰到好處地掛在脣邊。「妾身相信就算不用這些下作手段，也可以得到貝勒爺的寵幸。」

「妳倒是很有自信。」看得仔細了，方才發現她是一個很美的女子，含笑靜靜站在那裡時，彷彿一株破水而出的青蓮，秀美絕倫，這樣的美貌確實讓人過目不忘，即使與湄兒相較也不遑多讓。

想到湄兒，胤禛的心又是一陣抽痛，幾乎要窒息，他已經永遠失去了那個宛若精靈般的女子……

第十六章 召妒

「貝勒爺又想到湄兒姑娘了嗎？」儘管胤禛的變化很細微，然她還是察覺到了。胤禛目光一冷，握著凌若下巴的手驟然收緊，語氣裡有顯而易見的森冷與陰寒。

「這不是妳該問的事，妳只要好好做妳的格格就是了，我不會虧待妳。還有，昨夜的事我不希望有第三個人知道，否則休怪我對妳不客氣。」龍有逆鱗，而他的逆鱗就是湄兒。

「妾身若是多嘴之人，梅林那回貝勒爺就已經容不得妾身了。」他不信任她是再正常不過的事，緣何她竟生出幾分不悅來，使得言語間帶上了針鋒相對之意。

「最好是這樣。」

他扔下這麼一句話後轉身大步離開，再不看凌若一眼。彷彿眼裡根本沒有這個人。

凌若在後面微微搖頭，胤禛將內心掩藏得太深太深，根本不允許他人窺視，昨夜酒醉後真實的一面，想必是他絕不願意讓人看見的。

此刻已是天光大亮，胤禛一大清早自凌若房間離開的情形被不少人看在眼中，很快傳遍了整個攬月居。

胤禛是從不留宿攬月居的，要召幸哪個格格皆是派人來傳，且府裡有規矩，格格這種類似於通房丫頭上不得檯面的妾室只許伺候上半夜，絕不許留宿；想不到今日一下子破了兩回例，看來這個新來的格格很受貝勒爺喜愛。

眾人對此是又妒又羨，暗恨貝勒爺看上的怎麼不是自己。而有一些腦子靈活些的已經盤算著該怎麼巴結新貴，好讓她在貝勒爺面前提一提自己。

消息傳到葉秀耳中時，她險些氣炸了肺，將手裡的茶盞重重往地上一摜，「砰」的一聲當即摔得四分五裂，茶水濺了一地。

她自入府以來不知費了多少心思才有幸得到貝勒爺垂青，十幾位格格當中就數她最得寵，可就是這樣，她也從來沒被留過一夜，更甭提留貝勒爺在攬月居過夜了。

紅玉聽到響動進來，見地上一地狼藉，而葉秀又是一臉怒氣沖沖的樣子，立即小聲勸道：「姑娘您消消氣，為此氣壞了身子可不值得。」

「哼，那個小浪蹄子不知用了什麼狐媚法子竟被貝勒爺看上，還破例整夜留宿攬月居，真是可惡至極。早知如此昨日就不該輕易饒過她，讓她有機會勾引貝勒爺，眼下她不知該怎麼個得意法了。」一說起這事葉秀就咬牙切齒，恨不得咬下她一塊肉來。嫉妒就像一條毒蛇，將她原本美麗的臉蛋扭曲得猙獰可怖。

「貝勒爺只是一時興起，也許過幾天就忘得一乾二淨了，真正論恩寵，誰又能及得上姑娘您啊。」紅玉收拾了地上的碎瓷片陪笑道：「昨兒個李福晉不是說了嗎，貝勒爺有心封您為庶福晉，這可是眾位格格裡的頭一份榮耀，往後姑娘若能生下一兒半女，就是側福晉也不是不可能的事，那個鈕祜祿凌若不過是一時小人得志罷了，豈能與姑娘您相提並論，您生她氣實在是太抬舉她了。」

葉秀甚是受用，雖然依舊面色不豫，但終究沒有再發作，緩緩坐入椅中。

紅玉趁機再倒了杯茶給她。

「姑娘喝口茶順順氣，千萬莫與那種小浪蹄子一般見識，等您往後成了庶福晉，想怎樣收拾她都成，現在還是先忍一忍，莫要因她壞了您的好事。」

葉秀想想也是，壓下心中不悅，接過茶正待要送到脣邊，忽地心中一動，指了湯色紅亮，香氣清新的茶道：「這彷彿是上回舅舅來看我時所帶的茶？」

紅玉一笑道：「姑娘記性真好，正是舅老爺帶來的祁紅香螺，奴婢聽說冬天適合飲紅茶，所以特意沏了杯。姑娘若是不喜歡，奴婢這就去換了洞庭碧螺春。」

「不用了，茶很好。」葉秀眼珠子一轉，計上心來，笑意在脣邊無聲無息蔓延，悠然道：「把剩下的祁紅香螺都包好送到李福晉那裡，順便將這裡的事情好好與她說道說道。」

就算她不能出手對付鈕祜祿氏，也絕不會讓她就此好過，只要此事傳到李福晉耳中，那麼嫡福晉和年福晉定然也會知道；嫡福晉為人寬和不會說什麼，但那位年福晉就難說了，聽說她可是位心高氣傲的主。

「奴婢曉得。」紅玉心領神會的去了，回來已是近午時分，進來後她滿面喜色地朝葉秀一福道：「恭喜姑娘、賀喜姑娘。」

「何喜之有？」葉秀被她弄得滿頭霧水，不知突然間喜從何來。

紅玉抿嘴笑道：「剛才奴婢去李福晉那裡，李福晉跟奴婢說，嫡福晉已經答應晉姑娘您為庶福晉，待稟了貝勒爺就可挑選吉日將您的名字送至宗人府，由他們記入宗冊，到時候姑娘就是正經八百的主子了，您說奴婢不該恭喜您嗎？」

「當真？」葉秀豁地起身，喜形於色，格格與庶福晉雖只一級之隔，卻有雲泥之別，多少人終其一生也未能跨過這一步。她曉得自己出身不高，不像那些大官之女，一來便是側福晉乃至嫡福晉。

「奴婢就算有天大的膽子也不敢跟姑娘開這種玩笑，是李福晉親口告訴奴婢的。這不奴婢一聽說就立刻來回姑娘了。」紅玉喜孜孜地道。

葉秀心裡自是萬般歡喜，不過紅玉那聲「姑娘」怎麼聽著怎麼刺眼；有些不悅地睨了她一眼，紅玉立刻省悟過來，趕緊打了自己一巴掌，陪笑道：「瞧奴婢這張笨嘴，應該稱主子才是，請主子恕罪。」

「什麼主子，還沒下文呢，若是教人聽見了可不好。」儘管心裡很受用，但葉秀還是裝模作樣訓斥了對方一番。

「奴婢記下了。」紅玉眼珠子一轉，走到葉秀身邊替她揉肩，葉秀舒服地閉上眼，任由紅玉一下一下替她捶著肩。

主子……

這兩個字真是好聽，若能將庶福晉的庶字去掉，那便更好聽了。

她相信，這一日終會到來。

第十七章 姊妹

胤禛自那日離去後，便再沒有踏進過攬月居，更不曾來瞧過凌若，彷彿根本不記得還有這麼個人，那些原本打算巴結凌若的人，見狀皆打消了這個念頭，轉而去討好葉氏，因為就在十二月二十九這天，府中正式下文，晉格格葉氏為側福晉，遷居流雲閣。

消息傳到凌若耳中時，她只是一笑置之，彷彿並不放在心上，倒是墨玉忍不住替她抱不平。「真不知貝勒爺是怎麼想的，論容貌、品行，姑娘不知勝過那葉格格多少，貝勒爺卻連看都不來看姑娘。」

凌若笑笑放下手中繡了一半的雙面五彩牡丹，橫了她一眼道：「該改口叫葉福晉了，讓人聽見免不了又是一頓皮肉之苦，上次吃的虧還沒讓妳長記性嗎？」

「奴婢只是看不慣她那股得意勁兒。」墨玉吐吐舌頭小聲嘟囔。

「她能讓貝勒爺抬舉，自有她的本事，何況只是一個庶福晉，並不能證明貝勒爺有多喜歡她。」凌若放下繡綳起身望向天邊變幻莫測的雲彩，在心底嘆了口氣，日子越久她就越沒信心，胤禛難道真的已經忘記她了？

康熙四十三年的除夕夜，貝勒府依例大擺家宴，然格格們是不被允許出席的，只能在攬月居中獨自度過。

雖然不會有人來，但墨玉還是將屋子打掃得纖塵不染，又剪了各式各樣的窗花貼上，還不知從誰那裡磨來一對大紅燈籠掛在簷下，好歹增添了幾分年味。

「姑娘，您瞧哪身好？」墨玉各取了一套蜜合色旗裝和桃紅色旗裝問坐在銅鏡前梳頭的凌若。

「穿什麼都一樣，何必費那心思挑選。」凌若有些意興闌珊，梳齒在黑亮如綢緞的髮絲間緩緩滑過。

「今天可是除夕啊，怎麼能一樣，雖說不是新衣裳，但好歹喜慶些。」墨玉非要她挑一身，凌若受不得她纏，只得選了那套蜜合色的，另一套則收起來留待明日穿。

待換好衣裳後，墨玉將凌若的頭髮細細梳成燕尾，除了幾朵點翠珠花外，又撿了蝶戀花銀吊穗簪在燕尾上。

「唷，妹妹今日打扮得好生漂亮。」一個清越的聲音在身後響起，回首一看，只見溫如言正站在門口嫣然生笑。

溫如言，那是一個婉約如水的女子，也許不是那麼豔光奪目，但有一種極致內斂的優雅與從容，於相處之時一點一滴釋放出獨屬於她的魅力。

當日若不是她，也許凌若已經不在人世了，是以病好之後凌若特意去謝了她，之後兩人一直有往來。

「姊姊今日怎有空過來？」凌若含笑迎上來，拉了她的手一道進屋。

溫如言含笑道：「這大過年的反而清閒，也不知做什麼好，便想著過來與妳對弈一局，不知妹妹是否有興趣？」

「姊姊有此雅興，妹妹自當奉陪，不過妹妹棋藝不精，姊姊可要讓著我幾分才行。」說著喚墨玉擺上棋盤又捧來棋子，猜子的結果是凌若執白溫如言執黑。

棋子在棋盤上交替落下，一時間廝殺得難解難分，溫如言抿嘴笑道：「還唬我說自己棋藝不精，這不是挺好的嗎？」

凌若笑著叫屈：「我可不敢騙姊姊，這不是怕姊姊贏得太快會無聊，所以拚了全力來下，我若是因此費神過度長了白髮，姊姊可得賠我。」

「妳從哪裡學來的這般油嘴滑舌？」溫如言接過素雲遞來的茶飲了一口，忽地道：「貝勒爺再沒有來過嗎？」

凌若執棋的手一滯，棋子溫潤不慎從指間滑落，在棋盤上滾溜溜打了個轉後停住，她抬起頭，冬日的陽光透過窗紙照在她薄施脂粉的臉頰上，彷彿鍍了一層光暈。「姊姊好端端地怎麼突然說起這個來？」

手指緩緩撫過每一顆棋子，淡雅的聲音在耳邊徐徐響起：「我是在為妳擔心，葉氏已經成為庶福晉，妳與她素有嫌隙，如今她尚未站穩，騰不出手來對付妳，一旦她穩固了位置，只怕第一個容不下的就是妳；如今能成為妳護身符的唯有貝勒爺而已，我雖有心，卻無力。」

她真誠的話語令凌若心中生出幾許暖意，如實道：「我知道，但是貝勒爺不肯來我也無法，興許他不喜歡我吧。」

「那倒未必。」溫如言取了一顆棋子在手中把玩，抬眸道：「妳是一個極美的女子，只要見過妳就不會輕易忘記，我曾見過年氏，論容貌妳足以與她相提並論。其實我並不明白以妳的家世容貌，為何僅僅是一個格格。」

凌若默然，屋中一下子變得極靜，連墨玉她們呼吸的聲音都清晰可聞，許久，她帶著淡淡的嘲諷道：「也許我就是一個格格的命吧。」

「不，妳不是。」不顧凌若訝異地目光，她逕直搖頭。「幼時曾有一位相士在我家居住過一陣，閒來無事我便隨他學了些相人之術，用來看人倒也有幾分準頭，我觀妹妹面相不像是那種庸碌終老之人。」

「那依著姊姊看，我的命該如何呢？」凌若笑笑，隨口問道。

溫如言仔細看了她一眼，搖頭道：「我看不出來，由面相來看，妹妹的命格應是貴不可言，可偏又帶有大凶之兆，實在教人想不通。」

「既想不通就不要想了，命這種東西太過虛無飄渺，一日未發生便一日不能確定，多想反而無益。」說到這裡凌若一轉話鋒，笑指著棋盤道：「姊姊如今還是想想該怎麼下好這盤棋吧，萬一要是輸給妹妹的話，可是要罰姊姊的哦，妳們倒是說說罰什麼好？」

素雲在邊上抿脣笑道：「凌格格這棋還沒下完呢，您怎麼知道輸的一定是我家姑娘，萬一是您呢，那豈不是罰到您自己頭上？」

凌若屈指彈了一下素雲的額頭佯怒：「就妳這丫頭心眼最多，妳是怕我輸了不認帳，願賭自然願服輸，豈有賴帳之理。」

墨玉在一旁想了半天道：「今日是除夕夜，不如罰包餃子如何？」今兒個一早她從廚房討了些餃子皮與肉餡來，準備晚些時候包餃子吃，如今正好用上。

凌若與溫如言相視一眼，皆認為這個主意不錯，當下重新將心思放回到棋局之上，有個賭約，這局棋自然下得格外精采，你來我往直下了一個時辰才分出勝負，最終凌若以半子之差險勝一局。

「看來這次註定要吃姊姊親手包的餃子了，待會兒非得多吃幾個才行。」凌若極是高興，笑彎了眉眼。

午時的陽光明媚耀眼，拂落一身暖意，溫如言撫一撫她的臉道：「平常看妳倒是挺穩重的一個人，怎麼這次為點小事高興成這樣，贏了我有這般開心嗎？」

「我高興不是因為贏了姊姊，而是因為有姊姊在身邊，真好。」沒有華麗的辭藻，只有簡單至極的話，卻令溫如言深深為之動容。

她知道這一刻凌若是真將她當作姊姊看待才會說出這樣的話，在這深宅大院之中，雖四處是姊妹，但往往表面上客客氣氣，背地裡捅刀子，即使是親生姊妹也可能反目成仇，想真正擁有一份姊妹至情，當真是極為奢侈之事。

第十八章 除夕

「妳若喜歡，以後我年年都來陪妳過年，只要妳別嫌煩就行。」溫如言眸光含淚地笑道，當初她幫凌若延醫未必沒存私心，但現在卻是真心拿凌若當姊妹看待。

「不會，永遠不會。」凌若握著她的手鄭重道，彷彿許下一世的諾言。

兩人相視而笑，康熙四十三年的除夕，凌若第一次在沒有家人中度過，但她並不寂寞，因為有溫如言和墨玉陪著她。

這日用過午餐，墨玉與素雲負責在一旁擀皮和餡，凌若與溫如言一起包了許多餃子，到了晚膳時分拿到廚房去下鍋煮了，端回來時還是熱騰騰的。

墨玉小心地倒了一小碟鎮江陳醋，然後取過竹筷遞給凌若兩人。「姑娘和溫格格快嘗嘗味道怎麼樣？」

「妳們也忙了一天了，一道坐下吃吧。」凌若含笑道。

墨玉連忙搖頭。「奴婢們還是等姑娘們吃完了再吃吧。」素雲亦在一旁附和。

「萬一被人看到，該說奴婢們沒規矩了。」

「讓妳們坐下就坐下，哪來許多話，再說大過年的誰還會來這裡，待會兒餃子涼了可就不好吃了。」見墨玉兩人還在那裡磨蹭，凌若佯裝不悅地道：「再這樣我可要生氣了。」

溫如言亦勸道：「是啊，妳們若執意這樣反倒顯得生分了，何況吃餃子本來就是要人多些才熱鬧，光我們兩人未免寂寞了些。再過一會兒府裡就該放煙花了，正好可以一邊吃一邊看。」

墨玉兩人見推辭不過只得依言坐了，其實兩人早就餓了，此刻聞到香噴噴的餃子哪還忍得住，當即埋頭苦吃。

「咻——砰！」一團五彩火焰在夜空中炸開，化作一朵唯美奪目的花朵，旋即隱沒在黑夜中，但很快有更多的煙花升空，一個接一個綻放，將夜空點綴得猶如白晝，時而如金菊怒放、時而如牡丹盛開、時而又如彩虹翩躚、巨龍騰飛，令人目不暇接。

繼四貝勒府，五貝勒府、八貝勒府、十貝子府、十三貝子府等等紛紛開始燃放煙花，點亮京城每一個角落，不論身在何處，只要抬頭皆能看見漫天火樹銀花。

墨玉不知何時停下了吃東西，抬頭怔怔看著令人目眩神移的煙花，良久才喃喃道：「真好看，比上回八貝勒大婚時還要好看。」

素雲撇撇嘴不屑地道：「妳是第一回見嗎？每年都這樣，現在還不是真正熱鬧的時候，待子時那會兒才叫真的好看呢，先是宮中燃放煙花，隨即各府各院都會跟著放，整個京城上空全是煙花，可熱鬧了。」

「真的嗎？我家住在京郊，那裡雖然也放煙花，但遠不及這裡熱鬧。」墨玉眼睛瞇成了一條線，興奮地拍手道：「那我一定要等過了子時再睡。」

「妳愛幾時睡就幾時睡，只要明日別起不來就成。」凌若笑語了一句，起身與溫如言一起攙手走至院中，儘管隔了很遠，但院中依然瀰漫著硝煙的氣息。

溫如言環視了璀璨無比的夜空一眼，感嘆道：「好快，一轉眼一年又過去了，從康熙四十年入府到現在已三年有餘，人啊，就這麼在不知不覺中老去。」

「姊姊正值青春韶華，何來老字一說。」長風漫捲，吹得耳下那對琉璃纏絲耳墜晃動不已，人欲靜，風卻不止。

「如今尚可說青春，那再一個三年之後呢？人總有老去的一天，縱然容顏尚嬌心也老了，家人將我送入府，原是指望著我能為他們帶來榮華富貴，可惜，他們打錯了如意算盤。」溫如言攏一攏袖子，遙遙望著那燦爛如許的煙花，說起家人時她並沒有多少思念，反倒流露出一種諷意。

凌若黯然，許久才凝望著她瑩白如玉的側臉輕輕道：「葉氏張揚膚淺，其實遠不如姊姊，只是姊姊的特別，需要時間去細細體會。」

「可是貝勒爺沒有這個時間與心思。」她回眸一笑，冰藍色的衣衫在夜風中翻飛如蝶，欲飛但是飛不起，似乎被一根無形的絲線牢牢縛住，有一種莫名的悲傷在裡面。「貝勒爺的心早已許給了一個人，既是無心人，又何來的心去細細體會其他女子的美與好？眼下的他只能看到流於表面的東西，譬如家世，譬如美貌。」

驚訝在凌若眉間浮現。「這些話是誰告訴姊姊的？」

溫如言澀笑道：「何需人告訴，自己想想就明白了，莫看貝勒爺眼下寵著葉氏，其實她在貝勒爺心中什麼都不是，寵只是寵，並無情意在其中。」

「若兒。」這是她第一次喚她的名字，溫柔如靜水流過耳際。「當初我為妳延醫未必沒存了私心，但現在已經不重要了，不論妳信與不信，我只希望妳好。若兒，妳有驚人的美貌，終老在攬月居太可惜了，當有更精采的人生才是。」說到這裡她又嘆了一聲，如落花墜地，流水飄零。「何況……妳的美貌註定妳的人生會是一個極端，不是極致榮耀就是極致悲哀，這府中有太多人容不下妳。」

夜空在極致的燦爛後逐漸歸於寧靜，偶爾有零星的煙花升空綻放，留下絕美而剎那的永恆。

「我明白。」在長久的靜寂之後，凌若打破了沉默，此刻她的眼裡再沒有了遲疑，一字一句道：「我說過，以後每一年的除夕都要與姊姊一起過，凌若絕不食言。」

「那就好。」溫如言終於放心了，那句話是凌若對她最好的保證。「很晚了，我該回去了，妳也早些休息。」

「嗯，我知道了。」目送溫如言離去，凌若折身回屋，吃得滿口湯汁的墨玉看到她進來，不好意思地笑笑，抹手起身道：「奴婢這就把東西收了然後服侍姑娘睡覺。」

「不急，我還想再坐一會兒。」凌若憐惜地用帕子拭去她嘴角的汁水。「妳若累了的話先下去休息吧，東西留著明天收拾。」

「奴婢不累。」墨玉頭搖得跟博浪鼓一樣，快速將碗筷收拾好。

看到桌上還剩著的一盤餃子，她犯了難，不知該如何處置，想了半天還是決定留著等明天熱熱再吃，也省得浪費。

墨玉一心要等著看子時的煙花盛會，凌若又毫無睡意，乾脆陪她一道等，她也想看看滿京盡是煙花的盛況。

第十九章 三生煙火

主僕兩人沏了一壺茶，圍坐在桌前聊天，墨玉起先還很精神，嘰嘰喳喳地講著以前在家時的趣事，隨著時間的推移，她講話的速度明顯慢了下去，且眼皮不住往下垂，哈欠一個接一個，到最後竟支著手睡著了，凌若取來一件披風輕輕覆在她身上，然後打開房門想出去走一走。

門開的那瞬間，她愣住了，是眼花了嗎？她竟然看到了一身朝服的胤禛。

胤禛剛才路過攬月居時，想到數日前醉酒時遇到的那個女子，腳不由自主地踏了進來，正猶豫是否要進去，正好碰到她開門，當真是一件極巧的事。

看到凌若目瞪口呆的樣子，胤禛心情突然沒來由的大好，嘴角微微一揚走近幾步道：「怎麼，才幾日不見便不認識我了？」

這話令凌若確信眼前看到的不是幻影，趕緊一絲不苟地行禮。「凌若見過貝勒爺，貝勒爺吉祥。」

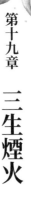

「起來吧。」胤禛擺擺手，越過她逕直往屋中走去。

「貝勒爺怎麼這麼晚了還過來？」凌若回過神，趕緊跟著進了屋，怕吵醒睡著的墨玉，她刻意壓低了聲。

「晚了我就不能過來嗎？」胤禛隨意打量了房間一眼，上回沒仔細看，如今才發現，這個房間與旁人的比起來真是簡陋得可以，除了必要桌椅櫃箱等用具外，竟再無旁的東西，連窗紙都已經舊得泛黃，倒是那些窗花貼得極是好看，令這屋子煥發出一絲活力。

「妾身不是這個意思。」凌若連忙辯解，神態微有幾絲窘意，今日的胤禛因是入宮赴宴後再回府用家宴，是以一身朝服、朝冠未除。只見他頭戴金龍二層青狐朝冠，飾東珠十顆，上銜紅寶石，身著石青龍褂，繡五爪金龍，兩肩前後各龍一，間以五色雲，披領及裳為紫貂，袖端熏貂，下幅八寶平水，行步間露出裡面金黃色的襯裡，與頸間朝珠垂下的金色絲條相映。

這身打扮令他本來就極英挺面容愈發出色，唯一的缺點就是神情太過冷峻疏離，當今聖上有十幾個兒子，真不知為何唯獨他養成了孤傲冷漠的性子。

「今夜妳就吃這個？」胤禛指著桌上剩下的餃子問，見凌若點頭，眉毛微不可見地抖動了一下，沉聲道：「我不是吩咐過廚房除夕夜給每個格格的膳食，除了餃子外還要有兩葷兩素，以及四色點心嗎？」

「興許是廚房事忙，忘了吧。」凌若淡淡回了一句，不受寵的格格在這府中什麼都不是，習慣跟高踩低的下人自然不會將之放在眼中，能欺就欺能扣就扣。

胤禛是何等聰明乖覺之人，怎會不明白其中玄機，面色一沉冷哼道：「我一再責令府中不許出現欺上瞞下之事，沒想到還是有人敢膽大包天，狗兒！」

「奴才在。」隨著胤禛的喝聲，一個身量瘦小卻渾身透著一股機靈勁的少年從院外小步跑進來，垂手恭敬地問：「四爺有什麼吩咐？」

「明兒個天一亮，就叫廚房裡管此事的人滾出貝勒府，以後都不許在京謀生，另外你去問問高福，他是怎麼管束下人的，養出這麼一群欺上瞞下的狗東西，他若嫌這個總管之位做得太過無聊，爺不介意換個人。」胤禛冷冷道，幽暗的眸中有寒光在閃動，森森如鋼刀，狗兒跟隨胤禛多年，知道他這是動了真怒，不敢多言，記下他的話後悄然退下。

他們說話的時候，墨玉迷迷糊糊睜開眼，看到胤禛在眼前，嚇得她當即從椅中跳了起來，睡意全無，結結巴巴地道：「奴、奴婢給貝勒爺請安，貝勒爺萬福。」這位爺怎麼每次出現都要嚇她一大跳，再這樣下去，非得把魂給嚇出來不可。

「這裡不需要妳伺候，下去吧。」胤禛揮手示意她出去，墨玉悄悄看了凌若一眼，見她也點頭，方才福了一福退下。

「在這裡住著可還習慣嗎？」胤禛輕咳一聲，打破人令人不自在的靜寂。

凌若倒了杯茶給他道：「無所謂習慣不習慣，適應就好了，左右有得吃與穿，妾身沒想過太多。」

「當真嗎？為何我覺得妳像是在怪我沒好好待妳？」胤禛瞇起眼，並不接過她遞來的茶，任由水氣在兩人間升騰，模糊彼此的容顏與目光。

「貝勒爺想多了。」她放下已經燙得握不住的茶盞，淺淺一笑道：「於妾身來說，一簞食一瓢飲足矣，貝勒府有那麼多的人，朝中又有許多事，貝勒爺只得一個人一雙眼，如何能顧得過來。」

「妳倒是會說話。」胤禛未必信了她的話，但面容到底柔和了幾分，撥著綠松石串成的朝珠道：「現在什麼時辰了？」

「大約子時吧。」凌若話音剛落，便覺手一緊，一隻厚實的大手牢牢抓了她往外走，一直走到蒹葭池邊方才站住。凌若撫著胸口喘氣道：「貝勒爺帶妾身來這裡做什麼？」

胤禛沒有回答，只是抬起手拍了拍，只見剛才出現過的狗兒與另一人捧了幾個黑黝黝的盒子放在地上，又恭敬地將兩個火摺子遞給胤禛，然後躬一躬身退向遠處。

「貝勒爺……」凌若的話被尖銳的破空聲打斷，循聲望去，只見紫禁城方向升起無數道火光，一起在夜空中綻放，在極致的絢目後化為星星火光隱去，再綻放再隱去，周而復始。與此同時，京城其他地方亦再度燃放起煙花來，耳中盡是劈里啪啦煙花的聲音，比原先更加熱鬧。

凌若看到胤禛的嘴巴動了動，但四周太吵聽不清他在說什麼，直到他將其中一個火摺子吹亮遞給她，又指了指地上那些黑盒子附在耳邊大聲道：「妳去把煙花點燃。」

原來這些是煙花，凌若恍然，執了火摺子一步步走過去，心中不僅沒有害怕反面有幾分興奮，以前家中境況尚好時，過年也燃放過煙花，不過那時阿瑪、額娘怕她受傷，從不讓她點火，只能在一旁與弟妹一起看著大哥放。

凌若與胤禛一起各自點燃引線，然後快速退開，引線在星火中急劇縮短，等完全消失時，只見一團團火光從眼前閃現，在夜空中綻放出自身最美的姿態。面對自己親手燃起的絢麗，凌若不覺看痴了，並未發現胤禛的異常。

平滑如鏡的蒹葭池面如實倒映出夜空中的唯美，胤禛默默地望著池面，臉上卻看不出任何歡愉之色，他本該與湄兒一起在這裡放煙花的，可是湄兒最終卻選擇老八而背棄了他，湄兒，妳明知我是如此愛妳，明知我將妳視作生命，妳怎麼可以這麼狠心，怎麼可以！

手緊緊握成拳，指節因太過用力泛起了白，青色的血管彷彿隨時會破膚而出，壓抑太久的悲傷於一瞬間爆發出來，令他痛苦到極致，在胤禛近乎崩潰的時候，一雙柔軟的小手握住了他的手，緩慢卻堅定的將他手指一個個掰開。全部掰開後，他掌心多了一個碎裂的玉扳指。

「您要折磨自己到什麼時候才肯甘休？」迎向他陰冷、毫無暖意的目光，凌若長長嘆了口氣，握緊對方微微顫抖的手，一字一句道：「這個世間不是只有湄兒姑娘一個女人，您的人生也不僅為了一個湄兒姑娘。您是四爺，四貝勒爺，是大清王朝最尊貴的皇子，不是一般庸碌無為的平民百姓，您的人生應與大清萬里錦繡江山在一起，與天下百姓在一起。湄兒姑娘不過是您生命中的一個過客，不是全部，現在不是，將來也永遠不是。」

「妳越僭了。」他冷漠的聲音恍如從地獄而來，帶著濃重的死亡氣息。

凌若凝眸一笑，嫣然生姿。「若能讓貝勒爺放下心中執念重新振作，就是越僭一次又何妨？」說到最後一句神情已是無比嚴肅，廣袖一展，端端正正跪下去道：「請貝勒爺治妾身越僭之罪！」這番話雖是算計，卻也有幾分真心在裡面，他的痛苦她感同身受，區別只在於她克制住了，塵封於心底，而他沒有。

地，堅硬如鐵，雙膝跪在上面生疼，許久，跪得雙腿都有些麻木了，才聽到一聲疲憊的嘆息，一雙大手扶住她的雙肘。「起來吧，地上涼。」

凌若從未見胤禛臉色如此難看過，一片慘白，彷彿剛剛大病一場，扯著嘴角露出一抹難看的笑容。「妳很有膽識，這些話就是福晉也不敢說。不過，確實，即使我將自己逼瘋了，湄兒也不會回心轉意，反而會教人看笑話。」第一個就是老八！胤禛並未將這句話說出口。

「貝勒爺能想通就好。」凌若暗吁一口氣，她還真怕胤禛一怒之下會治她的罪，幸好……幸好一切如她所想。

「叫我四爺，我喜歡聽妳這樣叫。」胤禛突然冒出這麼一句話。

「是，四爺。」凌若乖巧地答應，目光一垂，落在胤禛手心那枚裂掉的玉扳指上。「四爺能將這個送給妾身嗎？」

「妳要來何用？」這個玉扳指是胤禛成人禮那年康熙賞的，上好的老坑玻璃種，這麼多年來一直戴在手上，他很是喜歡，想不到這次無意中弄裂了，不免有些可惜。

「這個扳指玉色這般好，若就此扔了實在可惜，妾身想著左右只是裂了幾道，並不是碎得很厲害，用金邊包了之後還可以戴。」

「妳？」胤禛啞然失笑，拉過凌若纖巧的手與自己一比，兩人拇指大小相差極多。「妳確定可以戴嗎？」

凌若蛾眉微微一皺，旋即又舒展了道：「即使手上戴不了，妾身也可以拿根絲線串了掛脖子上啊。」

「這倒是個不錯的主意，也罷，就賞妳吧，改明兒我叫工匠補好後再給妳送來。」胤禛想了想，答應了她的要求。

「謝四爺。」凌若回給他一個淡淡的微笑，就是這個淺息即止的微笑，卻讓胤禛銘記了一生一世，之後的數十載歲月，不論恨不論愛，這個微笑始終不曾泯滅，長記心懷。

三生煙火，換來一世迷離，是緣是孽，終是難以分清了……

第二十章　溫情

這一夜之後，胤禛雖依舊未召幸凌若，卻不似以前那般不聞不問，得空時經常會來凌若的居所坐坐，與她說幾句話或是喝杯茶再走，偶爾會說起朝中發生的一些事，每當這時凌若就在一旁安靜的傾聽，於平靜中流淌著一絲溫情，細微而珍貴。胤禛正像凌若所希望的那樣，在慢慢撫平曾經血淋淋的傷口。

從墨玉口中，凌若得知如今貝勒府中，最得寵的是年前剛入府的年福晉，真可說是集萬千寵愛於一身，每回賞賜她都會得最豐厚的一份，胤禛留宿朝雲閣的日子也是最多的。

嫡福晉因身子弱兼要撫養幼子，甚少有精力打理府中之事，所以一切事宜皆交給了年福晉；李福晉在一旁幫襯打點，一時間風頭無人可及。

胤禛當真寵愛年氏嗎？當凌若站在蒹葭池邊時，答案便無比清晰，年氏所得到的只是寵，遠遠不能說愛。胤禛的心是屬於湄兒的，其他女人能得到的唯有一個

「寵」字，包括她在內……

有寵無愛的人生只是一個泡沫而已，小小一刺就會破滅，若在這個過程中付出了心，那麼等待她的唯有粉身碎骨一途。

所以淩若在心中發誓，永遠……永遠不會將心交給胤禛！

正月在不知不覺中悄悄逝去，轉眼已是康熙四十四年的二月初二，龍抬頭的日子，這一日家家戶戶設案焚香，供奉龍王，以求一年風調雨順、五穀豐登。家家男子還要剃龍頭，希望龍抬頭能走好運。

按例，這一天是動不得針線的，所以淩若只得將繡了一半的香囊擱置一邊，又見春光明媚，天氣極好，乾脆與墨玉一道將受了潮的書拿到外面去晒，去去那些個潮氣，省得到時候發霉。

淩若正彎腰仔細地將每一本書撫平後攤晒在架子上，忽地眼前一暗，一道陰影遮住了日光，抬眼望去，卻是胤禛。

「四爺什麼時候來的？」將書遞給墨玉，她直起身問道。

處得久了，兩人之間隨意許多，不再像初時那般拘瑾。

「剛到。」穿了一身石青色繡寶相紋常服的他睨了一眼攤在架上的那些書，發現大都是些經史類的書籍，略有幾分驚訝地道：「妳喜歡看這些書？」

「倒不是喜歡，只是身邊唯有這些書而已。」她被賜給四阿哥為格格的事，到底被家中知道了，前些日子阿瑪託人捎來這些書與一封信，信中未多說，只叫她好生保重，不需操心家中，但她能猜到阿瑪和額娘必定為此傷透了心。

「我書房中有許多書，妳若喜歡可以去取來看。」在說出這話後，胤禛自己也愣了一下，書房在府中近乎禁地，除了他貼身小廝狗兒和高福之外，誰都不許任意出入，包括福晉在內。

「當真可以嗎？」這些書凌若早已倒背如流，現在聽得這話，立時喜形於色，眼中有不加掩飾的渴望。

這樣的歡喜讓本有些後悔的胤禛無法拒絕，點頭道：「自然，待回去後我知會高福一聲，由著妳出入就是，但是除了那些書外，妳不可以動其他東西，尤其是公文。」

「妾身遵命。」凌若趕緊答應，胤禛能讓她出入書房已是莫大的信任，她怎會不知輕重好歹。

胤禛點點頭，取出一物遞給凌若。「扳指我已經叫人修補好，可惜裂痕終究還在。」翠綠的玉扳指包了一層金邊，在陽光下極為溫潤，翠綠之中彷彿有水在流淌，唯一美中不足的是那幾道細如髮絲的裂痕，不過這並不妨礙凌若對它的喜歡，她小心接過後先是套在拇指上，那鬆垮的模樣連她自己看了都想笑，解下項上的赤金細鍊將之串好後，打算掛上，胤禛接了過去道：「我幫妳掛。」

凌若俏臉一紅，背過身去任由胤禛為她掛上。手無意中劃過那一小片晶瑩如雪的肌膚，自持如胤禛者也不禁心神微微一蕩，這還是從未有過的事，感覺到凌若的身子戰兢了一下，他方才有些艱難的移開手。「好了。」

凌若低低應了聲，不敢抬頭，唯恐讓他看到自己滿面通紅的窘迫樣，手指不住絞著帕子，直到快把帕子絞爛了才擠出一句話來：「四爺您餓不餓？」

胤禛下朝後換了便服直接來這裡，根本沒吃過東西，此前還不覺得，此刻被她一提還真有些餓了。「妳這裡有什麼能吃嗎？」

凌若一笑，對墨玉道：「去廚房給貝勒爺下碗麵條。」

自上回胤禛雷厲風行處置了廚房那幫人又訓斥了高福後，府中跟紅頂白之風便有所收斂，兼之這陣子胤禛常來，凌若大有一躍成為新貴的趨勢，有些人甚至猜著她有可能繼葉氏之後成為攬月居第二位庶福晉。這樣的情況下，那些人自不敢再輕視凌若，反而想著法子討好，下一碗麵條自不是什麼難事。

「只有一碗麵嗎？虧得我還特意將修好的玉扳指給妳送來，可有些得不償失了。」胤禛難得心情大好，開起了玩笑。

凌若撫著頸項上的玉扳指笑道：「四爺這回可真冤枉妾身了，今日是二月初二，龍抬頭的日子，在民間這一天吃的東西皆要以龍為名，譬如吃餃子是『吃龍耳』；吃餛飩是『吃龍眼』；皇上是真龍天子，四爺是皇上的兒子，吃這些東西豈非對皇上不敬？」

「哦，還有這麼一種說法？」胤禛還是第一次聽說，頗覺新鮮，略一想便明白了。「這麼說來吃麵條就是吃龍鬚了？那豈非還是對皇阿瑪不敬？」

凌若搖頭道：「民間將吃麵條稱為扶龍鬚，是以這個不算不敬，四爺您盡可放心大膽的吃。」

「真是有趣的說法。」胤禛笑笑轉身進了屋，凌若陪著說了陣話後，就見到墨玉捧著朱漆托盤快步走來，行了個禮後將麵端至胤禛面前，雖她已走得很快了，但此地距廚房甚遠，麵條免不了有些漲糊。

「四爺等等。」凌若自櫃中取出一個小瓷瓶，打開後一股清甜香味撲鼻而來。

「這是什麼？彷彿是蜜，但還有桂花香在裡面。」胤禛好奇地問。

凌若一邊舀了一小杓在麵中拌勻，一面回答：「這個就叫桂花蜜，取秋天正開的桂花洗淨晒乾後與蜂蜜合在一起，然後封上蓋子，隨時都可打開食用，又香又甜，且顏色也極好看。」

確實，那一杓金黃色混著桂花瓣的蜜教人看了食指大動，胤禛夾了一筷麵放到嘴裡，頓覺清甜可口，美味異常，三兩下便將一碗麵都吃光，還覺有些意猶未盡，接過凌若遞來的帕子拭嘴道：「果真不錯，真虧妳想得出這些個點子。」

「哪是妾身想出來的啊，是額娘教的，這瓶蜜還是前些日子阿瑪託人帶來的。」說到這裡，她神色微微一黯，雖很快又是一副無事模樣，但還是未能逃過胤禛的眼睛。

「想家人了？」簡簡單單的四個字，卻將凌若苦苦壓抑的思親之情勾了出來，不論她再怎麼冷靜聰慧，終只有十六歲，終是第一次離開家，豈有不想之理，每當午夜夢迴發現再回不到從前時，常常潸然淚下。

她長吸一口氣，淚眼朦朧地看著胤禛。「妾身若說是，四爺是不是會怪妾身？」

「這是人之常情，有何可怪。」胤禛撫了撫她泫然欲泣的臉龐輕聲道：「等哪天有空了，讓妳阿瑪、額娘入府一趟，與妳見上一見可好？」

「真的？」聽到這個好消息，凌若簡直不敢相信自己的耳朵。

「自然是真的。」胤禛撫著她如雲的長髮，神色是連他自己都沒發現的溫柔。

「妾身謝四爺！」凌若喜極而泣，除了謝恩不知道還應該說什麼。

墨玉在一旁暗自替自家姑娘高興，自入府以來，姑娘從未有像現在這般高興的時候，往常即使明明在笑，也不自覺含了一絲愁緒在裡面，只盼她以後每一天都能像現在這般歡喜快樂。

墨玉不知道自己這個看似簡單的想法，對於深宅大院的女人來說，是一件多麼奢侈的事……

第二十一章 淨思居

二月初七這日，凌若正在屋中與溫若言說話，只見墨玉一臉古怪地走了進來，欠了欠身道：「啟稟姑娘，高管家來了，說是給您請安。」

高管家？凌若與溫如言對視一眼，均從對方眼中看到了深深的驚訝，高福是府裡的總管，又深得胤禛信任，平常就是福晉見了都要客氣禮待，怎麼這會兒眼巴巴過來請安了？真是好生奇怪。

人既已來了，斷無不見之理，凌若拂一拂衣衫命墨玉帶他進來，不多時便見到一個身態微福的中年人，正是凌若初來貝勒府時見過的高福。

「奴才給凌格格請安，給溫格格請安，兩位格格吉祥。」高福一進來就滿面含笑地打了個千兒。

「不敢，高管家請起。」凌若虛抬一下對墨玉道：「還不快給高管家看座。」

高福謝過恩，剛坐下便聽得溫如言似笑非笑地道：「今兒個吹的這是什麼風啊？竟把高管家這位大忙人給吹來了，平常可是想見一面都難。」

高福趕緊起身陪笑道：「格格說笑了，奴才心裡一直惦記著來給兩位格格請安，無奈雜事纏身，這不一得空就立刻過來了，萬望二位格格莫怪。」

溫如言脣角微勾，撫著袖口的風毛笑而不語，這府裡的人個個精得跟猴一樣，見人說人話，見鬼說鬼話，能信上三分就不錯了，當不得真。

「不知高管家此來所為何事？」無事不登三寶殿，凌若可不相信他此來僅是為了請安。

他笑答：「果真什麼事都瞞不過凌格格的法眼，奴才此來，是專程迎格格您遷居淨思居的。」他的臉又白又胖，一笑起來五官皺在一起，像極了剛剛蒸出來的包子。「前幾天貝勒爺吩咐奴才將東院的淨思居收拾出來，說是要給格格您住，這在咱們府裡可還是頭一遭呢，這不奴才剛收拾好，就緊趕著過來告訴您這個喜訊了。」

淨思居在貝勒府中儘管不是絕好的居處，但比攬月居不知好上多少，清幽雅致，而且獨居，甚至比幾位庶福晉的居處還要好，胤禛獨獨將此處賞給了尚是格格之位的凌若，可見她在胤禛心中的地位，高福是聰明人，又豈會看不明白？

胤禛從未提過此事，凌若乍聞，禁不住有些發愣，還是溫如言先回過神來，真心為之歡喜，輕笑道：「剛還在說院裡那株黃玉蘭不知緣何早開了兩個月，現在看來竟是吉兆呢，恭喜妹妹得遷淨思居。」

「只是往後再不能如現在這般時時與姊姊見面了。」在最初的驚喜過後，凌若有些失落。

「傻丫頭，只是東院罷了，又不是天南地北，咱們姊妹還是可以隨時見面的。」溫如言拍了她的手安慰，又道：「我陪妳把東西收一收就過去，莫讓高管家久等。」

凌若點頭。在高福開門出去的一瞬間，溫如言附在她耳邊飛快的低語：「如今妳未侍寢便已得貝勒爺如此恩寵，往後一定會有很多雙眼睛盯著妳，甚至視妳為眼中釘，妳自己萬事小心。」

「我知道。」她回過頭朝溫如言嫣然一笑，如臨水之花，無比靜好，從踏出這一步開始就沒有退路，不論前路平坦或坎坷，她都會一直走下去。

淨思居是一座單獨的院落，院中略略有幾點山石，且種了不少樹木，歷經一冬嚴寒，於漸暖的春光中抽出了細嫩的幼芽，碧綠青翠煞是好看。

垂花門進去後就是正廳，所用桌椅等物皆是用上好花梨木精工打造而成，牆上掛了一幅大大的「淨」字，筆走龍蛇，似行雲流水，意境極為不凡，再看下面的屬名，竟是康熙御筆親題。

待凌若在雕花木椅中坐下後，高福領了四人行禮道：「姑娘，這是負責淨思居的下人，您看看可還順眼，若是不喜歡的話，奴才這就給您換了。」

那四人年歲皆不大，聽了高福的話趕緊依次行禮、報上姓名，分別是水秀，水月，小路子，小常子。其中小路子有些結巴，說話不太俐落，不過人瞧著倒是挺忠厚的。聽到最後一個名字，墨玉忍不住「噗哧」一笑，小聲道：「小腸子，我還大腸子呢。」

小常子摸著剃得光溜的前腦門嘿嘿一笑，顯然不是第一次被人這樣說了，凌若笑斥了墨玉一句，讓她不得胡說。隨即又對還等著她回答的高福道：「我瞧著這四人挺好，就讓他們繼續留在這裡伺候吧。」

「是，凌格格若沒其他吩咐，那奴才先行告退，格格有什麼缺的、少的，儘管派人告知奴才，奴才一定全力置辦。」高福如是道。

「有勞高管家了。」凌若含笑朝墨玉使了使眼色。「替我送高管家出去。」

墨玉答應一聲，待走到外面後，悄悄將一錠銀子塞到高福手中。「這是我家姑娘一點心意，您可千萬要收下，否則奴婢該挨姑娘罵了。」

高福連稱不敢，最後礙不住墨玉堅持，只得收下。

墨玉折身回到正廳，恰好看到凌若在問四人情況，原來除了小常子是前些年黃河發大水時胤禛買回來的以外，其餘三人皆是貝勒府的家生奴才。

剛問了幾句話，便聽得外面有人喊：「請凌格格接嫡福晉恩賞。」

嫡福晉？凌若譁然一驚，入貝勒府這麼多天，她還從未見過這位嫡福晉，更不曾有過接觸，只聽人說起過嫡福晉為人寬厚仁和，無奈前些年因難產導致身子不濟經常臥床。她連忙整了整衣衫快步來到院中，只見院裡已站了好些個人，每一個手中皆捧了錦盒、綢緞等等。

「凌若接嫡福晉賞賜。」凌若雙膝跪地行大禮，當先一人將大紅燙金禮單打開，一樣一樣唱道：「龍鳳金鐲一對、白玉鑲紫晶如意一對、翡翠項鍊一串、白玉席一件、和田絹花十支、素錦五匹、細緞五匹。」

他每唱一樣，後面都有人上前將捧在手中的東西交給小路子等人，待全部念完後將禮單合攏，交至一直跪在地上的凌若手中，客氣幾句後率人離去。這撥人剛走，立刻又有人捧禮進來。

「請凌格格接年福晉恩賞。」

「請凌格格接李福晉恩賞。」

「請凌格格接瓜爾佳福晉恩賞。」

……

整一天淨思居都人來人往、絡繹不絕，嫡福晉與兩位側福晉還有數位庶福皆賜了賞，看得墨玉等人眼花繚亂。其中又以年福晉的恩賞最為厚重，那對白玉嵌百寶九桃牡丹福壽如意式樣優雅靈動，玉質溫潤如凝脂，又嵌以各式寶石，端的是價值連城，由此也可看出她在府中的受寵程度，隱隱有壓過嫡福晉的勢頭。

諸福晉中唯有一位不曾賜下東西，那便是曾與凌若有過節的葉氏。

原本瞧著挺寬敞的淨思居因這些賞賜變得擁擠不堪，正廳連下腳的地方都沒有，凌若瞧著不是辦法，命小路子等人將這些東西登記入冊後悉數收至西廂房中，左右那間房空著也是浪費，權當庫房了。

第二十二章 離別

水秀等人皆十分好奇，這位新來的格格到底是何方神聖，先是以格格身分入住淨思居，緊接著又得眾位福晉賞賜，真是好大的面子。

待將一切收拾齊整後已是入夜時分，凌若在水秀與水月的伺候下用過晚膳，又坐了一會兒，只見小路子搓著手走進來，費力地道：「姑……姑娘，您早……早……早些……些休息，奴才在……在外……外守著，您有事盡……儘管叫……叫奴才，保……保準……準馬上到。」今夜是他與水月當值，兩人一個負責守院子，一個負責照料凌若夜間起居。

以前在攬月居不曾有這個規矩，但如今獨居一處，自不能再像從前一般隨便，凌若放下喝了一半的杏仁茶，想了想朝墨玉道：「去取條舊棉被來。」

隨即溫言對小路子道：「此時雖已近春，但春寒料峭，夜間還是極冷容易凍出病來，你且用棉被裹著，那樣會好些。」

說話間墨玉已取了一條半舊的厚棉被來，遞給尚在發愣的小路子，見他不接，催促道：「很重的，還不快拿著。」

小路子這才如夢初醒地接過棉被，在來淨思居之前，他先後在好幾個主子手下當過差，因為結巴的原因不知受了多少白眼，每一個對他都是呼來喝去，從不給好臉色看，有時說得慢些還要挨罵挨打，身上也不知受了多少傷，要不是一道做事的小常子機靈，常幫著說好話，他可能都熬不到現在了。

原以為姑娘眼中根本沒自己，不曾想她不只記著還對他關心有加，想到這裡他忍不住眼圈微紅、掉下淚來，趕緊拿袖子拭了淚，哽咽道：「謝謝姑娘，謝謝姑娘。」

凌若站起身，踏過平整如鏡的青石磚走到小路子面前，深深看了他一眼道：「我不在乎你是否結巴，只在乎你是否忠心於我，你只要好好做事，我必不會虧待於你。」

「奴……奴……才一定……一定……」她的話令小路子萬分激動，越是激動越說不出話來，急得他滿頭是汗，墨玉看不過眼，替他道：「行了行了，我知道你一定會忠肝義膽、報效姑娘的。以後有話慢慢講不要急，否則啊，我怕你累死了都說不出來。」

小路子不好意思地笑笑，捧了棉被出去，另三人看凌若的目光不約而同有了變化，原先對新主子的牴觸正在慢慢消去，也許，這個主子值得他們去守候追隨。

「你們都出去吧，墨玉也是，我想一個人靜一靜。」凌若坐回椅中閉上眼揉了揉眉心，略有些疲憊地揮揮手，今天一天她都忙著應付眾位福晉派來打賞的人，幾乎沒停下來歇息過，現在一靜下來只覺渾身痠軟，連話都不願多說。

靜了不到片刻，便聽得有腳步聲進來，凌若閉著雙眼略有些不悅地道：「我不是說了不要進來嗎？退下！」

等了半晌始終不見人退下，凌若愈發不悅，暗道是誰這麼不懂規矩，睜開眼正待喝斥，不曾想竟看到面色沉靜的胤禛，唬得她當場跳了起來，連忙站直了身甩帕行禮。「妾身不知是四爺駕到，有失禮無狀之處，還請四爺治罪。」

「不知者不怪，起來吧。」微涼的男聲在凌若耳邊響起，那雙玄色千層底靴子更停駐在身前。

凌若略鬆一口氣，命水月沏了茶來親手奉與胤禛，帶了一絲玩笑的口吻道：「妾身不懂未卜先知，不曉得四爺這麼晚還要過來，所以沒備下別的，唯有請四爺喝茶。」

「我剛從老十三那裡回來，聽得高福說淨思居收拾齊整，妳已搬入，便想著來看看，如何，可還喜歡？」胤禛抿了口茶隨意問道。

「四爺厚賞，妾身自然喜歡，只是以妾身的身分獨住一院，怕會引人非議。」

此時南窗開了一條小縫，夜風徐來，拂動兩人的衣角與窗下雙耳花瓶中的黃玉蘭，如蝶尋花而來。

胤禛揮揮手道：「些許小事罷了，有何可非議，何況皇阿瑪曾說過讓我善待於妳，依意本該封妳一個庶福晉才是，這樣住淨思居也名正言順些，可是前些日子剛封了葉氏，不宜再封，所以只得這般，等往後再尋機會吧。」

「是。」凌若心中微有感動，一面之緣，康熙卻記住了她這個人，還特意囑託四阿哥，對於一個皇帝來說已是很難得了。正思忖間忽地一隻手抬起了她的下巴，胤禛難得一臉似笑非笑的表情看著她道：「那妳呢，我的格格，妳可準備好了？」

來了！凌若的心因這句話劇烈跳動起來，臉很不爭氣地迅速變紅，連耳根子都是火燙一片，聲如蚊蚋地道：「妾身……妾身準備好了。」要是地上有個洞，她都恨不得鑽進去了，這輩子還沒說過這麼羞人的話。

她那副似壯士斷腕的表情令胤禛為之莞爾，鬆開手道：「我只是隨便說說罷了，妳不必當真。」

凌若也不知鼓了多大的勇氣才說出剛才那句話，沒想到胤禛竟是開玩笑，頓時又羞又氣，還夾雜了些許她自己都不明白的失望，別過身去不再搭理他。

那副小女兒的嬌羞姿態看得胤禛一怔，風吹散長髮，迷了他的眼，令他有那麼片刻分不清眼前站的究竟是誰。

若妳是湄兒該有多好……

無聲地在心底嘆了口氣，不顧反對拉了凌若柔弱無骨的手到院中站定，抬望眼，星空是一如既往的深邃廣闊，極盡目力也看不到邊際在何處。

「明日我與十三弟幾人要陪皇阿瑪出京南巡，會有很長一段日子不在京城，讓妳阿瑪、額娘進府的事，要等我回來後再說了。」他望著星空淡淡道。

「妾身不急，倒是四爺一人在外面，萬事當心。」不知為何聽到胤禛要離開時，她心微微一顫，竟生出幾許不捨之感。

「我會的。」胤禛頷首，向來冷漠的眼眸浮現出些許暖意。「妳若有什麼事盡可去找年氏，現在府中的事都是她在打理，倒也井井有條，至於嫡福晉那邊，她身體素來不好又要管教弘暉，精神難免不濟，妳只需得空過去請個安就是了。」

「妾身知道了。」凌若溫順地回答，藉以掩飾內心的驚濤駭浪，府裡已是年氏做主了嗎？這才來府裡多少日子，就已經穩壓資歷比她老得多的李氏一頭，真是好手段。

胤禛點一點頭道：「很晚了，妳早些歇著吧，我也該走了。」

「四爺等等。」凌若忽地想起一事，匆匆自屋中取出一道三角黃符來。「這是前些日子阿瑪託人送來的護身符，說是特意去廟裡求來的，可保人平安，四爺此去南方路途遙遠，不知何時回轉，帶在身上吧。」

胤禛是從不信這些東西的，但盯著她誠摯關切的目光，拒絕的話無論如何也說不出口。默然將護身符收入懷中，恍然間記起，似乎很多年前也有一個女人帶著溫慈的笑意，將用黃絲線串成的三角符掛在他脖子上。

自她去後，再無人關心過他，哪怕身分尊貴無匹，到底是無人關心了……

第二十三章　嫡福晉

二月初九，康熙皇帝第五次南巡，四阿哥胤禛、八阿哥胤禩、十阿哥胤䄉，十三阿哥胤祥與眾大臣隨行伴駕，太子胤礽留在京城監國，凡遇重大事件八百里快馬加急呈報。

胤禛離府時，嫡福晉領了眾人送至府門外，凌若第一次看到那拉氏，那是一個很端莊溫和的女子，只因長年臥床甚少見陽光，使得她面容有些不自然的蒼白，在她與李氏的身邊各站了一個小人兒，分別是胤禛的長子弘暉與次女靈汐，長女出生未及出月就夭折了，次子則於三歲夭折，所以膝下只得一子一女。

諸女之中，最顯眼的莫過於年氏，上著紅色灑金縷石榴紋錦衣，下身則是一襲百褶長裙，渾圓無瑕的珍珠點綴裙間，髮髻上兩邊各插有一支攢珠金玉步搖，垂下長長的瓔珞，襯得她本就豔麗無雙的容顏愈發耀眼，讓人一見之下移不開目光，倒比那那拉氏更有幾分嫡福晉的架勢。

「貝勒爺，你此去只帶狗兒一人夠嗎，要不再多帶幾人？」那拉氏面有憂色地問。唯恐胤禛在外缺了人伺候。

「有皇阿瑪在還能缺了伺候的人嗎？有狗兒差遣足夠了，妳不必擔心，倒是妳自己要小心身子，記得喝藥。」胤禛淡淡地道，自康熙三十年奉命迎烏拉那拉氏為嫡福晉，至今已有十四年，胤禛一直待她禮敬有加，但感情卻說不上有多深厚。

「妾身知道咳……咳咳……」那拉氏身子本就不好，現在又站了這麼許久，忍不住輕咳起來，年僅八歲的弘暉極為懂事，連忙踮起腳替她撫背順氣。

「姊姊身子不好，還是不要站在這裡吹風了，以免加重病情。」年氏扶了那拉氏冰涼的手一臉關切地道。

「我沒事，這會兒工夫還撐得住，」那拉氏輕輕一笑道。

「好了，你們都且回去吧，我該走了。」說完這句話，胤禛翻身騎上狗兒從馬房牽來的汗血寶馬上，目光掃過眾人，在瞥見凌若時有片刻的駐留，凌若回給他一個清淺含蓄的微笑。

弘暉與靈汐相視一眼，齊齊走上前，雙膝跪地叩了一個頭，脆聲道：「兒子（女兒）送阿瑪。」

「都起來吧。」在面對自己的親生骨肉時，胤禛神情柔和了不少。「我不在府中，你二人安生些，不許調皮，尤其是弘暉，如回來後宋先生再向我告狀，就罰你抄一百遍《論語》。」宋先生是胤禛專門請來的西席。

弘暉吐了吐舌頭小聲道：「兒子不敢。」

靈汐與弘暉同年生，只小了一個月，兩人經常互相作弄，此刻聽到弘暉被斥心下偷笑，臉上卻一本正經地道：「阿瑪放心，女兒一定盯著他不讓他胡來。」

胤禛豈會不知這個一臉精靈的女兒心裡在想什麼，當下笑斥道：「妳也不要得意，回來後我要考妳琴棋書畫，只要其中一樣沒有進步，就罰妳十天不許出房門。」

靈汐一聽這話，頓時不高興地噘起了小嘴，悄聲嘟囔：「阿瑪壞人。」

「不許使小性子，還不快跟阿瑪認錯。」李氏將她拉到一邊小聲訓斥了一句。

「沒事。」胤禛阻止李氏再說下去，轉而對靈汐道：「也罷，等阿瑪回來時，妳若能解開上次阿瑪留下的棋局，那阿瑪就將妳十三叔送來的那套七彩玲瓏玉棋送給妳，妳不是喜歡很久了嗎？」

「當真？」一聽這個，靈汐先前的不悅頓時一掃而空，眼巴巴盯著胤禛，為了那套棋子她不知央阿瑪多少回了，阿瑪就是不肯鬆口。

「一言既出，駟馬難追。」胤禛淡泊的聲音中有一絲難以察覺的溫情，隨即一牽轠繩，調轉馬頭朝紫禁城方向策馬奔去，狗兒緊隨其後。

目送胤禛遠去，直至那身影消失在眼中時，那拉氏才折身而回，在經過凌若身邊時腳步一頓，溫和地道：「妳便是鈕祜祿氏？」

凌若趕緊屈身見禮，略帶了一絲緊張低頭道：「妾身鈕祜祿氏見過嫡福晉，嫡福晉吉祥。」

那拉氏仔細打量了她一眼，讚道：「果然是一個標致的人兒，怪不得貝勒爺這般看重，連淨思居都賞給妳居住。」

「貝勒爺厚賜，妾身受之有愧。」凌若恭敬地道：「承蒙嫡福晉與眾位福晉不棄，賜下厚賞，妾身感激涕零。」

「罷了，只是些許小玩意罷了，算不得什麼厚賞，妹妹喜歡就好。」年氏用三寸長的鎏金鑲寶護甲撥一撥珍珠耳墜，漫不經心地道，眸光睨過凌若時，朱唇微彎，勾起一絲冷徹入骨的笑意與……敵意！

站在後面的李氏掩脣，輕笑上前道：「聽說妹妹禮單裡可是有那對價值連城的白玉嵌百寶九桃牡丹福壽如意，若連這都只是小玩意，那我們送的可不就是破銅爛鐵了嗎？」

「妹妹只是隨口一句話罷了，姊姊太多心了。」年氏與她素來不睦，皮笑肉不笑地回了一句後朝那拉氏略略一福，道聲乏了，便扶了侍女的手先行回院，那架勢倒像她才是四貝勒府的嫡福晉。

「姊姊妳太縱容她了。」李氏望著年氏遠去的背影憂心忡忡地道。

那拉氏笑笑，撫著弘暉的臉道：「隨她去吧，誰教貝勒爺看重她呢。」說到這裡，她目光一轉落在了一臉謙恭的凌若身上，帶著幾許溫和的笑意道：「可願去我院中坐坐？」

凌若連忙答應，扶了那拉氏徐徐往正院走去，李氏隨行在旁，靈汐交給乳母帶回，其他人則各自散去，葉氏狠狠瞪了凌若一眼方才離去。
甫一踏入院落，便能聞到無處不在的藥腥味，弘暉交給乳母帶下去念書後，翡翠端來一碗黑褐色的湯藥，輕聲道：「福晉，您該吃藥了。」
那拉氏皺了皺眉，端起藥碗一口飲盡，唯恐慢一些就會悉數吐出來。直至翡翠將一顆早已備好的蜜餞塞入她口中，她眉頭方才微微舒展，良久，睜開眼將核吐在琺瑯盂中，長出一口氣道：「即使吃了這麼久，還是覺得這藥苦得不行。」
「福晉吃了這麼許久的藥還是不見好轉嗎？」李氏關切地問道。
那拉氏落寞地搖頭。「要好早就好了，哪還會拖到今時今日。」她若非身子不濟，無力應付，打理府中諸事的權力又怎會輕易交給年氏呢。
李氏亦明白這個道理，所以未再多說，轉而睨向默不作聲的凌若，似笑非笑地道：「妹妹怎的不說話？難不成還因上回之事對我有所不滿？」
凌若趕緊起身道：「福晉肯紆尊教導墨玉，是妾身和墨玉的福氣，妾身感激還來不及，又怎會心懷不滿，只是見嫡福晉與福晉說話，妾身不敢隨意插嘴。」
「妳能這樣想自是最好。」李氏微微一笑，將初時那點瓜葛說與那拉氏聽，那拉氏點點頭道：「做下人的忠心護主自是好的，但也要懂得分寸才行，像她這般性子衝動不知進退，若任之由之，不只她自己容易吃虧還會連累主子，妳敲打她一番是好的，凌格格是懂事明理之人，自能明白妳一番苦心。」
「是，得福晉教誨後，墨玉做事沉穩了許多。」凌若朝其施一施禮溫言道。

李氏撫著袖口細軟的金絲，斜飛了她一眼道：「妹妹這張嘴好會說話，怪不得貝勒爺這般喜愛，連淨思居都賞給了妳，真教我這做姊姊的羨慕。」

凌若還在思索該怎麼回答，那拉氏已笑道：「旁人若說羨慕也就罷了，妳說羨慕我可不信，誰不知道妳的玲瓏閣是貝勒府最華美雅致的，連年氏都看著眼熱，在我面前提過好幾回了。」

李氏揚一揚眉，漠然道：「她自是什麼好東西都想要，可惜這貝勒府尚不是她一人說了算。」

「算了，她到底年輕又得貝勒爺寵愛，難免氣盛了些，妳這做姊姊的多擔待著點就是了。」那拉氏安慰了她，隨後又說了幾句話，自覺有些乏了，方才示意李氏與凌若退下。

出了正院，凌若正待向李氏告退，忽聽得她問：「凌格格選秀時是否與一位姓石的秀女相熟？」

第二十四章　孰為棋子

凌若心中一震，李氏說的不就是秋瓷嗎？這是她入府後第一次聽到關於故人的消息，忙回道：「是，福晉見過她嗎？」

「正月裡時隨貝勒爺與嫡福晉入宮朝見皇阿瑪與各宮娘娘的時候，遇到靜貴人，聽她問起才知道原來妳與靜貴人相交甚好。」李氏笑意淺淺，指間那枚銀鑲粉晶戒指在春光下閃著柔和的光芒。

姊姊，她果然入選了嗎？

琴瑟在御，莫不靜好。靜，這是一個很好的字呢。

「姊姊在宮中還好嗎？」凌若強抑心中的激動問。

李氏攀了一朵不知名的紫色小花在鼻尖輕嗅，閉目道：「靜貴人很好，初入選時僅是一個答應，短短一月便越過選侍被冊為貴人，聖眷自是極隆。」說到這裡，她徐徐睜開雙目，眸光流轉，落在凌若的臉上。「靜貴人說很想妳，盼著什麼時候能再見一面。」

姊姊，我也很想妳，可是妳出不了宮，我入不了宮，同在京城，想見一面卻比登天還難。

凌若的心中充滿了苦澀與無力，連庶福晉都無資格入宮朝拜，何況是一個連庶福晉都不如的格格。

她長吸一口氣，掩了心中的失落，朝李氏鄭重施了一禮道：「多謝福晉告知靜貴人的事，若福晉將來再入宮，煩請替妾身告訴靜貴人——不論將來是否有機會見，她都是凌若最尊重的姊姊。」

有細微的詫異在李氏眼底閃過。「我以為妳會央我帶妳進宮，難道妳不想見靜貴人嗎？」

「福晉肯告知靜貴人的事，妾身已感激不盡，如何敢再不知好歹麻煩福晉。」在凌若心裡並不相信李氏，也絕不相信李氏告訴自己此事僅僅是出於好心，必然有她的目的。

李氏不以為意地笑笑，繞著凌若轉了一眼婉聲問：「妹妹妳覺得年福晉美嗎？我與她相比又如何？」

凌若心思轉如飛輪，細細斟酌後道：「年福晉天姿國色、風韻娉婷，自是極美的；而福晉您綽約多姿、惠質蘭心，與年福晉相較各有千秋，就如那牡丹與月季，不分彼此。」

「牡丹與月季？」李氏搖一搖頭苦笑道：「妳不必安慰我，年氏是牡丹不錯，我卻當不起月季這花中之皇的稱號。」她將手中的紫花插在凌若的髮鬢上，輕輕道：「若說咱們府裡唯一能與年氏之美貌相較的，也就妹妹妳了。」說到這裡她壓低了聲道：「妹妹容色這般出眾，恐不為年氏所喜，妳千萬要小心。」

凌若眼皮微微一跳，伏下身道：「多謝福晉提醒，妾身一定牢記在心，若福晉沒其他吩咐的話，妾身先行告退。」

李氏頷首，待其走遠後，一直跟在她身後的晴容小聲問：「主子，您不是一直不喜歡凌格格嗎？」

「我是不喜歡她，但又怎及得過年氏！」李氏的眸光漸漸陰冷下來，幽暗的光芒在眼眸深處跳動。只要一想到那拉氏剛才那句話她就想笑，擔待？言下之意就是要她退讓，年氏的狼子野心昭然若揭，再退讓還有她的容身之地嗎？

那拉氏是嫡福晉，她的兒子就是嫡長子，即使她什麼都不爭，依然是這個貝勒府中最尊貴的女人。但是她不行，她只是一個側室，她的女兒只是一個庶女，退讓只會讓她陷入萬劫不復之地，所以她必須得爭。

「主子是想利用她來對付年氏？」晴容心下明白，眼珠一轉道：「可是她不過區區一個格格，憑她怎麼能對付得了年氏？」

「現在是格格，不代表一輩子都是格格，連葉氏這個無腦的蠢人都能成為庶福晉，何況聰明貌美如她。」李氏對著和煦的陽光比了比指間那枚粉晶戒指，這還是前些年胤禛賞下來的，晶體通透無一絲雜質，近些年來這種品質的已經很少見了，即使有，也先送到年氏院中去。

晴容遲疑著道：「可是庶福晉之位不都滿了嗎？她要晉位必然要先除去一位，何況……請主子許奴婢說句實話，縱使鈕祜祿氏真成了庶福晉，也不見得能制衡得了年氏，畢竟位分擺在那裡。」

李氏搭著晴容的手邊走邊道：「誰說我想抬舉她當庶福晉了？」

晴容悚然一驚道：「難道主子還想抬舉她當側福晉不成？可是這不合府中規矩啊。」

三寸高的花盆底鞋穩穩踩在青石地上，細錦鞋面上繡著的彩燕栩栩如生，彷彿隨時會振翅飛起，逐花而去。

「二正二側四庶，七位福晉，這是常例，特旨恩賜者並不在此例內，鈕祜祿氏未承寵就已經遷居淨思居，又與靜貴人相熟，若她將來能生下一兒半女，側福晉之位並非不可能。」說到這裡李氏微微一笑，含了深切的冷意道：「這一點年氏也明白，所以她必然容不下鈕祜祿氏，往日貝勒爺在府裡她尚不敢怎樣，現在貝勒爺隨皇上南巡，在他回來之前，這府裡怕是要熱鬧了，咱們且等著看好戲吧。」

人，總要在逆境中才會成長，若鈕祜祿凌若連這一關都熬不過去，那也不值得她看重，死便死吧！

晴容深以為然，又不無擔心地道：「萬一將來她真成了氣候，豈不就是第二個年氏？」

「第二個年氏？」李氏冷笑不已，攀了碧水池邊剛抽出來的柳枝，用力一扯道：「妳知道年氏因何可以這般得寵嗎？容貌固然有一部分，但最重要的還是家世，阿瑪為湖北巡撫，哥哥又是大將軍，若離了這些，她不過是一隻沒牙的老虎罷了。鈕祿祜一族早就沒落了，所以鈕祜祿淩若永遠成不了第二個年氏。」她頓一頓，眸中精光閃爍，一字一句道：「我捧得起她，自然也踩得起她。」

「主子英明。」這一點是晴容未想到的，李氏的話令她豁然開朗，露出一絲會心的微笑。

第二十五章　珠胎

見天色尚早，李氏便讓晴容扶了她去西院的流雲閣，那是葉氏晉為庶福晉後的居處。剛一踏進流雲閣，便見一物當面飛過來，慌得李氏連忙側頭避讓。

東西貼著李氏的臉飛砸在門框上，發出好大一聲重響，定睛一看，原是一個白瓷描花茶盞，不過此刻已成了一堆碎瓷片。這虧得是沒砸到，否則非頭破血流不可。

晴容扶著驚魂未定的李氏，沒好氣地朝葉氏橫眉豎眼地道：「葉福晉，我家主子好心好意來看妳，妳可倒好，人剛來就拿茶碗砸，是想以下犯上嗎？」

這一番言辭俱厲的話語嚇得葉氏渾身發抖，連忙跪下請罪。「妾身絕對不敢對福晉有所不敬，妾身若是看到福晉，就算借妾身一百個膽子也不敢做出此等大逆不道之事，是……」她眼珠亂轉，指了一直跪在地上的丫鬟道：「都是這小蹄子不好，叫她沏龍井她卻沏了盞白茶來，妾身一時生氣才砸了茶碗。」

「奴婢該死！奴婢該死！」那丫鬟明顯嚇壞了，除了磕頭就只會說這四個字。

「妳先下去吧。」李氏扶了晴容的手在椅中坐下，丫鬟如蒙大赦，趕緊躬身退下，不敢多待片刻。

「妳也起來。」待葉氏起身後她才拿絹子撫了撫臉道：「究竟是下人沏的茶錯了不合妳意，還是妳自己心裡不舒服藉故發脾氣？」

一眼被李氏看穿了心思，葉氏訕訕地道：「當真什麼都瞞不過福晉法眼，妾身實在看不慣鈕祜祿氏那狐媚下賤的樣子，明明是個卑賤的格格，卻住著東院的淨思居，連妾身都還只住在西院呢。」說著，心裡那股邪火又升上來了，聲音不由尖銳了幾分，在罵淩若卑賤的時候，她忘了自己也是從卑賤的格格過來的。

「怎麼，住西院委屈妳了？要不要我把玲瓏閣讓出來給葉福晉妳住啊？」李氏一臉笑意吟吟地，聲音溫和若春風拂過。

葉氏起了一身雞皮疙瘩。她雖不聰明也知道這話接不得，慌忙跪下叫屈：「妾身得福晉提攜方才有今日之地位，怎敢再有非分之想，實在是因看不慣鈕祜祿氏狐媚勾主的模樣。」

李氏把玩著衣襟上的琵琶扣凝眸一笑道：「我自然知道妳不會，只是說笑罷了，看把妳嚇的。」她親手扶起葉氏道：「妳也是做主子的人了，別動不動就跪，以免被人看輕了去。」

葉氏囁囁不敢答話，只見李氏又說道：「貝勒爺看重鈕祜祿氏，這也是沒法子的事，妳再生氣也無用，何況就算沒有鈕祿祜氏也會有別人，想想怎麼討貝勒爺歡心才是正經事。貝勒爺不是喜歡聽妳唱戲嗎？那妳就趁這段時間好生練著，等貝勒爺回來後給他一個驚喜。」

「是，妾身明白。」葉氏斂起臉上的不滿答道。

「來日方長，做人目光要放長遠一些，不要過於計較一時得失。」李氏語重心長地叮嚀了一句，至於聽不聽得進去，那就是葉氏的事了。

葉氏剛要說話，忽覺一陣噁心湧上胸口，忍不住乾嘔起來，紅玉連忙命人端來漱盂，自己則替葉氏輕拍後背，好讓她舒服一些。

「妹妹妳這是怎麼了？」李氏先一驚，忽而拍手笑道：「妹妹莫不是有喜了吧？這可是大好事呢，自靈汐之後，府中已多年未聞嬰兒呱呱墜地的哭聲了。」

葉氏胃中根本沒什麼東西，嘔了半天也只嘔出一些黃水罷了，就著紅玉的手喝了口茶，漱一漱嘴裡的苦澀後方才苦笑道：「妾身哪有這麼好的福氣，是近幾日飲食不當傷了胃，所以才常會乾嘔反胃。」

「是這樣啊。」李氏露出幾分失望之色，鴉青色的睫毛在臉瞼處投下一片淺淺的陰影，如蜻蜓翅膀停駐不動，唏噓道：「真可惜，妹妹若真有喜了該多好。」頓一頓又揚臉笑道：「不過這種事急不來，妹妹這般年輕，說不定很快就會有好消息傳來。對了，妹妹胃不舒服可有傳大夫來看過？」

「看過了，說是沒什麼大礙，喝幾帖藥就沒事了。」葉氏笑著回答，眉心微擰的她在看李氏時，目光有幾分迴避與閃爍。

「那就好，那妹妹好生休息吧，我就不打擾了。」李氏說著站起了身，葉氏剛要行禮，肩已被她牢牢按住，耳畔傳來李氏溫和的聲音：「不用送了。」

直至那道身影消失在目光中後，葉氏方才扭頭，「哇」的一聲再次乾嘔不止，表情比剛才還要難受。

紅玉一邊撫背，一邊從暗格中取出一枚醃製過的山楂遞到她嘴邊，柔聲道：「主子快含著它。」

待山楂的酸意緩緩壓制住猶如翻江倒海的胃之後，葉氏的表情才略有舒展，長出一口氣，用絹子拭去乾嘔時帶出來的眼淚道：「還好忍住了，否則非得被她瞧出破綻來不可。」她此刻的樣子沉靜內斂，全不像李氏在時那般淺薄無知。

紅玉將一個軟錦靠枕墊在她身後輕輕道：「其實主子您有身孕的事何必瞞著李福晉呢？若是說出來豈不是能得到更好的照顧，不像現在，連吃盞燕窩都要提前和廚房說，還得看廚房那些人的臉色。」

葉氏冷冷一笑，換了個舒適些的姿勢，眉心金色的花鈿在穿過南窗照進來的陽光下爍爍生輝。「我若是說了，自然能得到更好的照顧，可是我腹中的胎兒能否保住就很難說了。前三個月最是危險，怎麼著也得等這三個月過去後再說，到時候貝勒爺也該回來了，有他在，那些人到底會忌憚一些。」

紅玉臉色一變，失聲道：「主子的意思是有人可能會對小世子不利？」

「不是可能，是一定！」葉氏眼中射出縷縷冷意，手撫上尚且平坦的小腹。「貝勒爺正值壯年，即便他不是好女色之人也不該八年無所出，府中更不該接二連三有人小產早夭，其中必有人搗鬼。要想平安生下這個孩子，當真是一刻也不能放鬆。」

「主子這話確是不錯，可是連李福晉也要瞞嗎？她不是一直幫著主子的嗎，何況剛才也說甚是希望主子您能為貝勒爺生下一兒半女。」紅玉深以為然的同時還有一絲不解。

葉氏睇了她一眼，聲音淡薄無比：「虧妳在我身邊這麼多年，怎得還這般天真。在這貝勒府裡誰的話都不能相信。」她攏一攏鬢邊的寶石珠花，繼續道：「妳以為李氏是真心扶持我嗎？錯了，她只是害怕自己青春漸逝，有朝一日留不住貝勒爺的心，所以需要扶持幾個人來固寵罷了，我在她眼中不過是一枚棋子，當我對她沒威脅時，自是什麼都好；一旦我威脅到她的地位，只怕第一個要除掉我的人就是她。我是如此，鈕祜祿氏也是如此，都是李月如意圖掌控、用以對付年氏的棋子罷了。」李月如正是李氏的閨名。

此時的葉氏心思縝密、頭腦冷靜，與人前那個愚蠢自大的女人簡直有天壤之別，顯然，這——才是真正的葉秀，一個懂得偽裝自己的女子。

她抿了口茶潤一潤嗓子又道：「妳以為我為什麼要在李氏面前裝傻充愣？不過是為了減低她的戒心，讓她以為我膚淺張揚好控制罷了，否則她怎能容我至今。」

她伸出素淨的手，紅玉立刻會意，自梳妝匣中取來盛於小瓷瓶中的蔻丹，小心將鮮豔的紅色塗於她尖長的指甲上。「這麼說來李福晉與年福晉很可能會有一場惡鬥？」

「不是可能，是一定！年氏未進府時，府中大權一直為李氏掌握，嫡福晉甚少插手，她可說是一手遮天；而今年氏甫一入門便奪走了她辛苦得來的權力，這對於李月如來說簡直是要她命。所以她必然視年氏為眼中釘肉中刺，要想盡一切辦法除掉她，為此甚至連鈕祜祿氏都可以容忍，因為年氏帶給她的威脅實在太大了。」暗綠繁花桌布在另一隻手的尖長指甲下瑟瑟作響，彷彿是在哀號呻吟。

說到這裡，葉秀嫣然一笑，輕輕吹著指尖殷紅的蔻丹道：「與其投靠她們其中之一，不如看她們狗咬狗，鬥個兩敗俱傷，而我……只需要做收漁翁之利即可。」

區區一個庶福晉怎會是她的目標，那不過是她通向更高處的臺階罷了，這個孩子就是她最大的籌碼，絕不能有任何閃失。

第二十六章 洞悉

且說李氏回了玲瓏居後，喚來心腹小廝小唐子對他耳語，小唐子不住點頭，隨即無聲地退了下去，待他回來時已是近夜時分，正在用晚膳的李氏眼睛一瞟，示意晴容以外的人悉數退下後方道：「怎麼樣，打探清楚了嗎？」

小唐子恭敬地道：「回主子的話，都清楚了，前些日子確實有大夫進府給葉福晉瞧過病還抓了藥，這事嫡福晉也知道。」

李月如神色微微一鬆，放下筷箸道：「這麼說來，她倒是沒撒謊了，找到那個大夫了嗎？」

「大夫是葉福晉身邊的紅玉姑娘去請的，一時半會還不知道究竟是哪處的大夫。奴才去廚房問過，流雲閣確是每日都有來煎藥，早晚各一次，不過有一點很奇怪，每次煎完藥的藥渣紅玉姑娘都會來收走，說是她們那邊的習俗，把藥渣埋起來病就會好得快些。」小唐子將打探來的情況一五一十說了出來。

習俗？

李月如嗤之以鼻，不過是騙人的把戲罷了，如此在意藥渣分明是這藥有鬼，葉氏到底在搞什麼，難道她真懷孕了？一想到這裡李氏的心頓時沉了下去。

小唐子小心翼翼地自懷中取出一把黑乎乎的藥渣。「奴才故意在廚房等到流雲閣派人來煎藥，雖然那人一直守著藥罐，但還是被奴才找到機會，趁人不備從藥罐裡抓了一把藥渣子出來。」

怪不得他左手通紅一片，原來是被燙出來的，李氏點點頭嘉許：「你做得很好，晴容，將上回宮裡太醫院給的那瓶專治燙傷的藥膏拿來給小唐子。」隨後又道：「你也有好一陣子沒回家了，趁著這幾天沒事回去看看，想什麼時候回來就什麼時候回來，去之前先到帳房領二十兩銀子。」

「謝主子。」小唐子喜出望外，連連叩謝。

待其退下後，李氏喚過晴容道：「妳對藥理頗有認識，且來看看這些藥，是否果如葉氏所言是專治胃寒脾虛之症的。」

晴容答應一聲，細細辯認起絹帕上的藥渣來，她本出身杏林世家，只因七歲那年父母因故身亡，這才賣身為奴，自小耳濡目染，對藥材極是熟悉，不多時便已將藥渣悉數辨別出來，分別是人參、黃芪、杜仲、白芍、熟地。

李氏越聽越覺不對，她雖不通醫理，但這些藥分明都是益氣補血之物，尤其是人參、黃芪，怎會用在醫治胃寒的藥方中？「能看出這是什麼方子嗎？」

晴容面帶異色地道：「雖藥材不全，但據奴婢所知，只有一種方子會同時用到這些藥材。」

「是什麼？」李氏凝聲問道，心中隱有不好的預感。

「安胎藥方。」當這四個字從晴容嘴裡吐出來時，李氏只覺雙耳嗡嗡做響，彷彿有驚雷在耳邊炸響，再聞不到其他聲音，心神在一瞬間的恍惚後被憤怒盈滿，豁然起身重重拍了一下桌子怒道：「葉秀這個賤人，居然敢騙我！」

「主子當心手疼。」晴容連忙扶了她微顫的身子，勸道：「這種吃裡扒外的東西，不值得主子為她生氣。」

「吃裡扒外？」聽到這四個字，李氏頓時冷笑起來，目光倏地攫住晴容道：「妳以為她是受了嫡福晉指使才隱瞞於我？」

晴容被她銳利的目光刺得難受。「難道奴婢猜錯了？」

「何止是錯，簡直是錯得離譜。」李氏緊咬銀牙恨恨地道：「只怕嫡福晉到現在也不過得了一個胃寒脾虛的回稟，根本不知葉氏已珠胎暗結。」

晴容想一想道：「不是嫡福晉主使，難道是年福晉？」在這貝勒府中有資格與李氏作對的，除了那拉氏便只有年氏，除此之外她想不出還有什麼人。

李氏陰惻惻地睨了她一眼，一字一句道：「妳還不明白嗎？從來沒有人主使，一切皆是葉秀自己主導的一場戲，想要瞞天過海。」

晴容悚然一驚，脫口道：「葉福晉？像她這種膚淺張揚之人怎麼可能……」她倏然停住了後面的話語，轉而露出若有所思之色。一直以來，她對葉氏的印象都停留在淺薄無知之上，從不覺得以她的心智能耍出什麼手段來，但若事實上葉氏並非這種人呢？

「明白了？」李氏拔下頭上的銀簪子去剔烏黑蜷曲的燭芯，燭火微微一跳，明暗不定間，令她的容顏看起來有幾分虛幻與詭異。

晴容頭皮一陣發麻，彷彿有密密麻麻的小蟲從後背爬上，這個女人好可怕，入府數年來竟隱藏得如此之深，瞞過了所有人。

「想不到我竟也有看走眼的時候，這麼多年來養虎為患，這次若不是我疑心她所言不實，讓小唐子去查探，只怕至今仍被蒙在鼓中。」李氏將銀簪子隨手扔在桌上恨道。

她從來只將葉氏視為一顆棋子，不曾想這顆棋子竟然暗中將她當猴耍，還藉她之手登上庶福晉之位，甚至珠胎暗結，當真可惱！

晴容後怕過後又不無擔心地道：「主子，依奴婢之見，以葉秀的心計城府絕不會甘心於庶福晉之位，且她懷著身孕，必然會想著藉子上位，咱們該怎麼辦才好？」

李氏陰陰一笑道：「葉氏懷孕了嗎？我怎麼不知道。」

經過剛才那一陣，她已經冷靜下來。現在知道葉氏底細為時未晚，她千方百計掩飾懷孕，無非是怕有人對孩子不利，但是葉氏忘了一點，任何事情都有利有弊，不讓他人知道，那就意味著即使這個孩子沒了，她也怪不到任何人頭上，只有自吞苦果的分。

葉秀，妳背叛我，利用我得到的一切，我會要妳千倍萬倍地吐出來，然後再將妳打落十八層地獄，要妳求生不得求死不能。

夜無聲而寧靜，一場不為人知的暴風雨正在這份寧靜中成形。

第二十七章 年素言

現在的貝勒府就是一池渾水，一個不小心就會攪了進去，這一點葉秀明白，凌若也明白，所以自胤禛離府後，她便過起深居簡出的日子，除了偶爾去那拉氏那裡請安以外，很少出淨思居。

說來奇怪，只見過幾次的弘暉竟與凌若十分投緣，常纏著她玩不說，還破例叫她一聲姨娘。八歲的弘暉正是活潑好動的時候，無奈那拉氏身子虛弱，無人陪他玩耍，而李氏、年氏等人他又不喜，身邊除了乳母和服侍的丫頭、小廝之外再無一個可說話之人，如今凌若投了他眼緣，自是纏著不放，常去淨思居。

弘暉甫一出生便因嫡長子的身分被冊為貝勒府世子，在尊貴顯赫身分的背後往往是寂寞冷清，他的身分註定不能隨意與同齡人玩耍，更不能出府。是以凌若對他多有疼惜，在弘暉讀書、習武之餘，常陪他一道踢藤球、玩竹馬，還命小路子和小常子在淨思居院中搭了一座鞦韆，供他蕩耍。

這日弘暉下了課，迫不及待地往淨思居跑，昨日凌姨娘說只要他今天課堂上能背出孫先生教的《孝經》就給他一個驚喜，為了這個，昨兒個他背到亥時才睡。《孝經》雖然才一千九百零三字，但一段一段、支離破碎，根本沒有聯繫，要全部背下來難度極大，孫先生根本沒想過要他在一夜之間背會，原以為月底能背出個十之七八就不錯了。

弘暉一想到剛才課堂上孫先生聽他將《孝經》一字不落背完時的表情，就忍不住笑，嘴巴張得那麼大，也不怕蒼蠅飛進去。

一踏進淨思居弘暉就覺得不對勁，往常這時候應該有人在打掃庭院才是，怎麼現在院中一個人也沒有，都去哪兒了？這個疑問在來到正廳時豁然解開，只見衣著華麗光鮮的年氏施施然坐在花梨木大椅上，鏤空飛鳳金步搖垂下累累金珠，奢華耀眼。凌若跪在地上，淨思居的下人跟著跪了一地，在他們面前扔了一隻死貓，正是年氏常捧在懷裡的絨球。

不好，出事了！弘暉心下一驚，正待悄悄退去告訴他額娘，不想年氏的貼身侍女綠意眼尖，看到了踮著腳尖準備溜走的他，喚了聲「世子」。

見行蹤敗露，弘暉只得硬著頭皮走進去，規規矩矩行了個禮。「弘暉見過年姨娘，年姨娘萬安。」

年氏鐵青的臉色微微一緩，招手示意他近前。「世子也來了，正好，你幫姨娘想想，有人狠心毒死了姨娘養了數年的絨球，你說該怎麼處置是好？」

弘暉小心地瞅了她一眼，又看看跪在地上的凌若，低聲道：「年姨娘這麼說，難不成貓是被淨思居的人毒死的？」

年氏睨了綠意一眼，她立刻會意，解釋：「回世子的話，絨球平時無事時常在東院四處玩耍不見蹤影，昨日也是這樣，到晚上還沒回來，起先主子尚不在意，以為絨球不知在哪裡玩瘋了，可是直到今天早上依舊不見蹤影，這才命奴婢等人四處尋找，不想竟在淨思居院外發現了絨球已經僵硬的屍體。」綠意眼圈微微一紅，指著凌若等人斥道：「不用問，肯定是他們毒死的。」

「我……我……沒……沒……」小路子想要否認，無奈心越急越說不出話來，還被綠意指其是心虛才會結巴。

凌若阻止小路子，仰起素淨的容顏不卑不亢道：「回年福晉的話，小路子結巴是天生的，與他心虛與否無關。至於絨球……」她微微一頓，如實道：「這段日子確實常來淨思居附近，小路子他們見絨球雪白可愛，也著實餵過幾回，但絕不會做出投毒這等歹毒之事，福晉宅心仁厚，想必也不願因一時激憤而冤枉無辜，凌若斗膽請福晉明查，還妾身等人一個清白。」

「照妳這麼說，還是我冤枉了妳？」年氏冷冷一笑，起身居高臨下地望向凌若，眼底滿是陰霾恨意。「早知道凌格格妳能言善辯，今日一見果然不虛，怪不得能得貝勒爺另眼相看，賜下淨思居；既然妳說絨球不是妳害死的，那倒是說說為何偏偏那麼湊巧死在妳院外？」

「妾身不知。」其實凌若心中明白，若非絨球自己吃錯東西，便是有人下毒陷害她，但此事關係重大，她又無半點證據，貿然說出只會惹來無窮麻煩。

「一句不知便想打發過去？凌格格，妳將本福晉當成什麼，當絨球的命當成什麼！」說到最後年氏已是怒不可遏，一拂衣袖指了綠意冷聲道：「將妳從絨球嘴裡摳出來的東西給她看！」

綠意答應一聲，將攥在手中的絹帕展開，只見上面有一團白色糊狀的東西，彷彿是魚肉，還有一個小半邊的魚頭。

一見這個魚頭，凌若心裡頓時咯噔一下，這分明是中午廚房送來的芙蓉鯽魚湯中的鯽魚頭，當時她嫌湯中放了花椒有辛辣之味，是以只動過一筷，後來看到絨球過來，便命小路子將剩下的魚挑出，放在小碟中給絨球吃。

年氏拔下綠意髮間的銀簪插入魚頭之中，隔了一會兒拔出來，只見那截簪身呈青黑色，是中毒之象。她將簪子用力擲到凌若跟前，聲色俱厲道：「我問過廚房，今日只給妳這裡送過鯽魚，鈕祜祿凌若，事實俱在，妳還有何話好說？」

「妾身無話可說。」這是一個精心布下的局，設局人以絨球為餌，一步步引年氏對付她；有心算無心，她一早便已處在劣勢。此時不論她說什麼年氏都不會相信，只會認定她存心狡辯。

也有可能絨球根本就是年氏自己毒死的，只為找一個藉口對付她，當日胤禛離府時年氏對她分明有敵意，而且李氏也曾提醒過她，若真是這樣，年氏手段不可謂不毒辣。

「這麼說來凌格格妳是承認了？」朱脣微彎，勾起一個狠獰的微笑，戾氣在眼底無聲無息蔓延成災，整個淨思居氣氛異常壓抑，水秀等人跪在地上大氣也不敢喘。

年氏俯下身在凌若耳畔輕輕道：「殺人償命，妳說我該怎麼處置妳？」迎蝶粉的香味充斥在鼻尖，揮之不去。

「年姨娘。」弘暉拉了拉年氏的衣袖小聲道：「絨球死了雖然很可惜，但牠只是一隻貓，不是人，您能不能不要怪罪凌姨娘？」

年氏面色一冷，戴著玳瑁嵌米珠寶翠玉葵花護甲的手撫過弘暉光潔的額頭。「世子，如果你死了，嫡福晉必然會悲痛欲絕；絨球雖是一隻貓，但於我來說與人無異，我絕不會放過敢加害牠的人。」聲音微微一頓又道：「還有，世子你記住，鈕祜祿氏只是一個格格，世子喚她姨娘只會降低自己身分。」言罷她朝隨侍在側的下人道：「送世子回去。」

弘暉掙扎著不讓人碰她，苦苦哀求年氏放過凌若，無奈他人小言輕，年氏根本不將之當成一回事，反叫人趕緊帶他走，正自僵持之際，李氏來了，瞥見淨思居亂成一團，不禁為之一怔，隨後問是怎麼一回事。

弘暉看到李氏恍如瞧見救星，跑到她身邊哀求：「李姨娘，妳快救救凌姨娘吧，年姨娘要她為絨球償命。」

「償命？」李氏眼皮一跳，看向年氏道：「妹妹，到底是怎麼一回事？」

年氏與李氏素不對付，當下冷哼一聲並不搭理，還是綠意將事情大致講述了一遍。李氏聽後擰眉：「當中會否有什麼誤會？依我所見，凌格格不像是會做出此等歹毒之事的人。」

「誤會！」年氏冷笑不止。「姊姊年歲不大，人卻糊塗了，此事清晰明瞭，何來誤會一說，難不成姊姊還想混淆了黑白去？」如此尖銳的言語，縱是以李氏的涵養也不禁面色微變；不等她出言，年氏又道：「今日之事我必要向淨思居的人討個說法，姊姊還是不要蹚這趟渾水的好，否則貝勒爺回來，我必如實相告，說姊姊包庇鈕祜祿氏！」

「妳！」李氏早知她不將自己放在眼裡，卻沒料到她會這般咄咄逼人，不留半點餘地，氣得粉面漲紅，說不出話來。

年氏來勢洶洶，且已把話說到這分上，看樣子今日之事不給個交代是難以善了了，即使那拉氏來也無用，畢竟年氏占著理。

小路子咬咬牙，露出決絕之色，正待攬下這樁禍事時，一直有留意他舉動的小常子在心裡嘆了口氣，快他一步膝行上前，朝年氏重重磕了個頭道：「年福晉息怒，是奴才不好，最近淨思居中常有鼠出沒，奴才怕驚了姑娘，所以擅自弄了點砒霜來放在周遭，今日放完之後忘了洗手，便與小路子一道餵絨球，定是絨球吃了混有奴才手中砒霜粉末的魚才中毒身亡，實乃無心之失。奴才罪該萬死，與他人無關，求福晉責罰！」這是小常子唯一能想到既可了結此事，又不至於罪名太重、牽連他人的說法了。

審問許久，終於有人認罪，但對於小常子無心之失的說法年氏並不盡信，陰冷無常的目光一直在凌若頭頂徘徊，似乎要將她整個人看穿。

凌若先是微微一怔，接著回過神來，神色一沉揚手往小常子臉上打去，痛心疾首地道：「好你個粗心的奴才，審了半天竟是你惹下的滔天大禍，當真可恨。往常你做事就粗枝大葉，我總叫你沉穩些再沉穩些，不曾想你竟半點也沒聽進去，害死了年福晉的貓，當真該打！」狠狠打了他幾巴掌後方才停下手。

小常子咬著牙默默忍受，半點也不敢躲，反而口口聲聲道：「奴才該死！」

「你這般莽撞，當真該死！」凌若斥了他一句後，仰頭朝看不出喜怒的年氏道：「小常子害死了絨球，他雖非有心，但畢竟是錯，請福晉責罰；至於妾身管教不力，致使他犯下如此大錯，難辭其咎，請福晉一併責罰！」她磕頭，孔雀藍流蘇垂落於地，散開如花似扇。

那廂李氏亦勸道：「妹妹，現在事情既已經查清楚，不如就此算了吧，小常子縱有不是也屬無心之失，妳處置他一人就是了，至於凌格格……正所謂不知者不怪，責罰她於理不通。」說到這裡，目光在年氏身上打了個轉兒，沉聲道：「何況妹妹當知此事再鬧下去，對誰都沒好處。」

本來依著年氏的心意，是要將包括凌若在內的淨思居一干人等一併問罪的，最好可以藉此機會除掉這根眼中釘、肉中刺，貝勒爺待凌若異常溫和的態度令她心生警惕。可眼下被小常子這麼一攪，事情再不按著她預期的方向發展，何況旁邊還有一個李氏虎視眈眈，雖不怕她，但若因此被她抓到什麼把柄，到底於自己不利，但要她就此放過淨思居一干人等，她又不甘。

思量片刻，年氏撫了袖間繁複的金線，蛾眉微揚道：「好，那就依姊姊，只罰這賤奴才一人，不過怎麼罰可就得由我說了算了。」

雙色緞繡如意紋花盆底鞋緩緩踩上小常子撐在地上的手，一點點用力碾下去，手指傳來的鑽心之痛令小常子冷汗直冒，卻半聲也不敢哼，唯恐觸怒年氏。

李氏看著不忍，攬了弘暉別過頭去，至於凌若雖面無表情，但蜷在袖中的手早已握得指節發白，尖銳的指甲深深刺入掌心，幾乎要摳出血來。

小路子等人也是滿心不忍，但他們人微言輕，縱使拚了命阻止也沒用，反會將自己搭進去，如此就白費了小常子一片苦心。

「放心，我不會殺他。」冷漠如霜的笑容在年氏脣邊綻放，沒有一絲溫度，衣袖伴著無情的聲音一併響起：「來人，脫了這個賤奴才的衣服綁到柱上，賞他一百廷杖以祭絨球。他若能活下來，本福晉就不再與他計較。」

一百廷杖！常人被打上三十廷杖就會皮開肉綻，這一百廷杖分明是要小常子的命，與殺他有何異！

當小常子被脫了上衣綁在院中時，與他感情最要好的小路子再也忍不住，衝到年氏面前哀求，願替小常子受廷杖之苦，然年氏根本不為所動，冷酷地命人行刑。

賤奴才，你既然敢替鈕祜祿氏頂罪，那麼本福晉就要你的命，讓你去地府做一個孤魂野鬼，永不超生！

凌若恨得幾乎要嘔出血來，可是她沒有辦法，唯有緊咬牙關，看著年氏的人將廷杖一下一下擊在小常子身上。

年素言，我與妳勢不兩立！

在小常子痛苦的慘叫聲中，凌若含淚立下誓言！

一百廷杖打滿時，滿身杖痕猶如血人般的小常子已垂著頭一動不動，連聲音都沒有，彷彿已經沒氣了。

小路子顧不得年氏會否責罰，三步併作兩步衝上去解開綁著小常子的繩索；去了束縛，小常子立刻倒了下去，完全沒有知覺。

「不……不……不要……不要睡！」小路子急得直哭，使勁拍著小常子的臉頰希望他可以醒過來，告訴自己他沒事，可是不管他怎麼拍都沒用，小常子連動都沒動一下。

還是李氏鎮定些，上前探了小常子的鼻息，雖然很微弱，但確實還有一絲若有似無的氣，忙道：「快將他扶進去。晴容，快去請大夫。」

還活著？年氏挑了挑眉，露出幾分訝色，居然這樣都沒當場斷氣，這奴才命可真夠硬的，見晴容要走，她喝道：「不許去！」

李氏朝年氏勉強一笑道：「妹妹，小常子已經受過罰了，妳縱是有再大的氣也該出了，何必與一個奴才這般計較呢？」

「我說過，他能熬過這一百廷杖活下來我就不與他計較，可沒說要替他請大夫。何況府裡也從沒有替奴才專程請大夫的規矩，說出去合該叫人笑話了，姊姊是府裡的老人，當知道規矩壞不得。」她冷漠而陰森的笑意與滿室春光格格不入。

「難道就這樣眼睜睜看著他死？」李氏的話疲軟無力。

「是陽間還是陰曹，且看他自己的命吧。」扔下這句話，年氏扶著綠意的手施施然離去，留下一室憤怒無奈的人們。

小路子安置好生死不知的小常子從下人房奔出來時，恰好聽到這句話，淚當即垂了下來，以小常子現在這種情況，不請大夫必死無疑，年福晉這是要趕盡殺絕！

他想求姑娘、求李福晉救救小常子，他就這麼一個好友，可是年福晉發了話，誰敢違背？何況還扣了一頂府規的大帽子。

「我去找高管家。」凌若怎忍眼睜睜看著小常子死？當下就要去找高福，未及轉身袖子便被人扯住，只見李氏滿臉苦澀地朝她搖頭。「沒用的，年氏這一去，必然派人知會高福，他絕不敢違背年氏的意思。」

「這可怎麼辦是好？」凌若一時也沒了主意，急得團團轉，還是弘暉小聲道：「要不我讓額娘去請？」

「嫡福晉對年氏多有忍讓，恐怕不會為一個小廝出面，還是另想他法吧。」李氏的話打消了凌若等人心頭最後一點僥倖，府裡年氏獨大，嫡福晉性子又軟，根本無人可與她對抗。

晴容上前一步道：「主子不如讓奴婢試試？」

李氏聞言一喜，道：「是啊，我怎的將妳忘了，快！快去看看小常子怎麼樣了。」她朝滿面疑惑的眾人解釋：「晴容出身醫藥世家，她父親在世時是有名的杏林高手，晴容耳濡目染，懂得不少，跟在我身邊後又常看醫書，是以對醫理有幾分瞭解。」

凌若大喜過望，連忙拜倒，鄭重道：「福晉今日大恩大德，妾身終身不忘。」這是小常子最後一根救命稻草，她說什麼都要抓住，即便李氏心有所圖，她也顧不得許多了。何況，以後想要對付年氏，憑她一人之力是絕不夠的。

「都是姊妹，莫要說這些見外的話。」李氏親熱地拉起她，含了一縷微不可見的笑意。

第二十八章 同心

整整五日，小常子一直都沒甦醒，外傷好醫，內傷難治，杖擊之下五臟六腑皆有所傷，時間拖得越久希望就越渺茫，到最後連晴容都放棄了，藥根本餵不進去，也許小常子註定要命絕於此。

就在所有人都傷心絕望之時，小常子卻突然有了起色，身子漸漸好轉，並非晴容原先所擔心的迴光返照，如此又三天之後，小常子睜開了眼，這意味著他闖過了鬼門關。這一天淨思居上下無不歡呼雀躍，凌若一直懸在半空的一顆心，也終於放下了。

但晴容告訴他們，小常子雖然命保住了，但是那一百廷杖還是在他身上留下了病根，不只身子大不如前，但凡遇到下雨天，他都會痠痛難耐，如有成千上萬隻螞蟻在骨中爬行。

小常子從凌若嘴裡聽到這話時，神色有片刻的黯然，但很快又笑道：「奴才能保住這條命已經是不幸中的大幸了，受些小痛又算得了什麼。」

墨玉扶著他坐起，倚著棉花墊子靠在床頭，一身淺綠旗裝的凌若在床沿坐下後道：「當日若非你認了事，只怕現在躺在床上的那個人該是我了，你可怪我打你那幾巴掌？」

小常子趕緊搖頭。「姑娘也是為了信取於年福晉才迫不得已動手，若不這麼做，年福晉又豈肯輕易放過姑娘。」

「唉，委屈你了。」凌若滿心愧疚地嘆了一口氣。「往後我一定想辦法醫好你身子。」

「奴才知道姑娘心疼奴才，是打從心底把咱們這些做奴才的當人看。」小常子身子動了一下，扯到傷口，痛得他齜牙咧嘴，好一陣才緩過氣來，看著滿臉緊張的小路子道：「若非如此這樣，小路子當時也不會想出來頂罪了。」

「你……你看……看到了？」小路子驚訝地睜圓了眼，他雖結巴卻不笨，稍稍一想便明白過來，激動地道：「你……你……你是因……因為我？」

小常子撇撇嘴。「你以為我願意啊，我是怕你話說不清更加觸怒年福晉，到時候連小命都沒了。」

「你……你自己還……還不是……快……快沒命了。」小路子眼圈泛紅，費力地擠出這句話。

「我怎麼一樣，我可比你結實多了。再怎麼說你也救過我，這次就當我還你吧，下次想再充英雄可沒人救你了。」他剛醒身子還弱，說了這麼一會兒已有些氣喘。

當初小常子剛來府裡做事，打掃時不慎打碎了胤禛心愛的琉璃鎮紙，高管家一怒之下將他鎖在柴房裡以示懲戒。這關是關了，卻忘記叫人送水送食，等他想起來時已經過了七、八天，原以為小常子必死無疑，高福都準備叫人收屍了，沒想到他除了精神差些並無大恙，緩了幾天又生龍活虎。

這自然不是小常子命大，而是有人不忍心他活生生餓死，暗中送水送食，這人正是當時負責幹雜活的小路子。那些吃的全是他自己牙縫中省下來的，自那以後，小常子便一直照顧說話結巴的小路子，在這看似華麗富貴的深宅大院中苦苦求生。

凌若等人聽完後皆是一陣唏噓，想不到背後還有這段隱情，兩人皆是重情重義之人，比那些整天念著「忠孝禮義廉恥」，真遇事時卻只顧自己的人不知高尚多少。

「跟著我，讓你們受苦了。」凌若睇視眾人，忽地發出一聲感嘆。「那日年福晉這般折辱，我卻無能為力，反而要小常子承擔莫須有的罪名，實在無用。」

話音剛落，所有人不約而同地跪了下去，即使是倚坐在床上的小常子也深深伏下上半身。「姑娘這樣說當真是折殺奴才們了。」

水秀抬起晶亮的眼眸一字一句道：「奴才們眼睛沒有瞎，姑娘是怎樣待咱們的，咱們心裡一清二楚，奴婢們早就商量好了，要一輩子服侍姑娘，不論榮華或落魄，姑娘都是奴才們的主子。」

「好！好！好！」這番情真意切的話聽得凌若潸然淚下，連說三個好字，將水秀等人一個個扶起，哽咽道：「我必不負你們。」

「姨娘！姨娘！」一個半大不小的身影興匆匆地跑了進來，撲到凌若懷裡獻寶似地道：「妳猜我帶什麼來了？」

凌若含了一絲寵溺的微笑道：「弘暉帶來的肯定是好東西，不過是什麼，姨娘就猜不出來了。」

弘暉捂著嘴，好一陣偷笑後將背在身後的手伸了出來，只見他手裡抓著一根有小兒手臂那麼長的人參，鬚髮皆全，一瞧便知是上百年的老參，價值千金。

「這是我從額娘庫房裡翻出來的，給小常子補身子用。」他很大方地將人參往小常子懷裡一塞，慌得小常子連連擺手不敢收。「奴才賤命一條，怎麼敢服用這麼昂貴的人參，世子還是帶回去吧，免得福晉發現了怪罪世子您，何況就算不吃人參，奴才也會沒事的。」

弘暉滿不在乎地道：「那怎麼一樣，晴容上回也說了你要多吃些好東西補補身子才會好轉，再說我拿這參過來額娘也知道，她又沒說什麼。」

小常子還待推辭，凌若已道：「這是世子一片心意，你收下吧，待會兒叫水秀切片燉成參湯，補補元氣。」

見她這麼說，小常子只得收下，朝弘暉千恩萬謝。凌若叮囑他好生休息後，便領了弘暉出去，水秀等人也各自散去，只留下小路子一人照料。

彼時春光晴好，暖煦的春風拂在臉上極是舒服，凌若卻心緒重重，絨球的事始終像塊大石一樣壓在她胸口。到底絨球是被誰毒死的，年氏？抑或是他人？最有可疑的莫過於年氏自己。

「姨娘！」弘暉的聲音將凌若從沉思中拉了回來，低頭只見弘暉正眼巴巴地看著自己，便問：「有事嗎？」

「姨娘上次說過，只要我能背出《孝經》就會給我一個驚喜，我早就能背出來了，到底驚喜是什麼啊？」弘暉等這個驚喜已經等了很久了，只是上陣子小常子命危，凌若心情不好，所以才一直沒問，今日實在是憋不住了。

「你啊！真是貪玩。」凌若伸手刮了一下他的鼻子。「放心，姨娘說過的話一定算數，早給你備下了。墨玉，去將東西拿來。」

第二十九章　春逝

墨玉含笑退下，當她再出現時，手裡拿著一樣東西。

還沒走近弘暉就已經跳起來了，歡聲雀躍：「風箏！是風箏！」

一邊說一邊跑，自墨玉手中接過幾乎與他人一般大的風箏，這是一隻做成老鷹形狀的風箏，所畫之鷹毫毛畢現，栩栩如生，猶其是那雙鷹眼，犀利有神，簡直就像活的一樣，可見畫鷹之人不只畫工超凡，還極為用心。

「姨娘，妳怎麼知道我想要風箏？」弘暉高興得兩隻眼睛都笑沒了，捧著風箏左看右看，不知多歡喜。

這樣毫不掩飾的歡樂令凌若莞爾，捏了捏他胖乎乎的雙頰道：「你想什麼姨娘還能不知道？怎麼樣，要不要姨娘陪你一道放風箏？」

「要！」弘暉連忙大聲回答，唯恐慢一點凌若就會收回話，蹦跳著往外跑，凌若忙叫墨玉取一雙軟底繡鞋來換，這花盆底鞋走路尚成，若跑起來非摔跤不可。

「世子慢些。」凌若一邊叫，一邊追趕前面那道小小的身影，風箏被他用線牽在手裡，飛揚於身後。

三月，草長鶯飛，正是放風箏的好時節。弘暉一邊跑一邊笑，歡快清脆的聲音響徹府中，劃破安寧的天空與流雲；盛開的櫻花簌簌落下，粉白的花瓣在半空中飛旋飄舞，令這一片天地美不勝收。

在漫天櫻花中，凌若與弘暉一道將風箏放了上去，扶搖天際，令弘暉驚奇的是風箏飛上天之後竟然有「嗚嗚」聲響，一問之下才知道凌若在鷹翅下方加了竹笛，只要風一吹就會響。

弘暉高興地直拍手，不住讓凌若將風箏放高一些，再高一些，直到線全放完了還意猶未盡，甚至突發奇想地問：「姨娘妳說，我若將線一直延長下去，到了晚上風箏是不是能飛到月宮中？」

「怎麼？這麼小就惦念著要去月宮中看一看嫦娥仙子啊？」凌若打趣道。

弘暉皺著像極了胤禛的鼻子道：「才不是呢，阿瑪早說過了，月宮中根本沒有什麼嫦娥仙子，那只是神話罷了。只有乳母才會當真，我都跟她說了好幾次了，她就是不信，氣死我了。」

墨玉在一旁插嘴：「世子又沒去月宮看過，怎麼就知道沒有呢！」

「阿瑪說沒有就一定沒有。」弘暉揚著小下巴，在他心裡，阿瑪說的話是絕對不會錯的。

凌若將線盤遞給弘暉，笑笑道：「別說這個了，再玩一會兒就將風箏收下來吧，你放得這麼高，萬一風大颳斷了線，風箏可就飄走了。」

一聽風箏可能會斷，弘暉忙不迭地點頭，小心地將線一點一點收起來，他可還想多放幾回呢。

凌若幾人並不知道，就在不遠處的樹叢後面，有一雙眼一直盯著他們……

凌若與弘暉無疑是投緣的，為著這個，那拉氏對凌若也多有照拂，令凌若得以一點一滴鞏固自己淺薄的根基與地位。

那拉氏雖然不太過問府中之事，但到底是嫡福晉，她與凌若交好，那些嫉妒凌若的人多少要收斂幾分，一時間府裡關於凌若的流言蜚語少了許多。

小常子沒死的消息傳到年素言耳中，她冷哼一聲，將正在喝的馬奶往桌上重重一放，豎眉道：「居然這樣都能救回來，真是賤命一條。」

「主子，難道就這麼放過他？」綠意將不小心濺到年氏袖上的馬奶漬拭去。

年氏橫了她一眼，不悅地道：「不放過他又能怎樣，難道你要本福晉出爾反爾不成？」

綠意趕緊垂首。「奴婢不敢，奴婢只是覺得太便宜淨思居那些人了，尤其是那個凌格格，整日裡故作清高，實際上狐媚惑主，讓貝勒爺把淨思居都賞給她。」

年氏挑了挑斜長入鬢的蛾眉，凝聲道：「區區一個淨思居還不在我眼中，何況淨思、靜思，何嘗不是靜思己過的意思，妳當是什麼好兆頭？來日方長，不必急於一時。她不可能每一次都這麼幸運。」

「可是……」綠意有些擔心地道：「奴婢聽說她與李福晉走得很近，而且那日主子也看到了，她不知用什麼妖法使得世子對她言聽計從，這樣定然會影響到嫡福晉的態度。」

「一個李月如而已，算不得什麼，至於嫡福晉……」她扶著頭上的珠花，輕描淡寫地道：「她素來是個泥菩薩性子，供在那裡就是了，多理會做什麼。鈕祜祿氏想靠這兩人來對付本福晉，那簡直是痴心妄想。」睨了綠意一眼，她道：「我現在只擔心貝勒爺的態度，鈕祜祿氏能早除還是早些除掉的好，妳給我好生盯著淨思居那邊，一有異動立即回報，我就不信抓不住她的把柄。」儘管不願承認，但那張臉確實讓她感覺到幾分威脅。

「奴婢會安排人日夜監視淨思居。」綠意會意地答道。

康熙四十四年的三月初十，同樣是一個花明柳媚、草長鶯飛的日子，萬物草木煥發出春日裡應有的勃勃生機。

也就是這一日，命運在淩若的人生中畫上了濃重的一筆，改變了她今後的人生軌跡，讓淩若銘記了一生一世，哪怕多年後她成為了權傾天下的熹妃乃至熹貴妃，依然一刻未能忘記。

墨玉曾問過當時已貴為熹妃的凌若一個問題：如果能用今時的榮寵換康熙四十四年三月初十所發生的一切，可願意？

「若可以，本宮願用此命換他命。」凌若的回答悲涼而無奈，一切都回不到過去，所以她的餘生都會帶著悔恨而過。

這一日與往常一樣，凌若用過早膳後，就端了一杯黃山毛峰泡的茶在鞦韆上悠悠蕩著，看小路子在那裡修剪花枝，小路子雖然嘴笨但手很巧，淨思居的花木皆是他負責打理，將整個庭院的花草修整得芳草青鬱，錯落有致。除了小常子尚在休養以外，其餘人各忙各活。

腳尖每一次點過地面都會帶動鞦韆輕輕晃動，靈動優雅，衣衫翩然，彷彿不沾世間半點塵埃，是極致的靜謐與美好。

「姨娘！姨娘！」一個小小的身影奔跑而來，打破了清晨的寧靜，是剛下早課的弘暉，他手上還舉著個大大的風箏，正是上回凌若送給他的老鷹風箏。

「跑慢些。」凌若探手接住弘暉，帶著鞦韆重重往後一蕩，停下後取出帕子輕拭弘暉微微見汗的額頭，話語間帶著幾分憐愛。

弘暉像扭結糖似地在凌若懷裡一陣亂動撒嬌，之後才舉了風箏道：「姨娘，今日天晴，我想去放風箏，妳陪我一道去好不好？」生怕凌若不同意，他又趕緊道：「今天先生教的課我都會了。」

「當真嗎？」凌若刮了他筆挺的鼻子笑問，對活潑聰明的弘暉她是真心喜歡，有他在，她的生活也不至於太枯燥。

「當然，不信姨娘妳考我。」弘暉挺著小胸膛驕傲地道，這些日子連宋先生也誇他學問有所長進。

凌若撫著他的頭問了幾句課業上的問題，果然弘暉對答如流，無一絲錯漏，看來當真是下過一番工夫。

「對了，姨娘，剛才碰到靈汐，她說也想和我們一起放，可以嗎？」雖然兩人常互相鬥氣，但畢竟是兄妹，感情還是極好的，常在一起玩耍，適才靈汐聽說他要去放風箏，高興得不得了，連蹦帶跳的說回去拿風箏，讓他們一定要等她回來一起放。

「當然可以。」凌若笑咪咪地道，起身正待接過他手上的風箏，墨玉在一旁提醒：「姑娘，您忘了，今天是織造局送新料子來的日子，您答應了要陪李福晉一道去選料子呢。」

每年春秋兩季，江寧、蘇州、杭州三地的織造局都會送來新一季的料子，宮裡自是頭一等，之後是各皇子，再之後是京中官員。

李氏早早派人來傳過話，讓凌若陪她一道去選些新料子好做夏日的衣裳。換了往常，凌若自是推辭不去，但自絨球的事後，她改變了許多，對於李氏的示好不再躲閃。

她在貝勒府根基尚錢，而年氏分明存了不容她之心，隨時都會藉故對付她，上一次她避過了，但小常子也差點死了，那麼下一次？下下一次呢？傷的死的又會是誰？

所以，想要讓年氏有所收斂，必須找一個能讓她忌諱的人，嫡福晉自是最好的選擇，可惜她不問世事。所以，凌若只剩下一個選擇——李月如。

「姨娘，妳不能陪我去嗎？」弘暉有些失望地問。

凌若想了想，微笑道：「姨娘答應李姨娘在先，若不去就是失信於人，不如這樣，姨娘先去選料子，等選好後就來陪弘暉放風箏，在此之前，你先和靈汐一道放好嗎？」

弘暉儘管不高興，但還是答應了，拖著風箏放外走，臨出門時不放心地回頭叮嚀凌若早些來。

凌若作夢也想不到，這一別竟成了她與弘暉的永別……

在陪李氏選完織造局送來的料子後，凌若去了花園，卻沒見到弘暉與靈汐的身影，只道他們已經放完風箏回去了，誰知黃昏時分傳來噩耗，說弘暉與靈汐在放風箏時失足落水，被發現時世子已經溺水身亡，靈汐尚有一息餘存，太醫已經來了，能不能救回還是未知之數。

嫡福晉數度哭昏過去，李福晉則一直守在靈汐身邊，說什麼都不肯離開。

第三十章　生死

弘暉死了！聽到這個消息，凌若一陣天旋地轉，重重跌坐在椅中。

怎麼會，弘暉怎麼會死？清晨他還歡天喜地跟她說要去放風箏，怎麼一轉眼就沒了？這不可能！不可能！

凌若一把抓住水秀的手，像抓住最後一根救命稻草一樣，滿眼希翼地道：「水秀，會不會是妳聽錯了，其實世子沒死，只是和靈汐格格一樣昏過去了？」

她的手抓得那麼緊，尖銳的指甲隔著薄棉衣刺入水秀的肉中，很痛很痛，但水秀彷彿沒有痛覺一般，只是用哀傷涼徹的目光望著凌若，這樣的目光讓凌若的心一點一滴沉下去。

「真的沒了？」凌若艱難地問，聲音低沉到彷彿不像從她嘴裡吐出。

「是。」水秀雙眼通紅地吐出這個字。「他們發現世子的時候，已經斷了氣。」

溫熱的液體不斷自面頰上滾落，流入嘴裡是難言的酸澀，雙腿像一瞬間被抽乾了力氣，不斷下滑，她喃喃道：「是我……是我……是我害了弘暉……是我害了他！」

墨玉在後面死死扶住她，含淚勸道：「姑娘，您不想的，您也不想世子死，一切都是意外，意外啊！」

「不是，是我害了他，若我肯陪他一道去放風箏，又或者我不曾送風箏給他，一切都不會發生，弘暉不會意外落水，更不會死！」凌若不住搖頭，淚怎麼也止不住，她跌坐在地上，淚水滴落手背，是火燒火燎的疼。

「姑娘，您不是神仙，如何能未卜先知？一切皆是命中註定，世子註定要有這一劫。」小常子搭著小路子的肩膀，一瘸一拐走進來，站在雙目無神的凌若面前哽咽道：「世子心地那麼善良，他若在天有靈，想必也不希望看到姑娘如此自責。」

「弘暉才八歲！小常子，弘暉才八歲啊，那麼善良，那麼天真，為什麼會早死！老天爺為什麼對他那麼不公平！」說到最後凌若的聲音尖銳起來，有無盡的悲意爆發。

小常子深深地看了她一眼。「奴才十歲那年，黃河發大水，淹沒了無數田地房屋，淹死了成千上萬的人，奴才有幸抓住一根浮木活了下來，可是其他人沒有那麼幸運，不是淹死就是餓死、病死，滿目所見皆是屍體，老天爺對他們公平嗎？再說這貝勒府裡，李福晉所生之子三歲就患病去世；宋福晉女兒未逾月就夭折；還有朱格格，很好的一個人，莫名其妙暴斃了，更不要說腹中還有未出世的胎兒，老天爺對他們又何曾公平過！姑娘，這個世上有太多不公平的事，世子命該如此，您就算再自責也改變不了什麼。」

凌若怔怔地聽著，從不知道看似平靜的貝勒府裡藏了這麼多事，更不知道原來胤禛曾經還有一兒一女；如此說來，胤禛膝下兩兒兩女僅剩下一女生死未卜……

凌若忽地打了個寒顫，心裡浮現出一個駭人的念頭，儘管知道這個念頭荒唐無稽，卻始終揮之不去，她眸光閃爍落在小常子身上，許久從齒縫中擠出一句話：「他們真的都死於意外嗎？」

小常子神色微變，但很快便恢復了常態，抬起眼沉聲道：「奴才不知，姑娘也不必多想，姑娘只需記住，這世間從沒無緣無故的公平二字便可。」

屋裡一下子變得極靜極靜，只能聽到各自的呼吸聲，小常子的話令凌若渾身發寒，一直以為自己已看得足夠明白，現在才知道還是太過幼稚，這府裡的水遠比自己想像得要深許多，此次若非小常子提醒，也許不知什麼時候一個不小心就會栽倒，再也爬不起來。

她長長出了口氣，扶著墨玉的手從地上艱難地站起，當身體離開地面的那瞬間，彷彿頓失所依，唯有緊緊抓住墨玉的手，才能知道自己尚在人間。

「我明白了。」凌若深深地看了一眼尚跪在地上的小常子，眼底有脈脈的溫情在流淌，親手扶起他道：「難為你了。」

沒人比她更清楚小常子那番話的難能可貴，若非真心視她為主子，是絕對不可能說出這番推心置腹，卻也可能給他帶來殺身之禍的話語。

「為姑娘分憂是奴才分內之事。」

凌若點了點頭，她已看明白，諸人之中論忠心自是不分彼此，但若論聰明能耐，小常子怕是最出挑的一個，經過年氏之事後，那一遭險死還生令他心智更加成熟堅定，假以時日必將成為她的左膀右臂。

弘暉……凌若努力想將那抹酸澀逼回去，即使如此，眼淚依然止不住地往下流，墨玉跟著凌若的時間最長，見她這樣難過心裡也不好受，陪著落淚道：「姑娘，人死不能復生，您可要看開些才好。」

「放心吧，我沒事了。」凌若長吸一口氣，推開墨玉的手走到敞開的長窗邊默然道：「此時最傷心的莫過於嫡福晉，她視弘暉為命根子，現在弘暉死了，她還不知道會怎樣。」

諸人聽了皆是一陣沉默，誰都知道嫡福晉當年因生世子傷了身子已不能再生育，嫡福晉視其如命，一心一意想要將他撫養成人，連府裡的事都不大管，沒想到現在卻得送別幼子，這等於是要嫡福晉的命，真不知她是否能撐過這一劫！

因為弘暉的事，胤禛提前從江南回來，並帶來了康熙追封弘暉為貝子的聖旨。弘暉的喪事極盡哀榮，但這一切都不能彌補那拉氏失去愛子的悲痛，那一段日子，夜夜都能聽到她撕心裂肺的痛哭聲，對於一個母親來說，寧可什麼榮耀都不要，只要兒子在身邊，可這終究只是一個奢想。

凌若曾去看過那拉氏，無奈她傷心欲絕根本不想見人，只在送弘暉棺木出殯的那天見了一面；凌若幾乎不敢相信自己的眼睛，不過短短數日，那拉氏已瘦得幾乎不成人形，皮包骨頭，在她眼裡看不到一絲光芒，唯有無邊無際的空洞與黑暗……

那拉氏乾瘦的雙手一路緊緊拉著弘暉的楠木棺材，任胤禛怎麼勸說都不肯放開，直到棺木下葬的那一刻，任誰勸都不放，彷彿只要她不放手，弘暉就還在她身邊一樣。

「福晉，讓暉兒入土為安吧！」一身玄色長袍的胤禛扶了那拉氏不堪一握的肩膀，他心中亦是萬分不好受，弘暉是他唯一的兒子，又一直頗得他看重，離京前那番話還言猶在耳，豈料此刻已是陰陽兩隔，走得這般突然，他連最後一面都沒看到。

「不！不可以！」那拉氏不住搖頭，撲上去死死抱住冰冷的棺木尖聲道：「弘暉沒死，你們不可以把他埋起來，他喜歡熱鬧，一個人在這裡會很寂寞的，我要帶他回家，回家！」她向抬棺的人大聲呼喝，想讓他們將棺木抬回去。

「夠了！」胤禛強行將她從弘暉的棺木前帶離。「蓮意！暉兒死了，再也不會回到我們身邊，現在唯一能為他做的就是讓他入土為安，妳再這樣下去，暉兒走也走得不安心。」

那拉氏怔怔看著他，空洞的眼神艱難地凝起焦距，破碎的痛哭聲從她嘴裡逸出，若可以，她寧願一輩子活在自己的世界中，永遠不要面對弘暉已死的事，永遠不要！

「哭吧，哭過就好了。」胤禛一邊安慰那拉氏，一邊示意眾人讓棺木下土，看著一坯坯黃土撒在棺木上，他的眼圈亦微微發紅。

康熙四十四年的春天因為弘暉的死而蒙上了一層陰影，嫡福晉大病一場，幾乎喪命，那雙眼更是落下了見風流淚的病根。

第三十一章　流言

與她相比，李月如無疑是幸運的，靈汐在太醫的精心救治下撿回一條命，她與弘暉一道落水，卻僥倖不死，實在是上天眷顧，胤禛也鬆了一口氣，若連靈汐都死了，他真不知該如何是好。

靈汐醒後，胤禛曾問過她落水的情形，在回答時靈汐顯得有些遲疑，她說只記得自己與弘暉一道拉著風箏到處跑，在跑到蒹葭池附近時她覺得有些頭暈，便想坐在池邊休息一會兒再放，哪知剛坐了沒一會兒就看到弘暉不慎滑落水中，自己著急之下也跟著摔落，之後發生什麼她就不清楚了，等再醒過來已是在床榻上。

得知弘暉已經不在時，靈汐整個人都傻了，之後便開始大哭不止，一邊哭一邊說要去找弘暉。莫看平常她與弘暉吵吵嚷嚷，其實兩人感情極好，李氏怕她哭傷身子，哄了很久才勉強哄住，但她仍是哭個不停。

春雨細細，猶如這人的眼淚一般，連綿不止，這一年的春天於很多人來說都是一段不願記起的時光，巴不得早些過去，在這樣的企盼中迎來了炎熱的夏季。

就在這個時候，一個可怕的傳言開始在府裡流傳，說世子根本不是失足落水，而是被人害死的，害死他的人就是凌若，是她用風箏引弘暉和靈汐到蒹葭池邊，然後推他們入水，企圖害死他們。

當凌若從溫如言口中得知這個傳言時，不由又驚又怕，製造這個傳言的人用心好生險惡，分明是要將她置於死地。

雖然這個流言根本沒有依據，但死在流言下的人不知幾何，世人都說：流言猛於虎。

若讓它繼續這樣散播下去，形勢只會對凌若越來越不利，萬一胤禛對她起了疑心，那可真是百口莫辯了。

她當即命水秀去打聽這個流言從何而來，可惜根本沒人知道，只知幾乎是一夕之間就傳遍整座貝勒府，鬧得沸沸揚揚。

這日，凌若正與溫如言一道繡著八仙慶壽圖，再過一月就是德妃娘娘的生辰，她們雖不能進宮，但禮還是要呈送的，水月與素雲分別替兩人扇著扇子。

夏季天熱極為炎熱，府中倒是備了冰，不過數量有限，只供給幾位福晉，像凌若這樣的格格是沒有資格享用的，只能靠扇子扇涼。

對於水秀的無功而返，凌若並不意外。針帶著寶藍色的絲線破錦而出，針尖在灑落正堂的陽光下吞吐著森寒的光芒，她頭也不抬地道：「姊姊，妳猜這流言是誰放出來的？」

溫如言微微一笑，細長冰冷的針在她手上彷彿有了生命，不斷在錦緞上勾勒出鮮活的圖案。「妳心中不早有答案了嗎？何必再問我。」

針尖在穿過錦緞時停了下來，凌若取過帕子拭了拭手中的汗涼聲道：「可惜沒有證據。」

溫如言也停下手上的動作抬眼。「她既有心針對妳，自不會留下證據給妳查，何況她身為側福晉，也不是妳現在能動的。與其糾結這個，還不如好生想想該怎麼消除流言帶來的影響，尤其是貝勒爺那邊。」

說起這個凌若頓時心煩意亂，胤禛回來至今，她只在弘暉葬禮上匆匆見過他一面，連話也未說半句，更不知胤禛現在是何想法，想到這裡，好看的柳眉不由蹙了起來。

正說著話，小常子進來打了個千兒，神色略有些怪異地道：「姑娘，嫡福晉派人來傳話，說是讓您過去一趟。」

自弘暉一事後，嫡福晉大病一場，對任何人都避而不見，凌若曾去請過幾次安，都被打發回來了，如今竟然主動召見，不知是為何事？

帶著幾分忐忑，凌若見到了那拉氏，她倚在紫檀木椅中，穿了一件月白色旗裝，通體不見一絲花色，連髮間也只別了一支最簡單的銀簪子，素淨至極，想是新近喪子無心裝扮的緣故。人依然極瘦，所幸精神尚好。令凌若驚訝的是，年氏、李氏、葉氏、瓜爾佳氏、宋氏等幾位側福晉、庶福晉竟然都在，此刻見到凌若進來，目光皆集中在她身上。

「妾身叩見嫡福晉，嫡福晉萬安。」面對那拉氏，凌若心中不由得生出幾分愧疚來，弘暉的死雖怪不到她頭上來，但到底有幾分責任在。

那拉氏微一點頭，示意凌若坐下後，撫一撫鬢角道：「今日叫妳們來，是有一事想說。」幽暗的目光一一掃過諸人。「近日府裡傳出一則流言，想來諸位妹妹多少也有些耳聞，是關於弘暉的，有流言說弘暉並非失足落水，而是被人害死的，且言之鑿鑿，連名字都有，就在咱們當中。」說罷目光落在凌若身上，淡淡道：「凌格格，妳有何話要說？」

此言一出，眾人皆譁然，流言皆有耳聞，但沒料到那拉氏會問得這般直接。

凌若沒料到那拉氏召她來是為這事，且聽其言下似乎大有興師問罪之意，當下大驚失色，連忙跪下道：「妾身冤枉，妾身對世子視若已出，愛護尚來不及，又怎會做出此等喪心病狂之事。」

耳邊忽地傳來一聲輕笑，只見年氏掩脣嬌聲道：「好聽的話誰都會說，心裡怎麼想才最重要。所謂無風不起浪，若凌格格真的沒做過，流言又從何而來。」

李氏皺眉道：「這只是謠傳而已，當不得真，凌格格對世子這般疼愛，怎可能會做出傷害世子的事，妹妹乃是知書識理之人，且身分貴重，豈可與市井婦人一般人云亦云。」

年氏冷笑一聲，咄咄道：「那就該裝聾作啞嗎？若真是無的放矢，豈會傳得人盡皆知？必有緣由在。姊姊與鈕祜祿氏要好，自是幫著她說話，可也不能刻意偏袒了去。姊姊不妨問問在座的諸位姊妹，可有人相信鈕祜祿氏與世子的死無關？」

眾人聞言面面相覷，無人敢出聲，縱使真有人相信凌若是無辜的，但誰又會為區區一個不相熟的格格觸犯權勢滔天的年氏？更何況諸女或多或少，都有些嫉妒凌若能以格格之身獲賜淨思居。不落井下石就是客氣了，還求情？簡直就是一個天大的笑話。

李氏一陣默然，望向凌若的目光帶了幾分歉意，她雖有心幫凌若，但這種情形下，單憑她一人的言語根本不可能力挽狂瀾。

正當年氏暗自得意時，一直默不作聲地那拉氏突然站了起來，一字一句道：「我相信她。」

此言一出，眾人一片譁然，原以為那拉氏專程叫她們來是要向鈕祜祿氏興師問罪，豈料眼下竟說相信她，這到底是怎麼一回事？

年氏霍然轉身，不敢置信地盯著那拉氏，步搖垂下的累累珠絡因她突然的動作撞在一起叮叮作響。

那拉氏扶了翡翠的手一步步走下來，大病初癒的她身形極其單薄，看起來彷彿隨時會倒下，但每一個接觸到她目光的人都不由自主垂下了頭，不敢與之對視，感到一種莫名的畏懼，隱約想起，這位才是貝勒府的正主。

眾人中唯獨年氏絲毫不肯退讓，揚眉道：「姊姊這話是何意？」

那拉氏未理會她，逕直走到凌若面前彎身扶起她，柔聲道：「起來吧，妳沒有錯，無需下跪。」

年氏口口聲聲說凌若與世子的死有關，而那拉氏身為世子親娘，卻當眾說凌若無錯，這不啻於當眾刮年氏的巴掌，氣得年氏臉色發白，菱脣緊緊抿成一條直線。那拉氏，她到底在搞什麼鬼？

凌若感動得落下淚來，從未想過那拉氏竟會這樣信任她，連鬧得沸沸揚揚的流言都未能影響半分，當下張口道：「福晉，我……」

那拉氏心知她想說什麼，當下微微一笑，拍了她的手背道：「妳不用說，我心裡都有數。」

許是大病初癒的緣故，她的手極涼，感覺不到一絲溫度。

「今日我將妳們都叫來，就是為了告訴妳們，弘暉的死是一場意外，凌格格對弘暉素來關愛，怎可能加害弘暉；至於為什麼會出現那麼荒唐的流言，我想有些人心裡比我更清楚。」睫毛一動，視線牢牢落在年氏身上，她痛心道：「既入了府，便是姊妹，當不分彼此，一起服侍貝勒爺才是，而不是在暗地裡相互算計傾軋。今日，踏出這個大門之後，若再讓我聽到一星半點的流言，絕不輕饒了去。還有……」她閉一閉目，努力將憤怒從眼底掩去。「暉兒已經死了，我不希望再有人拿他的死作文章，讓他連走都走得不安寧。」

「妾身們謹記嫡福晉教誨。」除了年氏以外，眾人皆垂首答應，今日的那拉氏冷靜強勢，令人不敢輕視，與往常溫吞軟弱的她判若兩人。

那拉氏略略頷首，又轉向年氏道：「妹妹不說話可是有什麼意見？」

年氏強壓下心頭的震怒，皮笑肉不笑地道：「嫡福晉說的這般在理，妾身哪會有意見，反而對嫡福晉佩服得很，咱們這些旁人，流言聽得多了都會有些將信將疑，而嫡福晉是世子的親額娘，居然可以對凌格格毫不懷疑。」

那拉氏一笑道：「凌格格是什麼樣的人，我比任何人都清楚，倒是妹妹未免有些多疑了。」

她的回答令年氏愈發不悅，隨意找了個藉口先行離去，其他人也先後散去，只剩下凌若，只見她端端正正地朝那拉氏行了一個大禮，正色道：「妾身謝嫡福晉救命之恩。」

說了那麼久的話，那拉氏略有些不支，扶了翡翠的手回椅中坐下，疲憊地揮揮手道：「沒那麼嚴重，就算沒我站出來，總有一天這種荒誕的流言也會不攻自破，我只不過加速了它的過程而已。」

凌若搖頭道：「自古流言猛於虎，今日若非福晉站出來替妾身說話，只怕妾身難以全身而退。」

那拉氏淺淺一笑，纖長的睫毛在眼瞼處投下一片陰影。「暉兒生前與妳投緣，常在我面前說起妳，而今他已經去了，我不想妳再出事。」

「福晉，您真的不怪我？」凌若抬起頭問，聲音裡有難以自持的顫抖。

「怪妳？」那拉氏訝然抬起眼眸，耳下一對素銀墜子在半空中劃過一道優美的弧線。「我為什麼要怪妳？」

「當日若非我送弘暉風箏，他也不會……」儘管小常子已經解開了她的心結，但每每想到這一點，她依然內疚萬分。

那拉氏眉心微微一跳，幽暗如潭的眼底掠過一絲複雜的光芒，最終化為一聲嘆息，抬手將凌若喚至眼前，握了她的手柔聲道：「我早說過，那是一場意外，怪不得任何人，何況，妳與暉兒這般要好，他去了妳心中未必會比我好受多少。我若是怪妳，今日也不會當著年氏她們面替妳撇清了。」

她的寬容敦厚令凌若深深為之動容，退開丈許，拜伏於她腳下，心悅誠服地道：「嫡福晉對妾身如此信任，妾身縱是粉身碎骨，亦難報萬一！」

「都是自家姊妹，說這話豈非見外。只要妳好生服侍貝勒爺，替貝勒爺開枝散葉生兒育女，就是對我最好的報答了。」說到這裡的時候，那拉氏鼻尖一酸，望著一直握在手中的玉珮落下淚來。

那塊玉珮凌若曾見過，弘暉生前一直戴在身上，知那拉氏又想起弘暉，遂勸道：「嫡福晉心善，上天必會保佑您再得麟兒。」

那拉氏拭去眼角的淚水苦笑道：「妳不必安慰我，我是什麼身子心裡清楚，這輩子絕不可能再有自己的孩子。」手撫過凌若清麗無雙的面頰。「妳不一樣，妳還年輕，且身子康健，孩子只是遲早的事。」

凌若握住她的手道：「妾身的孩子就是嫡福晉您的孩子。」

有奇異的光芒在那拉氏眼底亮起，她反握住凌若的手連連點頭，欣然道：「好，妳記著今日的話，千萬莫忘了。」

「妾身永不忘。」凌若回給她一抹安心的笑容。

第三十二章　胤祥

隨著時光的流逝，弘暉之死所帶來的傷痛正被逐漸淡化，四貝勒府又恢復了往日的寧靜，至少表面看來如此……

六月末的一天，胤禛得知了葉氏已身懷六甲的消息，大喜過望，眾皇子之中唯他膝下最單薄，雖說年紀尚輕，但到底不好聽。眼下聽得有人懷孕自是歡喜不已，雖不曾晉她位分，但也賞了葉氏好些東西，還讓廚房單獨給她做適宜孕婦食用的膳食，令她在府中一時風頭大盛。

上天彷彿是想補償胤禛，喜事接踵而來，就在葉氏傳出懷孕沒多久，李氏也傳來有身孕的消息，經宮中的太醫診斷已經一月有餘。

那拉氏已不能生育，而唯一的兒子又早殤，這意味著只要那拉氏一日為嫡福晉，胤禛就一日不可能再有嫡長子，如此一來，世子之位必然要從庶子中選擇。自古立長不立幼，而今葉氏與李氏先後有孕，誰能先誕下男孩，誰就有可能成為世子的額娘，其地位甚至可與嫡福晉並列，一時間府裡無數雙眼睛皆聚焦在兩人身上，有看熱鬧的，也有恨之入骨的，總之各懷鬼胎。

至於凌若這邊，胤禛儘管依然沒有寵幸凌若，但常喚她去書房伺候，他奉旨管著刑部，離京這段時間積下許多公文，多是各地送來關於秋審處決犯人的名單，以及重大案件的審決判處和罰沒的贓款等等。

胤禛皆要一一批閱審核，再交給康熙過目，是以他在書房中經常一待就是一整天，期間除了狗兒會送膳食以外，就只有凌若在一旁磨墨、打扇，兩人甚少說話，卻有一種默契在無形中滋生。

這日胤禛正批摺子，狗兒躡手躡腳進來小聲道：「主子，十三爺來了。」

「哦？」胤禛從摺子中抬起頭，略帶了幾分訝異，往常這個時候老十三應在兵部做事才是，怎麼有空過來？當下擱了筆道：「快請十三爺進來。」

狗兒還沒來得及答應，便聽得外面響起爽朗的聲音：「不用請，我自己進來。」話音剛落，凌若便見一個劍眉星目、氣宇軒昂的男子推門而入，含笑喚了聲四哥，瞥見站在一旁的凌若，不由微微一怔，帶了幾分驚豔與意外，這他還是頭一次看到有女人出入四哥的書房，當下道：「這位是？」

凌若連忙低頭見禮。「妾身鈕祜祿氏見過十三爺，十三爺吉祥。」

胤祥側身受了半禮，心下暗暗思索，鈕祜祿氏……他記得四哥的側福晉一姓李，一姓年，並無鈕祜祿一姓，難道是庶福晉？

「她是我府裡的一個格格。」胤禛隨口解釋了一句後又道：「去給十三爺泡杯茶來，記得要用宮裡賞下來的雨前龍井，他最喜喝這個。」

「還是四哥記著我。」胤祥眼睛一亮，搓手道：「今年雨前龍井少得可憐，宮裡統共就幾斤，賞下來的就更少了，我府裡根本就輪不到，也就四哥這裡能蹭到。」

胤禛失笑道：「想要茶就直說，拐什麼彎，雨前龍井我這裡也不多，你要都拿去就是了。」

胤祥大喜過望，拱手道：「那就多謝四哥了。」眾兄弟中，他與胤禛感情最是要好，自然不會推辭。

說話間，凌若已泡好茶進來，只見潔白如玉的瓷盞中，湯色清亮，浮著片片嫩茶，色澤墨綠，猶如雀舌，透著陣陣幽香，胤祥飲了一口，頓覺脣齒留香，令人回味無窮。

「今天怎麼想到過來了，兵部的事都忙完了嗎？」自準噶爾平定後朝廷已多年未動過兵，但邊疆守備一刻也鬆懈不得，每年六、七月分就要統籌軍備、器械、糧草、餉銀，統計出後報戶部撥銀。

「一說起這個我就一肚子氣。」胤祥也不管凌若還在，氣沖沖地道：「前幾天兵部那邊議出來明年統共需要一千五百萬兩，較之去年一下子多了三百萬兩，那幫兵痞們擺明是獅子大開口，我叫他們拿回去重議，把能省的地方都省了，最後得出一千三百萬兩，這個數還算可靠。誰知我拿去戶部的時候，他們說撥不出這麼多銀子來，最多只有七百萬兩。四哥，朝廷一年的稅賦少說也有幾千萬兩，怎麼可能拿不出一千三百萬來，分明是那幫孫子找碴。」

「後來呢？」胤禛手指輕叩著桌面問，眉頭微微皺起。

胤祥把喝空的茶碗放桌上一放，沒好氣地道：「還能怎麼辦，管著戶部的是太子爺，他們讓我找太子要去。去了宮裡又沒見到太子，也不知是真不在還是有意躲避，這不只能找你商量來了。」摸了摸梳得齊齊整整的辮子又道：「雖然我也不喜歡兵部那些老油條子，可與底下那些將士無關，他們一個個全是拿命在換銀子，苛誰的錢都不能苛他們的。」最後一句話說得斬釘截鐵，他自己是帶兵出身，對那些將士的感情要比旁人重得多。

「這事急不得，還得慢慢來，這樣吧，明日我陪你進宮去面見太子，他是個明事理的人，想必不會為難你我。」胤禛徐徐道來。

「也只能這樣了。」胤祥無奈地點頭，又與胤禛說了一陣朝中之事後方才離去，待其走遠後，胤禛目光一抬，望向站在旁邊的凌若。不等他說話，凌若已比了禁聲的手勢道：「妾身知道，絕不會將您與十三爺的話說出去。更何況……」靈動的眼珠子一轉，狀似無辜地道：「妾身什麼都聽不懂。」

胤禛被她引得一笑，眼底的銳利漸漸隱去。

今日與胤祥談事時故意不讓其出去，未嘗沒有試探之心在裡面，現在看來，她倒是很懂得分寸。

「明白就好，磨墨吧。」胤禛低頭繼續批閱公文，而凌若則專心研墨，不時加一些水在硯臺中，讓那裡的墨汁永遠濃稠得恰到好處。

團扇輕搖，帶起髮絲在空中飛揚，偶爾胤禛會抬起頭看她一眼，視線交錯的那一瞬間，有一種靜悅與美好在其中。

第三十三章　蓮心

七月初，夏荷盛開的日子，走在蒹葭池邊，能看到滿池皆是破水而出的蓮花，或潔白無瑕，或粉嫩嬌豔，一眼望之不盡，在碧綠滾圓的荷葉襯托下婀娜多姿，香遠益清。夏風拂過，花瓣隨風搖曳，引來蜻蜓停於荷尖，偶爾錦鯉躍出水面，魚尾帶起一連串晶瑩透明的水珠。此情此景猶如畫景一般美輪美奐，想來杭州西湖也不過如此。

蓮花出淤泥而不染，濯清漣而不妖。所以眾花之中，凌若獨愛蓮花，自入夏以來，幾乎每日都要去蒹葭池邊走走。接天蓮葉無窮碧，映日蓮花別樣紅。默念著這句詩，凌若心裡一陣感嘆，胤禛對八福晉可謂是費盡了心思，可惜落花有意流水無情，這般美景終是空置了。

忽地看到一葉扁州在荷葉叢中若隱若現，因是逆光，所以儘管凌若極力瞇了眼，也只能隱約看到上面站了個人。

小舟在水面上留下一道道轉瞬即逝的水痕，很快便來到近前，待看清站在上面的人時，凌若微微一怔。「四爺？」

「過來。」他伸手，聲音不容置疑。置身在淺金色陽光下的他看起來猶如天神，渾身都散發著與生俱來的貴氣。

凌若唇角一彎，將手放在他掌心，下一刻已置身於小舟上，待她站穩後，胤禛一手環著她的腰一手撐船篙，徐徐往池中駛去。

從不知道原來胤禛還會撐船，只見小舟在他的掌舵下靈動如一尾游魚，在荷葉叢中穿梭自如，不一會兒便已駛到池中央，那裡是蓮花開得最好的地方，連著根莖的蓮花環繞於四周，亭亭玉立，觸手可及。

手指劃過尚帶著露水的花瓣，那種新鮮粉嫩的觸感令凌若驚喜，在這裡看蓮花，比站在岸邊看美上千倍萬倍。

彎身攀了一個熟得恰到好處的蓮蓬在手，上面是一顆顆碧綠如翠玉的蓮子，剝開一個放到胤禛嘴邊，她道：「四爺您嘗嘗。」

胤禛看了她一眼道：「吃蓮子不是應該先將蓮心挑出嗎？」

凌若嫣然一笑，雙蝶寶石押髮垂下一縷細細的銀流蘇貼在面頰上。「這樣吃別有一番風味。」

「是嗎？」胤禛狐疑地張開口，剛咬了一口便覺苦澀得不行，勉強嚥下後蹙眉道：「好苦。」

凌若徐徐剝著手裡剩下的蓮子柔聲道：「蓮心雖苦，但能清熱解毒，安神強心，四爺這些日子一直忙著朝中之事，不曾好好休息，容易虛火上升，雖四爺身子健壯一時無礙，但到底不好，吃些蓮子正好可以清一清火。何況四爺不覺得苦澀過後別有一股清冽爽口嗎？」

胤禛細細一回味，倒還真是這麼回事，就著凌若的手又吃了幾顆，許是心裡有了準備的緣故，不再像剛才那樣覺得苦得難以下嚥。

「四爺今日不用進宮嗎？怎得有心情泛舟賞荷？」自上回十三阿哥來過後，為著兵部餉銀糧草的事，胤禛與他數度進宮面見太子，從他們回來後的言談中得知，進展並不如人意，太子似乎一直在推託，遲遲不肯撥銀。

「再入宮也沒用，太子避而不見，他一日不點頭，銀餉就一日發不出。」胤禛搖頭，若到了日子卻發不出出餉銀，邊關那些將領必會心生不滿，若因此而有了騷動，只怕會動搖國本。向來堅毅的眉眼流露出一絲無奈與心灰，他與胤祥素以太子馬首是瞻，而今遇到事，太子卻全無擔當，這般作為實在令人心寒，怪不得諸阿哥對太子多有不滿。

「或許太子有他的難處。」凌若將剝完的蓮蓬扔回池中，捧著一把蓮子慢慢吃著，品味那獨一份的苦澀與清香。

「或許吧。」胤禛苦笑一聲，低頭見她吃得津津有味，訝然道：「很少有女子會喜歡吃蓮子，妳是我見到的頭一個。」

「良藥苦口，何況會覺得苦，那就表示心裡不苦。以前……」凌若正想說她以前夏天也這樣吃蓮子，猛然想起，以前的她並不愛吃蓮心，每回吃蓮子時，容遠都會將蓮心仔細挑掉，偶爾吃到沒挑乾淨的蓮子時，她都會皺著眉吐出來。

喜歡連著蓮心一起吃，是今年夏天突然開始的，全不覺苦，甚至以為自己一直以來都是這般吃的，真是可笑。

「笑什麼？」她臉上淺淡卻明顯帶有幾分自嘲的笑容令胤禛好奇。

「沒什麼。妾身只是想到為什麼會喜歡吃帶蓮心的蓮子。」迎著胤禛不解的目光她道：「會覺得蓮心苦，就表示心裡不苦。」

「是嗎？我還以為貝勒府的生活讓妳覺得很苦。」胤禛說得一派雲淡風輕，彷彿只是不經意的一問。

凌若卻從中聽出了試探之意，即便許她出入書房，胤禛依然不信任她，抑或說在這偌大的貝勒府中，疑心極重的他從不曾真正信任過誰。

她心中一凜，面上卻做出一副若無其事的樣子，攏一攏被風吹散的髮絲，將頭靠在胤肩頭，閉目道：「能陪在四爺身邊，妾身永遠都不會覺得辛苦。」這句話是真情抑或是假意，連她自己都分不清了。

他盯著凌若的頭頂，目光陰晴不定，良久，抬起手撫過她如絲長髮。「除了父母還有惦念的人嗎？若有的話告訴我，改明兒個一併安排入府讓妳見見，解思念之苦。」

凌若猛地張開眼，這句話比剛才那句更令她緊張，難道胤禛已經知道了她與容遠的事？不，不對！這個想法很快被她否定。這些日子的相處，她對胤禛的性子好歹摸到一些，他這個人眼裡最容不得沙子，若真知道她與容遠間的糾葛，絕不會這般輕描淡寫，所以這句話只是試探。

凌若心中一寬，抬頭道：「妾身在家時，有兄弟姊妹三人，如今離家多時，還真有些惦念。」她掩下所有算計與心思，只將最天真的姿態呈現於他面前，笑意純粹若池中清蓮，她知道，這是自小身處爾虞我詐的宮廷與官場之中的胤禛最喜歡看到的一面，一如湄兒。

果然，在看到那抹純粹到耀眼的笑容時，胤禛神情有一瞬間的恍忽，眼底的陰鷙更如陽光下的冰雪一般消融的無影無蹤，取而代之的是淡淡的溫情，在凌若還來不及反應時，薄脣輕輕印在她的額頭。「好，到時候讓他們一道入府與妳團聚。」

感覺到額間的溫熱，凌若渾身僵硬，這是除卻醉酒以外胤禛第一次主動親近她，很奇怪，她明明不愛胤禛卻對他的親近並不抗拒，興許是因為早已認命的緣故吧。

不知不覺間，小舟駛到了對岸，從這裡上去不遠便是淨思居，凌若上岸後發現胤禛還站在小舟上，遂問：「四爺不去妾身那裡坐坐嗎？」

胤禛一點船篙，輕舟隨水無聲退出數丈，清朗的聲音遠遠傳來：「不了，夜間我讓狗兒接妳來鏤雲開月館。」

鏤雲開月館是胤禛的居處，也是寵幸府中諸女的地方，這麼些月來，胤禛從未出言讓她去過，而今開口，意思不言而喻。

終於到這一天了嗎？凌若一臉複雜地望著已經沒入夏荷叢中的胤禛，說不清到底是什麼滋味。既沒有其他女子承寵前的興奮歡喜，也沒有想像中的不甘。

第三十四章　侍寢

是夜，狗兒帶來了胤禛的話，命凌若沐浴更衣後前往鏤雲開月館侍寢。

墨玉等人聽到這個消息皆是滿心歡喜，姑娘熬了這麼久終於到出頭之日，以姑娘的美貌與才情，只要踏出這一步必能平步青雲，不必像現在這樣舉步維艱，處處需要仰人鼻息。

「奴……奴才去……打水。」小路子扔下這一句提了木桶就跑，也不要小常子幫忙，他力氣甚大，一次提兩桶猶有餘力。待水秀和水月將沐浴要用的東西都準備好後，凌若在墨玉的服侍下除盡衣飾，跨入飄滿玫瑰花瓣的木桶中。

水氣帶著玫瑰獨有的清香飄散在空氣中，墨玉不斷用木瓢舀起熱水徐徐淋在凌若裸露在水面上的肩膀，肌膚凝滑若脂，全無一絲瑕疵，宛如上等羊脂美玉。凌若一邊把玩著花瓣，一邊聽墨玉絮絮說著她從各處打聽來的瑣事，譬如宋氏丟了一只鐲子以為是下人偷的，結果卻在她自己房中找到了，鬧了個大笑話；又譬如年氏發落了哪個下人等等之類的事。

墨玉性子開朗，與府裡許多下人都熟稔，而下人聚在一起最喜歡談論的就是主子的是非，有時候從他們嘴裡能打探出一、二絲有用的東西來。

「葉福晉嫌現在住的流雲閣太小，想換個更好的居處，為著這個在貝勒爺面前說了好幾回，奴婢聽說流雲閣比咱們這裡大上一倍呢，她卻還嫌不夠，真是貪心。」墨玉對葉秀實在欠缺好感，一說到她就繃緊了俏臉。

「她懷著身孕，自然比一般人金貴些，換一所住處也非什麼大不了的事。」凌若纖指帶著溼潤點在墨玉額頭輕笑道：「妳啊，別老皺著眉頭，小心長出一大片皺紋來，到那時我看誰還敢娶妳。」

墨玉被她說得粉面通紅，低低啐道：「姑娘就知道取笑人家，長就長，大不了奴婢一輩子不嫁。」

凌若笑笑，刮著墨玉的臉頰道：「說什麼傻話，妳肯我還不肯呢，三年期滿前我一定替妳找戶好人家。」

「姑娘！」墨玉被她說得愈發不好意思，俏臉紅得快能滴出血來。「今天可是您大喜的日子，別老扯到奴婢身上來。」

本以為她會很高興，沒想到聽到這話，凌若臉上原本歡喜輕快的神情微微一滯，帶了幾分失落道：「何喜之有？府中每一個女子都會有這一天。」她不是胤禛第一個女人，更不是會最後一個，只是無數女子中微不足道的一個罷了。

「姑娘您不希望成為貝勒爺的女人嗎？」墨玉奇怪地問，據她所知，府裡但凡女子可都盼著貝勒爺寵幸呢，怎麼姑娘的反應這麼怪。

「我不知道。」凌若低低嘆了一聲。

胤禛，你對我而言到底是什麼？

想了許久她始終想不出答案，只得無奈地搖了搖頭，不想也罷，既來之則安之，總有一天她會想到答案的。

半個時辰後，一身月白長衫的凌若坐上了專程來接她的肩輿，一路往鏤雲開月館行去，偶爾有下人看到肩輿過來，紛紛低頭垂手於路旁。

與此同時，胤禛召凌若侍寢的消息飛快傳遍了整個貝勒府，各院聽到消息的反應不盡相同。

「聽說年福晉得知此事後甚是生氣，摔了好些東西，包括您上回賞她的翡翠花鳥花插，奴婢懷疑她是不是已經知道了您對貝勒爺說的話。」含元居中，翡翠恭謹地垂著頭道。

因著葉氏、李氏先後懷孕，皆不宜再侍寢，胤禛身邊一下子少了兩人，是以那拉氏曾勸其在未寵幸過的格格中挑擇幾人，凌若自是第一人選。

那拉氏默然聽著翡翠得來的消息，手輕輕地撫摸著虎頭鞋，這還是弘暉滿月時穿的。從他第一次睜眼看這個世界到牙牙學語，再到他離開她的雙手自己邁出第一步，一幕幕歷歷在眼前，彷彿只是昨天的事。

「知道又能如何，貝勒爺喜愛鈕祜祿氏是有目共睹的事，否則也不會讓她入書房伺候，寵幸是遲早的，我不過是順水推舟而已。」那拉氏對她的話不置可否，眸光始終落在那雙虎頭鞋上。「葉福晉那邊呢，聽說她與鈕祜祿氏素來不睦？」

「沒什麼異常，安胎藥和晚膳都照常吃了。」翡翠如實稟道。

那拉氏略有些驚訝地抬起眼皮子，在她印象中葉秀是一個驕縱張狂的女子，又兼有成見在先，以她的性子不可能聽到這個消息還若無其事，難不成有孕後變懂事了？若真是這樣倒不失為一件好事。

她頗為欣慰地點點頭道：「這樣最好，希望淩格格也能懷上一男半女，替貝勒爺開枝散葉，延綿子嗣。」

子嗣……說到這個詞，那拉氏不自覺握緊了手裡的虎頭鞋，眼前又出現弘暉的音容笑貌，那樣的真實，彷彿只要她一伸手就可以抓住……

「格格，人死不能復生，您可要看開些才好，萬不能再哭了。」翡翠敏銳地覺察到那拉氏心緒變化，唯恐她又傷心落淚趕緊勸道：「何太醫可都說了，您這雙眼要是再哭的話就保不住了。」翡翠打小就在那拉氏身邊伺候，是她的陪嫁侍女，所以至今私底下仍保持著閨閣中的稱呼。

「放心，我不會再哭了，這雙眼我留著還有用。」那拉氏淡淡地回了一句後，放下虎頭鞋起身走至小軒窗前，帶有鎏金綴珠護甲的手撫過雕刻在窗櫺上的玉蘭花圖案。「就算弘暉不在了，可這府裡不論誰生了孩子，我都是名正言順的嫡母，所以沒什麼好傷心的。」燭光熠熠，照著她的身影在夜色中有些不真實。

凌若在鏤雲開月館前下了肩輿，很快有人出來，笑著朝她打了個千兒道：「給凌格格請安，貝勒爺請您進去。」凌若認得此人，與狗兒一樣皆是胤禛身邊的親信長隨，名喚周庸。

「有勞了。」凌若頷一頷首，跟在周庸後面走了進去，略有幾分忐忑。進了內裡，只見一道頎長的身影背對著他們。周庸躬身道：「四爺，凌格格來了。」

胤禛聞言轉過身來，因在屋內所以他只披了件天青色長衫，赤足站在光滑如鏡的金磚上，與往常一本正經的裝扮不同，倒顯得有些隨和。

「行了，你下去吧。」揮退周庸後，胤禛走到一直低著頭的凌若身前，托起她光潔如玉的下巴，讓那張精緻無雙的臉毫無遮掩地呈現在眼前，燈火流轉下，那張臉絕美無瑕，縱使是胤禛也不禁微微失神，他嘆：「妳很美。」

凌若回給他一個淺笑，握了他寬厚的手道：「妾身不求傾城傾國，只求能傾倒四爺一人，便於願足矣。」

胤禛挑了挑眉道：「傾國傾城嗎？若兒的美貌當得起這四字，至於我……」他做了一個向後仰倒的動作，難得地玩笑道：「我已經被妳傾倒。」

若兒……這是她第一次聽到胤禛如此親呢地喚她，心中並不抗拒，反倒生出幾分歡喜來，連緊張都淡去了許多。

凌若掩脣笑道：「若真能傾倒就好了，偏是妾身知道，莫說妾身只是有幾分姿色，就是月宮嫦娥來了，四爺都未必當真放在心中。」

「妳想說什麼？」不知其為何要刻意勾起他心中隱傷，是以胤禛神色一下子冷了下去，連聲音都生硬了許多。

凌若輕嘆一聲，雙手環住胤禛的腰，感受著身邊真實的溫暖，靜靜道：「妾身想說，不論四爺心中是否有妾身，妾身都視四爺為唯一，只要四爺一日不嫌棄妾身，妾身就一日陪在四爺身邊，直至白髮蒼蒼，黃土為伴。」

胤禛，我以真心待你，能否換你一世榮寵？

胤禛睇視著那張嬌美如花的容顏久久未語，神情似有所動容，就在凌若以為將歸於沉默時，沉沉的聲音在耳畔響起：「妳雖不是我鍾愛之人，但這份真心我同樣會銘記在心。」

白髮蒼蒼嗎？若兒，我真心希望妳能陪我到那一天，所以永遠不要背叛我，不要像湄兒一樣背叛我；若真有那一天，我必親手殺了妳！

第三十五章 鏤雲開月

細密的吻像雨點般落在凌若身上，雖輕如鴻毛卻讓凌若忍不住戰慄，每一寸肌膚都像要著火一般。這就是額娘說過的肌膚之親嗎？她覺得自己快要融化了，低低的呻吟從櫻唇逸出……

羅衫半解，露出裡面細滑如上等羊脂玉的肌膚，只是一眼，便令素來自負定力極佳的胤禛升起一團慾火，燃盡所有理智，只有一個念頭：占有她，讓她只屬於自己一人。

帶著粗重的喘息聲，他一把將早已意亂神迷的凌若打橫抱起，赤足往床榻走去，長長的裙裾無聲曳過地面，穿過重重鮫紗帷帳，將手中的人兒輕輕放在鋪有香色錦衾的床榻上。

當光滑而冰涼的錦衾貼上肌膚時，凌若打了個寒顫，睜開眼看到近在咫尺的胤禛以及在身上遊走的唇與手，人一下子清醒了許多。

「害怕嗎？」他察覺到她的變化，抬起頭問。

手不自覺地撫過他的臉，從眉眼到鼻梁再到薄唇，細細撫過，說不上為什麼，但是心一下子安定下來，輕言道：「怕，也不怕。」

「這是什麼答案？」胤禛側身躺在一邊，以手支頤好奇地問。

凌若有些羞澀地扯了扯身上半解的衣衫道：「四爺是天潢貴胄，身分尊貴，普天之下能有幾人見了四爺不害怕；至於不怕……是因為四爺是若兒的夫君，面對夫君自是沒什麼好怕的。」四目相對，毫無保留地任由他望進眼裡，看進心裡。

面對生性多疑的胤禛，唯有坦然相待才有可能贏得他的信任。

夫君……這兩個陌生的字眼令胤禛怔忡之餘又有一絲感動，重新擁緊了她柔軟如柳枝的身子，吻上那張小巧的櫻唇，溫柔而纏綿，無可自拔地沉醉其中。

在纏綿到極至時，身子被狠狠貫穿，那種撕裂般的疼痛令她不自覺弓起身，唇齒收緊，咬住了緊緊相貼在一起的薄唇。

感覺到唇間的疼痛，胤禛並未退去，而是化為更溫柔的吻，一點一點安撫著她的緊張與不安。

緊緊攀住胤禛的脖頸，將身心毫無保留地交付於他，任他帶著自己一起攀上雲端，餘光瞥過錦衾，豔紅的處子之血盛放如花，美得令人目炫神迷。

他瘋狂地索要了她一次又一次，連他自己都覺得驚訝，這具曼妙的身體總能輕易勾起他最深沉的慾望，令他沉溺其中無法自拔。

靜靜燃燒的紅燭成為這旖旎春光的唯一見證者，紅燭垂淚，滴落燭臺留下斑斑痕跡……

凌若醒來時只覺渾身痠痛，香色錦衾軟軟搭在身上，錦衾之上還有一隻健壯的手臂，順著手臂望去，胤禛正沉沉睡在身側，不知夢到了什麼，雙眉緊緊皺在一起。

凌若伸出手，細細撫平他眉間的皺折，這個時候正好外面響起打更聲，「梆梆梆」一共敲了三下，顯然此時正是三更時分。

府中規矩，嫡福晉可以在鏤雲開月館過夜，側福晉雖也可以，但已經有些名不正言不順了；除此之外，其餘女子皆只得侍奉半夜，不得留過夜。

她小心翼翼地挪開胤禛的手，撐著痠痛的身子躡手躡腳的起身，剛從地上撿起衣衫披上，便聽得身後有響動，回頭看去，只見胤禛不知何時支起了上身。「妳這是要去哪裡？」因為剛醒的緣故，聲音中帶了幾分慵懶。

儘管兩人已有過肌膚之親，但乍然看到胤禛裸露在錦被外的上身，還是忍不住一陣羞澀，低下頭道：「夜已過三更，妾身該回去了。」

「誰許妳走了，過來。」他半坐在床上，朝凌若伸出手，言語間流露出了一絲霸道。

凌若微微一愣，遲疑著不敢伸手。「這於禮不合。」

「叫妳過來就過來，哪這麼多廢話。」胤禛略有些不耐，見凌若還在猶豫，身子一傾直接將她拉了過來，看到她驚慌失措的樣子突然覺得很開心，脣角勾起一絲笑意。

「今夜沒有我的允許，妳哪裡都不許去。」他摟緊她，霸道地宣告著自己的所有權。

「可是……」凌若話剛出口，雙脣便被人狠狠封住，讓她再說不出一句話來，直到被吻得快喘不過氣來胤禛才放開她，拇指撫過她嫣紅的雙脣輕語道：「不要置疑我的話，否則下次的懲罰就不會只是這樣了。」

這樣露骨的話令她羞紅了臉，輕啐道：「想不到四爺也有這麼不正經的時候。」見胤禛鐵了心不放她走，只得依從，輕輕倚在他身上，溫暖透過薄薄的衣衫徐徐滲進來，令她有一種心安的感覺。

胤禛吻了一下她光潔的額頭，似笑非笑地道：「旁人都是想盡辦法想留在鏤雲開月館過夜，唯獨妳竟是想趁我睡覺的時候偷偷溜走，怎麼，我讓妳生厭嗎？」

「四爺這般豐神俊朗、英俊瀟灑，妾身就算看一輩子都不會生厭。」她把玩著胤禛修長的手指，仰頭半開玩笑道：「妾身只是不願讓四爺為難，更不願壞了府裡的規矩。」

「難為妳還記著。」埋頭在她的頸窩中悶悶地回了句，幽香索繞於鼻間，向來最看重規矩的他，這一刻卻有些鬱悶，手裡溫軟的觸感令他捨不得放手。內心天人交戰許久，終於下定決心，收緊雙手將她牢牢禁錮在懷裡，以不容置疑的口吻說道：

「我說過，今夜妳哪裡都不許去。」

凌若不再言語，蜷起身子像一隻溫順的貓兒般縮在他懷裡，長長的睫毛覆住雙眸的同時也掩去眼底那絲光芒。

她沒有年氏的家世，更沒有八福晉的獨一無二，所有的不過是一張尚算美麗的容顏，可是再美的女子也有容顏老去的那一刻，以色侍人並不能長久。何況身為皇子的胤禛身邊最不缺的就是美貌女子，想得到長久的寵眷，必須要令他覺得自己與其他女子不同，唯有如此，才能在他心中占有一席之地。

在短暫的靜寂後，外頭響起敲門聲，卻是周庸，只聽他喚道：「凌格格，您該出來了。」他喚得極輕，唯恐驚擾了本該在沉睡的胤禛。

側福晉以下只得侍寢半夜，但總有一些女子不願離去，是以每回侍寢，周庸都會等在外面，若過了三更還不出來便會出聲催促。

胤禛漆黑的眸光微微一動，揚聲道：「退下。」

候在外面的周庸沒等到凌若答應，卻等到胤禛的聲音，頓時嚇了一跳，不過他也是乖覺之人，稍稍一想已明白是怎麼一回事。

夜色沉沉，燭火在燃了許久後略略有些發暗，凌若起身拔下髮間的銀簪子，撥去燒黑蜷曲的燭芯，燭光一跳，竟接連爆出好幾朵燈花。

「看來若兒有好事臨近。」胤禛扶著她的肩頭道。

凌若將簪子插回髮間，回眸嫣然一笑道：「有沒有好事妾身不知道，但是妾身恰好有一事想求四爺。」

「可是關於妳家人入府的事？高福已在著手準備，也就是這兩天的事了，妳再等等。」這事是早就答應的，可是因為南巡還有弘暉的事一拖再拖，令素來一言九鼎的胤禛頗為內疚，而今得空，自是第一時間吩咐高福著手去辦。

見他如此將自己的事放在心上，凌若頗為感動，當下欠身道：「妾身多謝四爺厚愛，不過妾身想說的並非此事，而是關於淨思居。」

「淨思居？」胤禛皺了皺眉，驀地想起前些天葉氏說的那番話，頓時有些不悅。「怎麼？妳也嫌淨思居住著不適意了？」

「不適意？」凌若做出一副茫然不解的樣子道：「好端端的四爺為何這麼問？」

「不為這個那是為什麼？」胤禛走到六稜雕花長窗前，推開緊閉了半夜的窗子，抬眼望去，只見夜空中繁星點點，一閃一閃猶如小兒頑皮的眼睛。他想不出除了要換住處之外，關於淨思居還有何可談。

凌若一展長袖，靜靜地跪下去，任穿窗而入的夜風吹拂起輕薄的衣衫，婉聲道：「承蒙四爺恩寵，破格將淨思居賜給妾身居住，妾身感激涕零。但妾身只是一個格格，無功無德，更不曾為四爺誕下一男半女，如何敢比肩庶福晉，是以住在淨思居的每一日妾身都於心有愧，食不知味、睡不安寢。所以妾身懇求四爺收回淨思居，許妾身重回攬月居。」

她的話令胤禛大為愕然，自己竟然想錯了，她並非嫌棄淨思居狹小，恰恰相反，覺得以格格之身居住在淨思居於理不合。

「抬起頭看著我。」等了許久，頭頂終於垂下陰晴不定的聲音。

淩若依言抬頭，並不迴避他審視的目光，良久，胤禛終於相信了她說的是實話，心情一下子大好，脣角微微揚起道：「旁人都在盤算著如何換一個更大更寬敞的住處，妳可倒好，賞給妳的東西還使勁往外推，真不知該說妳蠢還是笨。」

「蠢也好笨也罷，心安最重要，何況四爺的眷顧對妾身來說比什麼都重要。」她回給他一個乾淨到極致的笑容，她知道，他喜歡這樣的自己。

果然，胤禛大為動容，彎身扶起她嘆道：「她若能有妳一半的謙卑便好了。」

淩若知他說的必是葉氏無疑，面上卻是一副茫然之色。「四爺在說誰？」

胤禛搖搖頭，握緊她纖細的雙手道：「不說這個了，總之淨思居是我賞給妳的，斷無再收回之理，以後都不許再提此事，妳給我安安心心住著就是了。」

淩若微微一笑，沒有再拒絕，胤禛一旦決定的事沒有人能改變；而她也並不是真的想回攬月居，所以話說到這裡就足夠了。

第三十六章　針鋒相對

凌若不知自己是什麼時候睡著的，等醒來時已是天光大亮，身邊沒了胤禛身影，只餘她一人。眸光微瞇掃過輕薄如蟬翼的鮫紗，只見帳外映著一個淡淡的人影，遂道：「誰在外面？」

一陣腳步聲後，鮫紗帳被人掀開，一個身影閃了進來，竟是墨玉，只見她含笑扶起凌若道：「姑娘您醒了？」

凌若微微一怔，就著她的手坐起後撫一撫臉頰，振起幾分精神道：「妳怎麼會在這裡？」

墨玉俐落地往凌若身後塞了兩個繡花軟枕，口中回道：「今兒個天還沒亮，周大哥便叫奴婢帶了姑娘要用的東西來這裡候著。」

凌若點點頭又問：「現在什麼時辰？」府中諸女但凡有侍寢者，翌日清晨必得去嫡福晉處請安。

墨玉看了眼天色道：「快過卯時了。」

聽得已經這麼晚了，凌若頓時著急起來，一把掀了錦被披衣下床道：「快替我梳洗更衣。」隨後又有些埋怨：「妳也是，明明就在外頭怎的不早些叫醒我？若因此誤了去向嫡福晉請安的時辰可怎生是好。」

「奴婢冤枉，是貝勒爺離去前吩咐奴婢不許叫醒姑娘的，說讓姑娘好生睡上一覺，所以奴婢才一直等著不敢出聲。」墨玉委屈地解釋。

聽得是胤禛的意思，凌若一愣，旋即心底生出一絲暖意與歡悅來，不為其他，只為胤禛無意間流露出的那一點關心。

「姑娘洗臉。」墨玉將絞好的面巾遞到凌若手上，然後取來一早備下的衣裳服侍她換上，喜孜孜地道：「姑娘您可是除幾位福晉以外，頭一個在鏤雲開月館過夜的格格呢，昨夜周大哥來跟奴婢們說的時候，咱們還都不敢相信，看來貝勒爺很喜歡姑娘。」

墨玉的話令她想起胤禛昨夜的熱情，臉上不由得飛上兩朵紅雲，不敢看銅鏡中的自己，低低啐了一句：「不許胡說。」

見她這副不打自招的模樣，墨玉捂了嘴偷笑道：「嘻嘻，姑娘臉紅了。」

凌若臉紅得像要燒起來一般，回身揚手作勢欲打道：「妳這丫頭，再敢胡說八道看我不打妳。」

見她快要惱羞成怒了，墨玉趕緊憋了笑意舉起雙手道：「好好好，奴婢不說就是了，姑娘可千萬別生氣，快些坐好讓奴婢幫您梳妝打扮。」

象牙梳齒劃過頭皮有輕微的酥麻，墨玉的手極巧，不一會工夫便將一頭長及腰際的青絲盤成一個飛燕髻，待將散髮一一掖好後，她從帶來的梳妝奩中撿了一支純銀綴雨過天青色流蘇並幾朵暗藍色珠花插在髮間，燕尾處綴了一串銀吊穗，耳下則是一對垂金耳墜，墨玉本想用胤禛前些日子剛賞下來的七寶玲瓏簪，那支簪子以赤金打造而成，鑲綴翡翠、紅寶石、藍寶石、祖母綠、珍珠、貓眼、天晶石七種寶石，奢華奪目，乃是宮中賞下來的珍品。

凌若將七寶玲瓏簪取在手裡把玩了一陣後，將之放回妝奩中，簪子固然華麗奢美，但太引人注目。她在鏤雲開月館過夜的事此時必然已為眾人所知，若再戴著這支簪子四處招搖，只怕會引來禍端。

正思忖間，墨玉已經打扮停當，放下手中的脂粉道：「姑娘妳看看可還好？」

凌若仔細端詳了鏡中的自己一眼，裝扮清雅矜持，當即頷首起身扶了墨玉的手道：「走吧，咱們去給嫡福晉請安。」

從鏤雲開月館到那拉氏住的含元居尚有一段不算短的距離，縱使凌若緊趕慢趕，走得一身是汗，也花了近一盞茶的時間，而此刻早已過了卯時。

守在含元居外的是小廝三福，遠遠看到凌若過來，忙迎上來打了個千兒，笑道：「姑娘這是來給福晉請安啊？」

「福晉可在裡頭？」凌若平常多有來含元居，與三福早已相熟，是以說話較隨意。

「在呢。」三福一邊引了凌若往正堂走一邊道：「不只福晉，年福晉她們也來了，此刻正在裡頭說話呢。」

那拉氏於眾花之中獨愛芍藥，此刻正值芍藥盛開的季節，是以一進含元居便能看到開得如火如荼的芍藥。或紅或白或粉或紫，花朵獨開在細細的莖端，也有一些凌若未見過的稀有品種，兩花或三花並放，且色澤不一，甚是好看。

「福晉，凌格格來給您請安了。」三福挑了簾子進去回稟，屋裡放了剛從冰窖裡起出來的冰塊，是以一進去便有一股清涼迎面而來。

凌若飛快地抬起頭掃了一眼，只見除了那拉氏外，還有年氏、李氏、瓜爾佳氏、宋氏等，除葉氏以外，但凡在府中有些地位的女子都來了，此刻見她進來，目光皆齊集於她身上，可見她們來此絕不僅僅是為了請安那麼簡單。

凌若按下心中的凜然，雙手搭在腰間，端端正正朝正當中的那拉氏行了一禮，脆聲道：「鈕祜祿氏叩見嫡福晉，嫡福晉萬福金安！」

那拉氏和善地示意她起來，又命人搬來繡墩囑她坐下，剛要說話，忽聞年氏輕笑道：「姊姊，您聽聽，這凌格格聲音可真好聽，連請個安都跟黃鸝叫似的，聽得人骨頭都要酥了，若非親眼看著這話是從凌格格嘴裡吐出來的，我都要以為是我院裡那兩隻黃鸝在唱歌呢。」

年氏話中有話，那拉氏只是佯裝不知，微笑道：「妹妹可真愛開玩笑，縱使凌格格聲音再好聽，也不至於跟鳥聲混錯。」

年氏彈了彈青蔥似的指甲道：「興許是妾身這些日子聽多了扁毛畜生的叫聲，所以這耳朵啊不太好使，有時候會分不清人跟畜生，凌格格不會見怪吧？」

這話分明是刻意意將凌若比做畜生，刻意羞辱，除那拉氏與李氏外，其餘諸女對凌若的乍然得寵或多或少懷有幾分嫉妒，此刻聽得年氏這話，皆是一陣解氣，在那裡掩脣暗笑。

凌若卻彷彿沒聽到一般，欠了欠身謙恭地道：「妾身不敢。」早在來此之前便已想到會有人藉故針對自己，是以她對年氏的發難並不意外。

「只是不敢嗎？」年氏輕飄飄地橫了她一眼，勾一勾嫣紅的脣角道：「也就是說凌格格心中其實還是見怪的嘍？」

凌若沒想到這樣她都能挑出錯來，微微一怔，正思索該如何回答時，那拉氏已出聲打圓場：「好了，妹妹妳就別逗凌格格了，瞧把她給緊張的。」隨後又對凌若道：「年福晉與妳說著玩呢，沒事的快坐下吧。」

「謝嫡福晉。」凌若暗吁一口氣，朝那拉氏與年氏行了一禮後，方才斜欠了身坐在繡墩上。

年氏悠然一笑，低頭撥著臂上的絞絲銀鐲不言語，恰巧有下人端了新鮮剛開的芍藥進來放在窗臺下，屋中更添清香。翡翠上前折了一朵花色嫣紅，開得正好的芍藥簪在那拉氏鬢邊，於端莊之中平添一份秀色，倒顯得年輕了幾歲。

年氏扶一扶同樣插在鬢邊的粉色牡丹淡淡道：「沒想到這麼多年過去了，姊姊還是獨愛芍藥，可惜芍藥雖美，終只是花相，登不得大雅之堂；不若牡丹雍容華貴，乃花中之王。」

那拉氏眼皮一動，幽藍的光芒在眼底閃過，她撫著繡有繁花連枝圖案的衣袖和顏道：「只是花而已，無謂將相王候，最要緊的是合眼緣，牡丹太過豔麗奪目，容易失了中正平和，倒不如芍藥來得內斂清雅。」

凌若心中暗奇，聽這話，彷彿年氏早在入府前就與嫡福晉相識，可她從未聽嫡福晉提起過。

年氏冷笑一聲，顯然心裡對那拉氏的話並不認同，什麼中正平和，凡花就是凡花，怎配與花中王者的牡丹相提並論，身為嫡福晉卻喜歡佩戴凡花，真是可笑至極。

第三十七章 張弛

年氏別過頭問身後的綠意：「現在是什麼時辰？」

綠意豈會不明白主子這麼問的意思，微微一笑道：「回主子的話，現在是辰時一刻。」

年氏點點頭，目光一轉，若鴻毛般輕輕淺淺地落在那拉氏身上。「姊姊，咱們府裡什麼時候改了請安的時辰，竟沒人知會我一聲。」

凌若被她說得面色窘迫，忙起身赧然道：「啟稟年福晉，都怪妾身不好，妾身一時貪睡，連過了時辰都不知道，請福晉恕罪。」

「大膽！」她話音未落，年氏已豎了柳眉冷聲喝道：「我在與嫡福晉說話，妳插什麼嘴。」

宋氏在一旁假意勸道：「福晉息怒，誰叫人家是小門小戶出身，不懂規矩也是正常的事，您別跟她一般見識。」

宋氏是康熙四十年入的府，初為格格，在府裡並不得寵，統共也就承寵了幾次，不想卻意外懷上子嗣，八個月後早產生下一女，可惜未出月就夭折，胤禛憐惜那孩子早夭，是以在孩子週歲那一年晉了宋氏為庶福晉，以慰她喪女之痛，但這恩寵卻是愈發淡薄了，往往許久都不曾得見胤禛一面，如今見凌若乍然得寵，心中自是忿忿不平。

李氏撫著尚不明顯的肚子不經意地道：「我記得宋妹妹妳父親原是松陽縣縣丞，前不久松陽縣縣令因年紀老邁上疏朝廷要求致仕，朝廷下令由妳父親升任縣令一職，可有這麼回事？」

待宋氏點頭，她又道：「若我沒記錯的話，縣令是正七品，而凌格格的阿瑪乃從四品典儀，高了妳父親足足五級，妳說凌格格是小門小戶出身，那妳呢？妳又是什麼東西？」

她說得輕描淡寫，不帶一絲火氣，卻令宋氏滿面通紅，無地自容，她本是想要藉機羞辱凌若一番，不曾想卻引火焚身，反弄得自己一身騷，真是得不償失。

「莫說是從四品出身，即便是從一品出身又如何？沒規矩就是沒規矩。」宋氏顧忌李氏身分，年氏可不在乎，或者說她從未將李氏放在眼裡過。

「好了好了，一人少說一句。」那拉氏見氣氛不對忙出來打圓場。「都是自家姊妹，吵吵嚷嚷的像什麼樣子。凌格格剛入府不久，很多事難免有不懂或有做的不周全的地方，妳們這些做姊姊的多教教她就是了。至於這回請安來晚，想來也非是故意，就算了吧。」

「姊姊真是好脾氣，不過我就怕有些人恃寵生驕，連自己是什麼身分都忘了。」年氏雖然在笑，但眼底全無一絲笑意，反而盡是森寒之色。

這話卻是嚴重了，慌得凌若連忙跪下口稱不敢。那拉氏目光掠過年氏美豔如花的臉龐，聲音靜若流水：「凌格格不是這種人，妹妹大可放心。」

「但願如此。」年氏冷笑著站起身施了一禮後轉身離去，根本不看尚跪在地上的凌若一眼，在她之後，眾人皆起身告辭。當最後一個也走出去的時候，落下的簾子隔絕了那拉氏的目光，她暗暗嘆了口氣，示意翡翠扶起尚跪在地上的凌若。「年福晉的話雖然直了些，但她本意是為妳好，怕妳因驕忘本，才有所苛責，妳莫要往心裡去。」這樣的話連她自己都覺得蒼白無力，可是為了府裡的安寧不得不如此，即使這個安寧只是表面。

「妾身明白。」凌若溫順地回答，她明白那拉氏的難處，身為嫡福晉必須公允中正，不偏不倚；適才能在這麼多人面前維護她已屬不易，她不能再要求更多了。

「那就好。」那拉氏滿意地點點頭，又叮囑了幾句，才命其跪安。

屋內涼爽宜人，屋外卻熱浪滾滾，烈日當空，陽光刺得人睜不開眼來，今夏比往年熱了許多，且已有近十天未下雨，空氣中四處飄浮著肉眼看不見的塵埃。

好不容易回到淨思居，墨玉已是香汗淋淋，她扶著同樣汗溼浹背的凌若穿過院子往正堂走去，一邊走一邊埋怨：「這賊老天真是想把人熱死，哪有還不到午時就熱成這德行的。姑娘，妳快進去坐著，奴婢給去端水給妳洗洗臉，去一去這熱氣，再去弄盞酸梅湯來解……」

墨玉正要說弄盞酸梅湯來解渴，不想一推開正堂的門便有一股涼氣迎面而來，令人頓時神清氣爽。咦，淨思居什麼時候變得這麼涼爽了？驚奇之餘，連下面的話也忘了說。

「姑娘吉祥。」小常子等人都在正堂內候著，此刻見凌若進來連忙上前請安，每個人臉上都含了一絲喜色。

凌若嗯了一聲，目光落在置於正堂一角的銅盆中，只見那裡盛著一大塊冰，此刻冰塊正漸漸融化，細小的水珠順著透明光滑的冰塊滴溜下去，落在銅盆中發出叮鈴的脆響，滿屋涼氣正是由此處而來。

「是誰送來的？」手指輕輕撫過冰塊，涼意透膚而入，再看指間已是一片溼潤。

「回姑娘的話，是冰房管事一早特意派人送來的，說這些日子天氣炎熱，為怕姑娘著了暑氣，特意從別的地方勻了幾塊出來，還說以後日日都會有冰送來，讓您儘管放心。」回話的是小常子，自上回撿回一條命後，他身子就極差，即使是大夏天依然捂得嚴嚴實實，唯恐受風著涼。

墨玉此刻已回過神來，皺了皺可愛的鼻子不以為然地道：「說得好聽，還不是見咱們姑娘得貝勒爺寵愛，所以趕著過來巴結，之前天熱的時候，他跑哪裡去了？連鎮酸梅湯的碎冰都要好說歹說才肯給上幾塊，真是勢利眼。」

凌若淡淡一笑，沒有說話，府中下人一向習慣跟紅頂白、見風使舵，哪邊得寵就往哪邊靠，鼻子比狗還靈幾分。

「姑娘您先坐一會兒，奴婢去將冰著的酸梅湯給端來。」水秀開了門剛要出去，不曾想門口恰好站了個人，險些撞了個滿懷，定睛一看，竟是李福晉的貼身侍女晴容，手裡還捧了個描金食盒，趕緊側身讓她進來。

凌若一愣，旋即笑道：「這麼大熱天的，晴容姑娘怎麼跑來了，來，快坐下歇歇喝口茶。」

晴容滿臉含笑道：「凌格格不必麻煩，奴婢是奉福晉之命給凌格格送些蜜瓜，一會兒就要回去。」說著她打開食盒，從中取出一個小碟子來，碟子上是一只用冰塊雕琢而成的冰碗，上面甚至還細細雕了吉祥如意的圖案，只是因為冰塊漸漸融化而有所模糊，切成小塊的蜜瓜正盛在冰碗中。

「這是今兒個剛從西域運到的蜜瓜，福晉知道格格您喜歡，特意命奴婢送了些來，又怕一路過來蜜瓜晒熱了吃起來沒味道，所以用冰碗裝了盛來，只要冰碗不化，這蜜瓜就一直冰冰涼涼的，姑娘您嘗嘗看。」晴容頗為自得的解釋，這蜜瓜是西域進貢的珍品，千里迢迢而來，四貝勒府統共就得了沒幾個，被胤禛賞給少數幾人，李氏能得其一，可見寵眷之盛。

「真是有勞福晉費心了。」凌若用銀籤子插了一塊放到嘴裡，果然汁水香甜、清脆爽口，且因冰碗之故帶了絲絲涼意，令人透心舒爽。

「姑娘喜歡便好，另外主子還有一句話讓我轉告姑娘。」晴容知屋中之人皆為凌若心腹，所以也不避諱，照著出來時李氏吩咐的話道：「張弛有度，方能久安。」

凌若是何等聰慧之人，豈會聽不出李氏這句話的意思，當下朝晴容頷首道：「煩請晴容姑娘代為轉告福晉，就說凌若明白了，多謝福晉提點。」

「奴婢一定替姑娘帶到，若沒什麼事的話奴婢先回去了。」晴容收了描金食盒準備離去。

凌若睨了水秀一眼，後者立刻會意，取出一早準備好的銀子塞到晴容手上，笑吟吟道：「姊姊辛苦了，這是我家姑娘一點小小意思，給姊姊買幾盒胭脂玩。」

收了銀子，晴容臉上的笑更盛幾分，朝凌若福了福謝了賞方才離去，待她走遠後，凌若緩緩沉下臉，撥著腕上的紅紋石鐲子不語。

第三十八章　李衛

看來自己還是低估了在鏤雲開月館留夜帶來的影響，連李氏都特意叫晴容來提醒自己如今風頭過盛，已為眾人所忌。

「什麼叫張弛有度啊？」水月不明白李福晉何以大老遠叫晴容特意來傳這麼一句莫名其妙的話，小聲問著身邊的墨玉。

墨玉搖搖頭道：「我也不太明白，應該是叫姑娘小心些的意思吧。你們不知道，今兒個在嫡福晉那邊請安的時候，年福晉對姑娘嫉妒得兩隻眼睛幾乎要滴出血來，一直在變著法挑姑娘的話，若非嫡福晉和李福晉幫著姑娘說話，只怕還不能這麼順當的回來呢。」

「哼，活該她不舒坦，反正她不滿姑娘也不是一天、兩天的事了，小常子的事我可沒忘，說到底還不是怕有一天姑娘會奪了她的地位與寵愛。」水秀不屑地道。

「就……就是！」連結巴的小路子都忍不住插話，年氏將小常子害成這副德行，他這一輩子都不會忘記。
小常子是眾人中心思最活絡靈敏的一個，聽完眾人的話搖搖頭道：「你們把事情想得太簡單了，逞一時痛快對事情本身有益無害。所謂張弛有度的意思就是鬆緊有度、收放自如，做任何事都要保持平衡。看來連李福晉都發現了，姑娘現在看似榮寵無限，其實就好比走在鋼絲上，一個不小心就會掉下深淵，萬劫不復。」
「你念過書？」凌若忽地回過頭問，賣身為奴的一般都出身貧苦，衣食尚且不果，更甭說讀書習字，像墨玉、水秀等人皆不識字，連自己名字都不會寫。而今聽小常子的言語，分明是念過書的樣子，是以頗為好奇。
小常子忙答：「回姑娘的話，奴才家裡在遭災前頗有幾分薄產，所以奴才有幸在私塾待過幾年，識得幾個字。」
小常子的家人送他入私塾念書，想來也是希望他走讀書一途，以後考秀才中進士，可惜一場洪災，將所有希望變成了泡影，家產沒了，人也沒了，僅剩小常子一人，為能混口飯吃、活下去，不得不賣身為奴，被人呼來喝去。
凌若一陣唏噓，忍不住為小常子可惜，又問：「你本名叫什麼？」
小常子摸著後腦杓，有些不好意思地笑：「奴才本名李衛，後來入了府，高管家說這名字不好聽，是以改了姓常，叫常衛。」
「常衛？」一聽這名字凌若險些當場笑出來，好不容易忍住，神色極為古怪。她能忍住墨玉等人可忍不住，包括小路子在內他們都是第一次聽說小常子的名字，一聽「常衛」二字，立刻笑得前俯後仰，東倒西歪。

水秀扶了同樣笑彎腰的墨玉，拭著笑出來的眼淚上氣不接下氣地道：「常……常衛那不就是腸胃嗎？我說……我說小常子你是不是得罪了高……高管家，不然他怎麼把你好好的李字改成常字，腸胃腸胃，知道的是叫你，不知道的還以為誰的腸子和胃跑出來了呢。」

「就知道你們會笑我，還是姑娘好，就她一人沒笑。」小常子氣呼呼地回了一句，心裡早不知罵了高福多少次了，改什麼不好，改這麼個字，要不是他確信那是第一回見高管家，真要懷疑自己是不是什麼時候得罪過他。

「好了，都別笑了。」凌若臉頰一陣陣抽搐，這個笑忍得可真辛苦，待眾人止了笑聲後，才不動聲色地揉了揉繃得有些痠痛的臉頰對小常子道：「你既念過書，那往後得空時便教教墨玉他們，識幾個字總是有好處的，往後要倚靠你們的地方還有很多。另外從今兒個起你就恢復本姓吧，你父母在天有靈，也盼著你能將李氏一脈傳下去。」

一聽說要讀書寫字，大字不識幾個的墨玉等人皆苦了一張臉，不過他們也知姑娘這是為自己好，是以都不曾反對。

笑鬧過後，見凌若依然一副愁眉不展的樣子，李衛大了膽子道：「姑娘，恕奴才多嘴說一句，風頭太盛恐怕弊大於利，既然連李福晉都特意派人來傳話了，可想而知您現在的處境並不妙，府中對您不滿的絕不只年福晉一人，咱們現在勢單力薄，不妨暫避其鋒芒。」

凌若輕撥著切成拇指大小的蜜瓜，銀籤子不時碰到透明的冰碗，發出「叮」的一聲脆響。「我明白。」停一停她又道：「你們在外面行事也要小心謹慎些，萬不可因我有了幾分恩寵便肆意妄為，若有犯者絕不輕饒！」

見諸人一一答應，正待命他們出去，忽見小路子一直不停地扯李衛的衣衫，而李衛面有豫色，似有話要說又不敢說的樣子。

李衛猶豫片刻，又看了看著急的小路子一眼，咬牙道：「姑娘，您要小心著些李福晉。」

凌若心下微微一驚，面上卻是一派若無其事，抿了抿耳邊的碎髮道：「為何這樣說？」

話既然已經說出口，自沒有再收回的理，李衛把心一橫，不顧眾人詫異的目光道：「姑娘可還記得奴才說過的朱格格？」見凌若點頭，他方繼續說下去：「奴才和小路子曾伺候過朱格格一段時間，朱格格心地很好，待人也很和善，是除姑娘以外唯一一個沒有打罵過小路子的人。當時她很受貝勒爺寵愛，還懷上了孩子，貝勒爺說過只要她平安生下孩子，不論男女都封她為庶福晉，而她與李福晉極好。」

「你說過她暴斃了，與她腹中的孩子一起。」脣齒相碰間，有彷彿不是自己的聲音在耳邊響起。

小路子在一旁黯然垂淚，小常子睨了他一眼，傷感地道：「暴斃只是為堵眾人之口，事實上朱格格是自盡身亡。」在眾人驚異的目光中他繼續道：「就在朱格格懷孕到七個月的時候，她突然像著了魔一樣，瘋瘋顛顛哭鬧不止，還一個勁的說自己懷的是一個魔胎，不能讓他生出來，甚至拿剪刀要戳肚子，不得已之下將她綁了起來，之後大夫來看過，說朱格格是得了瘋病，沒得治。貝勒爺知道後就命人將她看管了起來，準備等孩子生下後再想辦法。誰知就在那一天夜裡，朱格格趁看守的人打瞌睡的時候掙脫了束縛，懸梁自盡。」

「這一切跟李福晉有什麼關係？我瞧著她人挺好的啊。」水秀不解地問。

凌若將銀籤子往冰碗裡一扔，拍一拍手冷冷道：「當時年氏未曾進府，府中應是李氏管事，既如此，那替宋格格安胎請脈的大夫也當是她請來的。一個大夫也許治不好瘋病，但卻有辦法讓好端端的一個人變瘋。」這還是有一回她無意中聽容遠說起的，有些看似無害的藥，在相互作用之下可使人心火虛旺，精神錯亂，形同發瘋。

銀籤子在冰碗裡閃爍著寒冷迫人的光芒，水秀幾人忍不住打了個寒顫，若真是這樣，那李福晉就太可怕了。

「奴才們也只是懷疑，是與不是無從知曉。將這事說與姑娘聽，只是希望姑娘能防著李福晉幾分，莫要太過相信。」

「我知道。」凌若的回答出人意料，只見她走到雕花紋錦的長窗前，那裡擺放著一只黃玉雙魚花插，裡面插了幾枝新鮮摘下來的玉簪花，花如其名，潔白如玉。

「世間沒有無緣無故的恨，也沒有無緣無故的好，連溫姊姊自己都說當日替我延請太醫是存了別的心思，何況李氏。」手指微一用力，將一朵開得正好的玉簪花折在手中把玩。「這人表面和善，實際城府頗深，數次賣好於我，不過是想拉攏我，以鞏固她在府中的地位，我於她來說不過是一枚棋子。」當日雖迫於形勢向李氏示好，但在心底，她從未如相信溫如言一般相信過李氏。

她回身，將玉簪花插在水秀鬢邊，淡淡道：「這些話我本不想說，但既然提起來了也好，往後你們心裡都要繃著根弦。」

「奴婢明白。」水秀垂首道，餘下幾人亦一一點頭。

生存在這貝勒府裡，最緊要的就是看管好自己的嘴巴，明白什麼話該說什麼話不該說，不是每個主子都像凌若這般好說話。

第三十九章 遷就

是夜，肩輿如期而至停在淨思居外，接了梳洗後的凌若前往鏤雲開月館，一進去便見胤禛執一卷書坐在椅中細閱，在他面前的桌上放了一大盤子切好的蜜瓜，底下拿冰鎮著。

見她進來，胤禛微微一笑放下書卷，招手道：「快過來嘗嘗，這是西域新鮮進貢來的蜜瓜，脆甜可口，特意給妳留了一個。」

這蜜瓜府裡統共也沒得幾個，只賞了幾位福晉與葉氏，連庶福晉都不曾有，沒曾想胤禛竟特意給她留了一個，心中湧起一陣暖意，接過胤禛遞來的銀籤子插了一塊放在嘴裡輕咬，頓時汁水四溢，比李氏送來的那個蜜瓜還要香甜幾分。

「好吃嗎？」胤禛問道，眼裡有所期盼。

凌若嚥下口裡的蜜瓜，柔聲道：「好甜，比妾身以前吃過的任何果子都要甜。」

「妳喜歡就好，多吃些，可惜這瓜切開後不能久放，不然倒可以留半個明日再吃。」胤禛拉了淩若坐在膝上，略帶些惋惜地道。

「四爺心裡有妾身，對妾身來說比什麼都重要。」素手攀上他溫熱的脖頸嫣然輕笑。「妾身註定是要一世陪伴四爺的，所以並不需要爭朝與夕，對嗎？」

「妳想說什麼？」胤禛撫著她纖長及腰的髮絲問，目光在無聲中逐漸冷卻。

淩若心頭一顫，自他膝上起身，盈盈伏下道：「妾身只是一介卑微之軀，能得四爺垂憐已是不知幾生幾世修來的福氣，實當不起四爺更多的厚待。」

胤禛是何等樣人，豈有聽不出她言下之意的道理，眉角提起，透出淩厲之色。「妳所謂的厚待，可是指我留妳在鏤雲開月館過夜的事？」見淩若不答，他越發肯定了自己的猜想。「說，是誰為難於妳？」

淩若微微搖頭。「並沒有。是妾身自己不想一而再再而三的壞了府中規矩，何況此事若傳揚出去，被不知情的人聽到，該說四爺太過寵幸嬖妾，連規矩也不顧，於四爺到底有礙。」

「如此說來，我還該謝妳？」胤禛的聲音帶了一絲嘲諷與厭倦之意。

原來，她也不過如此……明哲保身，呵，人都是這樣，是他想多了，世間只得一個湄兒，怎可奢求還有第二個。

他並沒有胤禩的福氣，可以得到湄兒全心全意不顧一切的愛……

每一個流連在身邊的女子，首先想到的都是自己乃至身後的家族，唯獨不會想到他，曾以為會不一樣的淩若也是這般……

胤禛言語間的失落令她心臟狠狠抽搐了一下，突然意識到自己犯了一個愚蠢至極的錯誤。

她一直以常理去推斷胤禛，卻獨獨忘了最重要的一點：胤禛是皇子，一個自小生長在爾虞我詐、勾心鬥角中的皇子，什麼手段、計謀沒見過，怕是早已看穿了自己所想所思。以胤禛刻薄多疑，容不得一粒沙子的的性子，必然會覺著自己虛偽做作。

正當她緊張地思索著該如何去彌補這個錯誤時，胤禛已起身走至窗邊，淡漠到令凌若害怕的聲音如天際垂落的流雲，變幻莫測：「起來吧，如妳所願。」

胤禛等了很久，始終不見凌若起來，遂低頭望去，只見她垂著頭，一滴一滴透明的液體不斷滴落在緊緊蜷起的手背上。

美人淚往往最能打動人心，縱然胤禛生性涼薄且對凌若有所不滿，也不禁微微動容，抬起她淚痕滿面的面容，語氣稍緩：「好端端的哭什麼，我不是已經允了妳嗎？」

「正因如此才想哭。」她仰望胤禛，淚珠滑落秀美精緻的臉龐時，有一種動人心魄的美。「四爺對妾身如此信任，可妾身卻有負四爺，妾身真的很該死。」

這個回答令胤禛愕然，脫口問：「妳負我什麼？」

凌若淒然一笑，握住他厚實的大手含淚道：「妾身不願再留在鏤雲開月館過夜，固然有之前所說的原因在，但最重要的還是妾身害怕，害怕這樣的盛寵會召來嫉妒。所謂集寵於一身亦是集怨於一身，四爺問可是有人為難妾身，若妾身再這樣不知進退下去，四爺覺得這府裡還會有妾身的容身之地嗎？」

「有我在，沒人可以動妳！」外面不知何時下起了雨，打在樹葉上沙沙作響，令他斬釘截鐵的聲音聽起來有些模糊。

凌若自嘲地笑笑，長髮如練，婉轉於蒙昧的燭光裡。「四爺可以護妾身一時，卻護不得妾身一世，何況唯有府中安寧，四爺才可以安心朝堂之事，為皇上分憂；替天下百姓謀求福祉。」

以退為進，以誠相待。賭胤禛願不願意再信她一次。

風，不知從何處而來，將輕薄如無物的鮫紗軟帳吹至半空又悄然落下，拂過靜默相對的兩人。

許久，粗糙帶著清晰紋路的掌心貼近凌若的臉頰，於襲來的暖意中凌若聽到了令她無比安心的話：「往後不許再對我隱瞞任何事。」

「永遠不會。」笑在脣邊綻放，她知道，他原諒了她。

這夜，胤禛果然沒再留凌若過夜，三更不到便命周庸將她送回淨思居。

之後的日子，胤禛召幸凌若的次數越來越少，待到後來往往七、八日才有一回，過夜更是再未有過，令原先嫉妒凌若的諸女心中暗喜，認為胤禛之前寵幸她不過是圖個新鮮，並非真心喜歡，新鮮勁一過自然也就一般般了。

四季輪迴，夏逝秋至，轉眼已是八月桂花飄香之時，蒹葭池中蓮花漸敗，胤禛似不願看到蓮花凋謝殘敗的景象，是以自入秋之後就再沒來過蒹葭池，只是命高福將之清理乾淨，以待來年。

高福照著胤禛的話將殘荷與淤泥清理乾淨，還特意請來挖藕工將深藏於淤泥中的蓮藕挖出，待池水恢復清澈透明後，又放了數百尾金紅色的錦鯉在水裡，走在岸邊不時可見牠們游曳而過的痕跡，遇到餵食者還會爭後恐後地游過來搶食，生機盎然，一掃之前頹敗之氣。

至於挖出來的蓮藕則在洗淨後分送各院，淨思居也得了一份，還是最好最新鮮的。旁人都以為胤禛對凌若失了興趣，唯高福等少數幾個心腹知道，胤禛常在忙完政事後獨自一人去淨思居，直至天快亮時才離開。

這既是對凌若的保護更是對她的遷就，以皇子之尊遷就一個女子，且還是胤禛這種高傲刻薄的性子，實比表面的尊榮更難得百倍千倍。

能得胤禛如此相待的女子，高福縱使吃了熊心豹膽也不敢輕慢。

第四十章 制衡

這日天氣晴好，溫如言與凌若分坐繡架兩邊，專心繡著準備進獻給德妃賀壽的「八仙賀壽圖」。

尖銳光亮的繡針每每穿過紋理細緻的錦緞時都會有細微的嗤嗤聲，算不得悅耳，卻有一種別樣的靜謐。

因著線細色多，是以極費眼神，繡了兩個時辰，凌若覺有些眼花，她放下手裡的繡針，抬頭對尚坐在對面的溫如言道：「姊姊歇會兒再繡吧，別傷了眼睛。」

溫如言正專心繡著八仙用來慶壽的蟠桃，只那一個蟠桃便用了七種不同顏色的繡線，由淺至深，漸次過渡，待將最後一根線收好剪斷，方才停下手裡的動作，取過手巾拭了拭手心的汗道：「我早已習慣了，不礙事，再說還有幾日就是德妃娘娘生辰了，不抓緊一些可要來不及。」

「就算再急也得休息。」凌若不由分說，奪過她又想拿起的繡針道：「圖已經繡了十之七八，剩下的日子足夠將之繡完，不必急於一時。」說到這裡她有些感嘆地撫著費盡她與溫如言心血的繡圖道：「可惜咱們不能親自呈送給德妃娘娘。」

宮妃生辰，所育之皇子可攜嫡、側福晉入宮為其祝壽，至於側福晉以下除非特例，否則終她們一生都沒機會踏入紫禁城一步。

「會有機會的。」溫如言微微一笑，耳下那對天青色流蘇耳墜隨聲而動，她對凌若有信心，絕不會止步於一個格格。

正說著話，水月走了進來，手裡托了個紅漆盤子，上面擺了一碟溫如言從未見過的糕點，見過禮後輕聲道：「姑娘，玫瑰藕絲糕做好了。」

凌若點點頭，示意她將糕點放在繡架旁邊的紅木小几上，只見那碟子上齊齊整整疊了十餘個菱形的粉紅色半透明糕點，上面還撒著瓜子仁、紅櫻桃和青梅末，瞧著甚是精緻，看樣子似剛從蒸鍋裡起出來，還冒著熱氣，更能聞到陣陣玫瑰香味。

凌若將碟子往溫如言處推了推，含笑道：「姊姊嘗嘗看合不合口。」

溫如言依言嘗了一口，點頭道：「軟糯香甜，極是可口，全然嘗不出藕的生澀之感。且因混了櫻桃與青梅的酸味，使人不會因甜生膩，反而感覺開胃。玫瑰藕絲糕……不光名字好聽，東西也好吃，只是我怎不知府裡的廚子還會做這麼別致的點心？」

水月在一旁解釋：「廚子哪會做這個啊，是我們家姑娘自己想出來的。前些日子高管家送了一堆鮮藕來，不是拿來燉湯就是切成藕片拌蜂蜜吃，姑娘說老那麼幾種吃法容易吃膩，所以教咱們變花樣，除了這玫瑰藕絲糕以外，還有什麼桂花糯米藕、肉餡藕盒、煎藕餅，蓮藕餃，好多呢，連貝勒爺都誇姑娘做的東西好吃又有新意。本以為那些藕要很久才能吃光，可現在已經去了一半呢。」

「哦，看不出原來妹妹不只心思靈巧，連廚藝都這麼了得，」溫如言撫著腕上的瑪瑙鐲子笑道：「不像我這個做姊姊的，這麼多年了，學來學去就只會煮幾個最簡單的菜，說出去可要叫人笑話。」頓一頓復又說起蓮藕來：「妹妹妳很喜歡吃藕嗎？竟願為此費這麼多心思。」

「民間有句諺語叫：荷蓮一身寶，秋藕最補人。生藕性寒，有清熱除煩、涼血止血散瘀之功；而熟藕性溫，有補心生血、滋養健脾的功效。」說到這裡她摸了摸溫如言的手道：「天未真正涼寒，姊姊的手已經這般冰涼，可見姊姊體質虛寒，脾胃虛弱，多吃一些熟藕是極好的。再說旁人瞧著好似複雜，其實真正做起來並不難，好比這道玫瑰藕絲糕，取鮮藕去皮切絲，用糯米磨粉加新鮮玫瑰擠出的汁水一道拌勻，然後再撒上青梅末、瓜子仁與櫻桃就可上蒸籠，用大火蒸上一刻多鐘，待涼後切成菱形，再撒些綿糖即可。姊姊若是嫌麻煩，往後我讓人做好後送到妳屋裡。」

「那就有勞妹妹了。」兩人極是要好，溫如言自不會假意客氣推託，若連這點都不能坦然接受，那今後談何守望相助、禍福與共。

又用了幾塊點心，有些飽腹後，兩人淨了手準備起針再繡，墨玉突然氣喘吁吁地跑了進來。

「姑……姑……姑……」墨玉跑得太急，一口氣喘不上來，本想叫姑娘的，結果卻姑個不停，倒像是在叫姑姑。

「哎，別亂叫，我可沒妳那麼大的姪女。」凌若一比手中的絲線顏色打趣道，李衛也在一旁逗她，故作驚訝地對小路子道：「墨玉怎麼跟你一樣，難道你們是親戚？」

小路子在一旁摸著腦袋傻笑，他雖沒接話，但墨玉已經被氣得夠嗆了，甩了他們一個大大的白眼，撫著胸口，待氣順了些後嗔道：「姑娘連您也取笑奴婢，奴婢跑這麼急，還不是因為有要事要回稟您。」

凌若睨了她一眼對溫如言道：「姊姊妳聽到了嗎？她這是在怪我呢。」

墨玉一聽這話立時就急了，生怕凌若誤會，趕緊搖頭擺手道：「奴婢不是這個意思，奴婢是……」

「行了，妳家姑娘是在跟妳玩笑呢。」溫如言安慰了她一番後道：「到底是什麼事，快說吧。」

墨玉點頭定了定神，頗為神祕地道：「是，奴婢剛才去浣衣處送衣裳時，聽人說葉福晉今兒個被貝勒爺訓斥了呢。」

「葉福晉？」溫如言望向墨玉，遲疑地道：「她如今可懷著貝勒爺的骨肉，自有孕始貝勒爺就對她呵護有加，真可說是要風得風要雨得雨，連重話都不捨得說一句，怎麼會捨得訓斥她呢，妳是不是聽錯了？」

「奴婢聽得真真的，是流雲閣的人來送衣裳時無意中說漏嘴的，聽說是葉福晉嫌棄流雲閣地處西院又不夠寬敞，想換東院的碧琳館，結果惹得貝勒爺不快，挨了好大一頓訓斥，把葉福晉都訓哭了。貝勒爺還說讓葉福晉安心養胎待產，無事莫要出流雲閣。」墨玉一口氣把自己知道的全說了出來。

「這便是妳說的要事？」墨玉本以為姑娘聽到這個消息會很吃驚，誰想她連眼都沒有抬一下，手中更是穩穩將一根細如髮絲的繡線穿過針尾。

「無事莫出流雲閣？」溫如言心思一轉，已明白了這話背後的意思。「貝勒爺這是變相禁了她足，其實她懷了身孕，身子金貴，想住得好些也無可厚非，而且貝勒爺對她素來寬容厚待，不看僧面看佛面，怎麼這一回會發這麼大火？」

「懷著貝勒爺骨肉是一回事，恃寵生驕、貪得無厭，又是另一回事。」凌若淡然笑道，素手拈針穿過錦緞，金色絲線在秋陽下極是耀眼，令人聯想起紫禁城的紅牆黃瓦。

「看妹妹一點也不意外，可是早已料到會有此事？」溫如言似笑非笑地看著凌若，以她的聰慧，自是猜到了什麼。

水秀捧著剛折下來的桂花進來，除卻冬令時節外，凌若甚少焚香，是以下人們每日會折一些時令花卉放在屋裡，清新之餘又有花香隨風徐來。

「貝勒爺為人自律嚴苛，不喜鋪張浪費，自己一人用膳時縱是一碟青菜豆腐也無所謂，不似其他阿哥那般，吃一頓飯動輒幾百上千兩。貝勒爺雖嘴裡不說，但恪守本分——這四個字無疑是他最看重的。」凌若悠然停下手中如有生命一般的針線，抬頭一笑道：「他之所以答應葉氏種種要求，最重要一點自然是姊姊所說的，看在她腹中胎兒的分上，但還有一點姊姊卻忽略了。」

「是什麼？」溫如若有所思地問。

「縱容。」凌若正色道：「貝勒爺覺著葉氏耍嬌裝痴，不過是無傷大雅的小女子任性，為使她安心養胎產子，一再縱容她的任性與貪心，正是這樣的縱容讓葉氏一點一滴逾越本分。碧琳館是按側福晉儀制建的，葉氏要遷居碧琳館，豈非有心指染側福晉之位？貝勒爺又非糊塗之人，焉有看不出之理，自是心生厭惡。」

溫如言含了一抹笑色，起針穿線道：「貝勒爺是不糊塗，但也得有人點醒才是，否則他還只以為是小女子任性呢。」說到這裡她忽而一陣感慨：「外人都說貝勒爺性子刻薄涼淡、寡恩少性，依我所看卻是偏頗了，貝勒爺乃重情重義之人，只是平常總冷著一張臉又兼管著刑部的苦差事，所以才令世人誤解。」

「世人怎麼看咱們管不了，只要咱們心中知道就行了。」她停了停復又道：「其實是葉氏操之過急了，她若能等一等，等到生下腹中孩兒，莫說碧琳館，就是側福晉之位也觸手可及。」

依府裡規矩，生下孩子可晉一級，雖側福晉之位已滿，但特旨晉封者不在此例，葉秀並非沒有機會，當然若是生下男孩，機會更大些。

「那也得貝勒爺去稟了皇上，皇上同意後再報到宗人府記名於冊才行；非是萬分得寵之人是求不得這個恩典的。依我看，葉氏在貝勒爺心中的地位還沒到這步，何況……」溫如言用針劃一劃頭皮，說出最關鍵的一點：「葉氏是李福晉的人，妳覺得李福晉能允許一枚棋子跟她平起平坐？莫忘了李氏已是側福晉，縱是生下男孩，也無再晉之可能！」

凌若聽她說到後面，臉色不禁微微一變，不是因為李氏，而是她想到一件更可怕的事。

恍惚之下，針在穿在錦緞時失了準頭，不慎刺中食指，一滴殷紅的鮮血立時在指尖形成。

「啊！姑娘您流血了。」墨玉驚呼一聲，趕緊拿過帕子按住凌若的手指，可惜還是慢了一步，血滴在此之前滑落指尖，恰好滴在八仙之一呂洞賓身上，他本是一身月色長衫，這滴鮮紅色的血落在他身上無比刺眼。

「只是被針刺了一下，不打緊。」凌若安慰著圍過來的小路子等人，目光一轉落在繡圖上，無比惋惜地道：「只可惜了這幅圖，都快繡完了，卻因我而毀於一旦，浪費了姊姊的一番心血，再重繡是肯定來不及了，看來我們得重新想份壽禮敬獻給德妃娘娘了。」

溫如言一直盯著那滴血在看，此刻聽得凌若歉疚不安的話，抬起頭，露出一抹溫軟的微笑道：「也許這幅壽禮還能用，妳且看著。」

只見她說完這句話，立時便換了一枚繡針，穿上玫紅色絲線，就著那滴血落針，針起線落，速度極快，很快那樣子就出來了。她將那滴血以線相引，生生繡成了一朵栩栩如生的牡丹花，待最後一針出，溫如言方輕吁一口氣，剪斷了手裡的絲線。「好了，這樣便看不出了，呂洞賓三戲白牡丹的事眾人皆知，在他身上繡朵牡丹算不得太過突兀，縱然德妃娘娘問起，也勉強說得過去。」

凌若拍手讚道：「姊姊好巧的心思，竟能在這麼短時間內想出化解之法，而且還這般天衣無縫。」

溫如言沒好氣地看了她一眼道：「行了，少灌迷魂湯，還不快說剛才究竟想到了什麼，竟讓妳連最拿手的女紅也失手。」

「什麼事都沒瞞不過姊姊。」

纖指撫過那朵綴血繡成的牡丹花，眸中閃過一絲寒意。

「我只是突然想到，葉氏這麼急著要換碧琳館，會不會也是想到這一點，怕李氏會阻她晉升之路，所以一早便開始籌謀打算？」

溫如言剛換了絲線準備落針，聽到這話，險些也一針扎在自己手上，悚然道：「葉氏膚淺張揚，怎有這等心計？會不會是妳想多了？」

「也許是我想多了，又也許是這位葉福晉偽裝得太好，讓所有人都看走了眼。」

指尖的血已經止住，只留下一個細小嫣紅的針眼，凌若的心卻惴惴不安，貝勒府裡這攤水似乎越來越深了。

溫如言想了想道：「不管怎樣，妳以後都要小心這人，且她現在懷著孕，萬不可招惹，若出了事，縱是跳進黃河也洗不清。」

「我知道。」

凌若睇視著手裡不過寸許長卻尖銳無比的繡針答應一聲，這世間最可怕的從來不是明槍，而是暗箭。

第四十一章　入宮

之後的幾日風平浪靜，凌若整日除了與溫如言一道繡八仙慶壽圖外，便是偶爾去蒹葭池走走，再有就是每日清晨去向那拉氏請安，有時胤禛會召其去書房伺候，在那裡待上一整天。

眾人原以為胤禛已不待見凌若，否則怎至於多日也不見侍寢，但他偏又經常召其去書房……書房在府裡幾可說是禁地，平常連嫡福晉都不讓進，胤禛卻許她自由出入，是寵是貶，實在令人摸不著頭腦，一時之間倒令那些本想找凌若麻煩的人不敢輕舉妄動。

這一日，因安南、朝鮮兩國前來朝貢之故，宮裡賞下諸多進貢的珍寶給諸位皇子大臣，胤禛也得了一份，轉手便賞給了府中諸女。這賞賜也分三六九等，年氏自是得了最優厚的那一份，奇珍異寶無數；至於一般格格，能分得一、兩件就不錯了，且還是一般貨色。不過，例外也是有的，譬如淨思居。

恩賞下來的時候，凌若正在內堂歇息，聽得通稟連忙起身走了出來，胤禛賞下來的東西極多，除了慣有的綾羅綢緞、珠寶首飾外，還有一件罕有的紫羅蘭翡翠葡萄花件，其色如紫羅蘭花，又雕成葡萄形狀，活靈活現，令人愛不釋手。

「姑娘若沒其他吩咐，奴才這就回去向貝勒爺覆命了。」送賞來的是胤禛的貼身小廝狗兒，他長得頗為清秀，尤其是那雙眼，無時無刻不透著一股機靈勁。

「有勞了。」凌若略一點頭，命人打賞後送他出去，出門時正好碰到李氏，狗兒連忙避過一邊行禮。

李氏一進來便看到擺了滿屋的東西，尤其是那些緞子，五、六匹一摞，壘了好幾摞，把一個桌子擺得滿滿當當，不由得掩嘴笑道：「貝勒爺對妹妹可真好，隔三差五就有賞賜下來，好不教人羨慕。」

「別人若說羨慕我還信幾分，福晉說來卻是半分也不信，誰不知貝勒爺疼愛姊姊，光是養顏安神的珍珠就賞了好幾斛，且顆顆都是上等的南海珍珠。」凌若輕笑著扶李氏至椅中坐下。

「那不過是沾了腹中孩子的光，哪能與妹妹相提並論。」李氏懷孕不足三月，害喜尚未消失，每日晨昏都會嘔吐，是以這身子不僅未見豐腴反而消瘦了幾分。

凌若接了水月端來的茶親手奉與李氏。「知道福晉有孕在身不宜飲濃茶，是以妾身特意叫人泡了茉莉花茶來，您嘗嘗，看入不入得口？」

李氏依言接過，剛一揭開茶盞便有一股清香撲鼻而來，令人心曠神怡，再看那茶水，只見幾朵茉莉花在黃綠明亮的茶水中舒展了層層秀美柔軟的花瓣，極是好看。

至於滋味，雖不若往常喝的那些茶濃郁醇厚，但勝在鮮爽甘醇，別有一番風味，引得李氏連連讚嘆，直道回去後也要教人泡茉莉茶喝，但臨了又有些可惜地道：「這茶雖好，但卻被季節所限，過了茉莉的花季便不能再飲了。」

「其實這也不難，只要將茉莉花製成乾花便可四時無憂；福晉若不嫌棄的話，就由妾身代勞如何？」

「那就有勞妹妹了。」李氏對凌若的恭謹甚是滿意，見她還在一旁打扇，忙道：「快坐下，打扇這種事交給下人就行了，對了，今兒個過來是有件事要跟妳說。」李氏抿了口花茶徐徐道：「八月十二日是德妃娘娘生辰，到時候我與年氏會隨貝勒爺和嫡福晉入宮給德妃娘娘賀壽，我瞧過妳與溫氏合繡的那幅八仙慶壽繡圖，很是精巧有心，所以我與嫡福晉商量過了，那日讓妳隨我們一道進宮。」

「這怕是不合規矩吧。」能入宮自是好事，可是以格格的身分越過諸位庶福晉入宮，怕是會引來諸多不滿。

「哪有這麼多規矩。」李氏睨了她一眼，摩挲著手裡細膩如玉的瓷盞徐徐道：「妳見哪一條宮規說不許格格入宮了？只是大家都習慣這樣罷了。上回見德妃娘娘的時候，她就曾問起過妳，對妳頗為記掛，妳進宮叩拜她也算是合情合理，無需多慮。何況……妳與靜貴人自幼相識，正好藉著此次入宮見一見面，過了這回還不知何時才能再有機會呢。」

見李氏已將話說到這分上，凌若也不好再推辭，何況她也確實想念秋瓷，便道：「福晉垂憐，妾身感激不盡。」

「那妳好生準備著吧，我先走了。」李氏站起身來，凌若趕緊相送，期間李氏有意無意地問起葉秀突然被禁足一事。一直以來葉秀都頗為得寵，更不必說此時身懷六甲，突然之間便被禁了足，要說只是因想換居所一事，未免太小題大做了些。

凌若自知其中緣由，甚至可說是她一手促成的，但李氏不是溫如言，於她，凌若自是不會說實話，不論李氏怎麼試探皆只做不知，令她無功而返。

八月十二，德妃生辰，凌若早起梳妝，因著要進宮，是以格外仔細用心，唯恐出錯。

墨玉細細將那頭長及腰際的髮絲盤成飛燕髻，擇了一對點翠鑲瑪瑙珠花戴上，又在髻邊插了一支玳瑁雕花長簪，垂下煙紫流蘇，在頰邊聚散不定，耳下則是一對白玉雕成的玉兔搗藥耳環。

這樣的裝扮無疑是素淨了些，但以她的身分入宮已是破格，不宜再引人注目，聽說為著這事，年氏已在嫡福晉面前說過好幾回了。

「姑娘請更衣。」水秀捧了一襲秋香色緙絲雲紋旗裝給凌若換上，待一切收拾停當後，凌若扶了墨玉的手來到前院。入宮的馬車早已停在院中，想是起得過早，趁著人還沒到，趕車的車夫裹了薄棉衣倚在車上打盹。

這個時辰天不過剛矇矇亮，站在外面頗有幾分寒意，兼之凌若衣裳單薄，風一吹過來便覺一陣透心涼，墨玉唯恐她著涼又見時辰尚早，便勸她去車上坐會兒，好歹能避避風。

「算了，我還是在這裡等一會兒吧，想來也快了。」凌若睨了一眼那輛金頂朱帷的馬車，拒絕了這個看起來很誘惑的提議，她實不想再授人以話柄。

墨玉知道姑娘心中顧忌，只得陪著在冷風中等待，足足等了半個時辰方才見到那拉氏，她今日一身大紅織綿縺絲旗裝，外頭罩了件錦繡披風，八支頂花珠釵插在梳得一絲不苟的髮髻間，垂下縷縷珠絡，髮髻後面則簪了一朵月季，大方得體，在她身後還跟著一身桃紅撒花旗裝的李氏。

凌若正要欠身見禮，那拉氏已扶住她和顏道：「不用多禮，都是自家姊妹，咦，手怎麼這涼，可是等了很久？」

墨玉在一旁答：「回嫡福晉的話，因為無處避風，所以姑娘在這裡等了半個時辰。」

第四十二章　刁難

「既是這樣為何不去車中坐會兒？瞧這手凍得都快成冰了，萬一受涼了可怎麼是好？」那拉搓著她冰涼的手嗔怪道。

凌若低頭不語，倒是李氏撫著袖間的花紋微笑道：「那馬車可是金頂朱帷，除了您與貝勒爺，就是咱們也不敢隨便乘坐啊。」

那拉氏憐惜地睨了凌若一眼道：「待會還不是要一道坐著入宮？要我說啊，妳什麼都好，就是太拘著禮數，半點也不肯越了本分，雖說是該守著這個禮，可也要當心自己身子，要像我這樣落了病根，再後悔可就來不及了。」

凌若笑一笑道：「嫡福晉莫聽墨玉胡說，妾身其實比您和李福晉早到沒一會兒，再說妾身身子健壯，沒那麼容易受涼。」

「那也不能大意。」說著她朝跟在身後的翡翠道：「快給凌格格倒杯熱茶暖暖身子。」那拉氏因身子孱弱常咳嗽，但凡出門皆會隨身攜帶銀壺，以棉套裹之，如此便可隨時取熱水飲用。

翡翠答應一聲，取出裹在淺綠色棉套中的銀壺，又從另一邊取出銀盃，倒滿後遞給凌若。「格格請用茶。」

「多謝。」銀壺是雙層的又裹了棉套，最是保暖不過，這水跟剛燒開的一般無異，握在手中暖意盎然，遂漸驅散滲入體內的點點寒意。

又等了一會兒，方見年氏姍姍而來，她今日顯是盛裝打扮過，臉上薄施脂粉，眉畫的是遠山黛，一雙丹鳳眼細細描繪，纖長濃密的睫毛綴了細密華麗的晶石，令那雙眼有如若望穿秋水而來，於嫵媚之間又有無形厲色深藏其中，令人不敢逼視；髮間一色的嵌寶金飾，髮髻兩邊各插了一支赤金嵌彩玉步搖，垂下長長珠串在耳邊瀝瀝作響。項間是一個瓔珞，以金、銀、琉璃、硨磲、瑪瑙、珍珠、琥珀七寶製成，奢華無匹；令她整個人看起來雍容華貴，一下子便搶去了身為嫡福晉的那拉氏光芒。

這樣的裝扮雖然華麗了些，但於她的身分來說也無可厚非。

只是她身上那襲茜紅挑絲雲雁錦衣……凌若眼皮微微一跳，茜紅即為絳紅，幾與正紅同色，只是稍微暗了些，若不細看根本分不出來，委實太出挑了些。不知情的人見了，會以為她才是四貝勒府的嫡福晉。

按例，為區分嫡庶有別，庶室是不被允許穿正紅的，上至宮廷下至民間皆如是，不知多少妾室終其一生衣櫃中也無一件正紅的衣裳，以示她們永遠低正室一等。這也是為什麼許多女子寧為貧寒之嫡妻，也不願為富貴之嬖妾。

這年氏明知今日要與嫡福晉一道進宮，還穿這身衣裳，分明是有意挑釁嫡福晉，不將其放在眼中。

「妹妹來晚了，請姊姊恕罪。」年氏走近後略略欠身示意，似笑非笑地盯著那拉氏身上那套大紅織錦緙絲旗裝。

那拉氏長吸一口氣，將目光從那片刺眼的茜紅色上移開，含了應有的端莊得體道：「時辰未到算不得晚。」頓一頓又道：「既然都來了，那麼咱們上馬車吧，別誤了進宮的時辰。」

「不需要等貝勒爺一起嗎？」李氏瞥了四周一眼，並不見胤禛身影。

「貝勒爺派周庸來傳過話了，說有事先一步入宮，讓咱們到宮裡與他會合。」那拉氏說著往馬車行去，李氏與凌若緊跟在她身後，車夫早已醒了，見她們過來忙不迭跪下行禮，然後趴在地上以供眾人上馬車。

「慢著。」正當那拉氏準備登車的時候，年氏突然出聲阻止，脆生生的聲音如珠滾玉盤，極是好聽。

翡翠感覺扶在臂上的手微微一緊，隨即見那拉氏收回踩在車夫背上的腳，回身道：「妹妹還有何事？」

年氏眼角掃過走在最後的凌若，眸中閃動著森森寒意。「為何這裡會有閒雜人等？」

凌若臉色一變，她雖沒有明說，但這話分明是指自己，正待說話，有人暗中捏了捏她的手，側頭看去，只見李氏微微搖頭，示意她不要出聲。

「妹妹是說凌格格？」那拉定了定神，淡淡道：「她是隨我們一道進宮給德妃娘娘賀壽的，怎算是閒雜人等，何況此事我已經派人知會過妹妹，想是妹妹貴人事忙給忘了。」

年氏冷笑一聲，扶著鬢邊珠花道：「又或者忘的是姊姊。素來只有嫡福晉與側福晉方可入宮，而她只是區區最低賤的格格，連稱一聲主子的資格都沒有，怎可與我們同車入宮？教人看見了，非要笑話咱們府裡沒規矩不可。」

她這一頓搶白咄咄逼人，絲毫不留餘地，不只將凌若批得體無完膚，更狠狠掃了那拉氏的面子。

那拉氏緊緊抿著脣，臉上一陣青一陣白，扶著翡翠胳膊的手微微顫抖，顯然是氣極了，不論怎樣她都是府裡身分最尊貴的女子，年氏卻這般挑釁於她，實在可惡至極。

見年氏這般折辱自家主子，翡翠忍不住忿忿道：「年福晉若不同意凌格格同去，當初主子派人去知會妳時便可說，為何非要等現在才提。」

「我與妳家主子說話，什麼時候輪到妳這做奴才的插嘴了，沒規矩的東西，也就嫡福晉脾氣好縱著妳，要換了是我身邊的人，早已拖下去杖責。」年氏黛眉斜斜挑起，犀利冷漠的目光從翡翠面頰上刮過，令翡翠忍不住低下頭去。

那拉氏將翡翠擋在身後，沉聲道：「凌格格入宮一事是貝勒爺親自點頭答應的，妹妹若真認為凌格格不配進宮，那就等到了宮中妳親自與貝勒爺去說。現在先上車，以免誤了進宮的時辰。」

說罷不再看年氏，就著車夫的背蹬上馬車。見那拉氏拿胤禛來壓自己，年氏頓時沉下了臉，眉宇間浮現陰戾之色，冷笑道：「好，那就等到了宮中再說，但現在她還是不能上車。貝勒爺只是允許她入宮，可曾允她共乘此車？」

這……那拉氏還真沒想到這一點，被她一時問得答不上話，李氏亦是一臉無奈，此車是依皇子規格所造，以凌若的身分，確實無資格乘坐。

凌若眼皮微微一跳，斂袖欠身道：「年福晉說得極是，妾身卑微之軀乘坐此馬車確實不合禮數，還請嫡福晉另擇一輛普通馬車讓妾身乘坐。」

那拉氏確無其他更好的辦法，便同意了她的話，讓車夫再去尋一輛舒適寬闊的馬車來供凌若乘坐。待人都坐穩後，連下人乘坐的和裝壽禮的馬車在內，共計五輛馬車，一道往紫禁城駛去。

第四十三章　德妃

隨著時辰的推移，朝陽升起，灑下清晨第一縷陽光，紫禁城厚重的宮門在初秋和煦的朝陽下緩緩打開。

四貝勒府的馬車在官道上飛快地行駛著，最後穩穩停在神武門外，凌若扶著墨玉的手從馬車上下來，望著近在咫尺的紫禁城心中感慨萬千。曾以為這座華美壯麗的皇宮會是她的最終歸宿，結果命運卻與她開了一個天大的玩笑，令她所有的努力與犧牲皆成了一場笑話。

負責守城門的侍衛在驗明那拉氏身分後收起刀劍退後，任她們一行人入宮謁見德妃，車夫則拉了裝有壽禮的馬車在後面緩緩跟隨。

德妃性喜幽靜，所以當初晉封為德嬪時，擇了相對僻靜的西六宮之一長春宮居住，從神武門過去有很長一段路，再加上李氏懷了身孕走走停停，足足花了近半個時辰方才來到長春宮外。

隔了老遠便看到一身石青繡四龍朝服的胤禛等在那裡，與他一起的還有十三阿哥胤祥，胤祥瞧見走在最後的凌若微微一愣，目光飛快掃過一旁神色平靜的胤禛。他還記得這個在書房伺候的女子，是四哥的格格，沒想到她也來了，看來四哥甚是喜歡她。

那拉氏領了眾人上前行過禮後對胤祥笑道：「十三弟也來為德妃娘娘賀壽啊？」

「胤祥見過四嫂。」胤祥對於這個大方和善的四嫂頗有好感，當下一拱手道：「胤祥生母早喪，是德妃娘娘代為撫養照顧，而今她生辰，我怎麼能不來呢？何況我還備了一份大禮送給德妃娘娘。」

胤祥生母乃敬敏皇貴妃章佳氏，生下他沒多久便因病逝世，之後胤祥一直由當時已身為德妃的烏雅氏撫養，直至其出宮建府為止，也正因為如此，他與胤禛感情極好。

胤禛一拍胤祥的肩膀道：「額娘知道你這麼記著她一定很高興。好了，咱們進去吧，別讓額娘久等。」

「貝勒爺。」年氏軟軟喚了一聲，上前挽住胤禛的胳膊，精緻如畫的眉眼淡淡橫過靜默無言的凌若，嬌聲道：「素來只有嫡、側福晉可以出入宮禁，為何此次凌格格也會隨我們來給德妃娘娘賀壽？」

胤禛看了她一眼不經意地道：「怎麼，素言對此有意見？」

年氏心中一凜，她是個聰明人，否則當初胤禛也不會將打理府中之事的權力交給她。她幾乎是瞬間就聽出了胤禛深藏在不經意背後的不滿，想起胤禛喜怒不定的性格，忙堆了笑容道：「妾身能有什麼意見，只是覺著與宮規不合罷了。」

胤禛撫著她垂在頰邊熠熠生輝的珠絡似笑非笑地道：「素言若覺得於宮規不合，就將她當成隨行的婢女好了，這總沒問題了吧？」

胤禛這麼說，表示此事他已經決定了，而胤禛決定的事往往沒人能改變，再多言只會觸怒他。年氏將所有不滿小心地收起，笑著稱是後，跟隨胤禛一道往長春宮走去。

那拉氏從頭到尾沒有說過一句話，連神色都不曾有一絲變化，彷彿早已料到會是這樣一個結局。

李氏若有所思地瞥了凌若一眼，就在這偶爾的一瞥中，她捕捉到胤禛看凌若的眼神，柔煦如拂面輕風。在短暫的愕然後她笑了，低頭輕撫著微凸的小腹，她終於證實了自己的猜測，鈕祜祿凌若從不曾失寵！

長春宮雖地處偏僻，但德妃如今是後宮四妃之一，又與宜妃一道掌著協理後宮之權，炙手可熱，所以她的生辰自不會冷清到哪裡去，不時可見宮嬪來賀，不過多數都被擋了回去。

守門的是跟了德妃多年的太監小夏子，看到胤禛他們來忙迎上來打了個千兒，大聲道：「奴才給四爺請安、給十三阿哥請安、給四福晉、年福晉、李福晉請安！」

他不識凌若，且凌若裝扮又素淡，只當是哪位福晉身邊得臉的侍女。

「嗯，十四弟來了嗎？」胤禛撣了撣袍角問道，他與十四阿哥胤禎乃一母同胞，均是德妃所出。

「回四阿哥的話，十四阿哥還不曾到。」小夏子陪笑道，話剛說完腦後就挨了一下，卻是胤祥，只見他笑問：「怎麼不在裡面伺候出來守門了？可是想討賞銀？」胤祥是德妃宮裡長大的，與小夏子極熟，且他為人豪爽不拘，經常與底下人打成一片，跟總板著一張臉不苟言笑的胤禛截然相反。

小夏子摸著後腦杓咧嘴笑道：「瞧十三爺說的，奴才哪是這種人啊。您是不知道，自打昨天起，咱這宮裡就沒清淨過，宮裡宮外的都過來賀壽，主子娘娘被吵得不得安寧，所以讓奴才守著宮門，非是熟稔的都打發了回去。」他頓了頓又嘻笑道：「當然，若能順便討點賞就更好了。」

「你這狗奴才。」胤祥笑罵了一句，從平金錢袋裡摸出一錠銀子扔給他，狗兒也在胤禛的示意下取了一錠銀子給他，喜得小夏子笑開了花，忙不迭地謝恩，隨後引了他們進去。

胤禛與胤祥都是在這裡長大的，即使出宮建府後也常過來請安，自不用另行通報，逕直走了進去。

待進到正殿裡，胤禛一拍袖子，領著眾人朝端坐正當中的女子跪了下去。「兒臣給額娘請安，額娘萬福。」

德妃此時正坐在正殿飲茶，見他們過來不禁為之一喜，放下茶盞道：「都是自家人不用多禮，快起來，你們兩個怎麼一起來了？」

她比康熙小了七歲，如今已是四十五、六的人了，但因保養得宜養尊處優，望之依然如三十許，端莊高貴，儀態萬方；誰能想到三十年前，德妃尚只是一個身分卑微、負責端茶送水等細活的官女子？

「剛才在外頭碰到四哥，索性便一起來給娘娘賀壽了，娘娘該不會見怪吧？」胤祥半真半假地道。

德妃笑嗔道：「你能記著我來給我賀壽，我高興都來不及，哪還會見怪，快坐下吧。」說話間早有機靈的宮女端了茶奉與諸人，眾人謝恩之後分別落坐，這椅子一左一右各四把，胤禛與胤祥分左右而坐，那拉氏等人自是坐於胤禛下手，隨後是年氏、李氏，如此一來凌若便沒了座位，雖胤祥那裡有空著，但又不能坐過去，德妃也不曾注意到她，凌若乾脆垂手站在李氏身側。

「娘娘對胤祥有養育之恩，娘娘壽辰胤祥豈有不到之理。」胤祥笑道。

德妃感慨道：「都過了這麼多年了，難為你還記得，本宮還記得你來時才那樣小，連路都不會走；當時本宮又剛剛生下十四，忙得團團轉。其實真要說起來，照顧你的應該是老四才對。」

胤禛的神色有一瞬間冰冷，旋即若無其事地道：「不論怎樣，能得到額娘垂憐收留都是十三弟的福氣，他現在孝敬額娘是應該的。」

第四十四章　賀壽

胤祥接過隨從捧在手裡的錦盒起身道：「娘娘知道幾個阿哥裡面，我是最窮的，沒什麼好東西，只尋到一對百子獻壽玉杯進獻給娘娘，祝娘娘壽比南山不老松，福如東海長流水。」

德妃接過錦盒打開一看，只見裡面擺著一對通體翠綠的玉杯，杯身細細雕刻了百子獻壽的圖案，雕工細膩傳神，在這麼小的範圍竟能清晰看到百子臉上各不相同的表情，可見雕刻之人工夫之深。縱使德妃久居宮闈見慣奇珍異寶，依然為之驚嘆。

「傳聞天下第一巧匠孫子晉善於雕人，能於米粒之上雕人細微，十三弟這對玉杯上的人物如此繁多卻又栩栩如生，莫非出自他之手？」那拉氏好奇地問。

「四嫂好眼力，雖不中亦不遠矣。」說到這裡胤祥又有些遺憾地道：「孫子晉早在幾年前就封刀歸隱，再不為人雕刻，我央了他好幾次他都不肯，最終只答應由他徒弟為我雕刻這一對百子獻壽玉杯。」

德妃頗為喜歡那對玉杯，含笑道：「宮裡也收有幾件孫子晉的作品，本宮曾見過，這對玉杯，論雕工足以與之比擬，只是還欠了一絲火候，看來那徒弟至少得了他七、八成的真傳。十三有心了，玉杯很好，本宮很喜歡。」她將玉杯交給宮人收了起來。

胤禛從狗兒一直捧在手中的長錦匣中取出一副卷軸，親自遞給德妃：「兒臣持齋十日，親手寫了這幅壽字，祝願額娘福壽安康，長命千歲。」在說這話時，胤禛眼中流露出深深的孺慕之情。

「長命千歲？能長命百歲本宮就心滿意足了。」德妃笑笑好奇地道：「什麼壽字要寫上十日這麼久？」

好奇的不只德妃，還有那拉氏等人，她們均未見過胤禛這幅壽禮，只有曾經去書房伺候過的凌若知道一些。

她一邊說著一邊打開手中的卷軸，只見朱紅底色的卷軸上寫了一個金色的大壽字，這一字集正、篆、隸、行四法為一體，四法交融，無懈可擊，匠心獨具之餘又酣暢自然，顯得莊重渾穆，古樸圓潤。胤禛雖然於書法上頗有造詣，但要寫就這樣一個壽字也絕非易事。

但這還不是最難得的，最難得的是嵌在大壽字筆畫中的一百個小壽字，珠璣並列，異彩紛呈，有小篆、甲骨文、金文等，一一作別體，無一相同。甚至還有火文，如火焰燃燒；水文，如曲折回環；樹文，如莽莽森林；鳳書，似彩鳳起舞等，無不形神兼備，呼之欲出。

這哪是一幅壽字，分別是一幅百壽圖，雖不曾有金銀珠玉，但論心思與孝意，實比千金更貴重百倍。

德妃亦深深為之動容，這幅百壽圖令她想起一事，看胤禛的眼神不覺柔和了幾分。「當年榮貴妃生辰，三阿哥胤祉曾以雙手同書寫過一個壽字給榮貴妃，本宮記得那時你也在場，是不是？」

「是，當時額娘雖然沒說，但兒臣能看得出額娘很喜歡那幅壽字，可惜論書法兒臣始終不及三哥，寫不出那樣的字，只能在別的地方費點心思，希望額娘不要嫌棄。」

她招手示意胤禛過去，待胤禛走到近前後，她細細睇視自己的第一個兒子，依稀記得生下胤禛時她是多麼的高興，那是她的兒子啊！可惜她當時只是個貴人，根本沒資格撫育孩子，再加上身為貴妃的孝懿仁皇后病中喪子，康熙為撫她喪子之痛，便將胤禛抱至其宮中撫養，直至孝懿仁皇后過世，她晉為德妃後方才將胤禛接回來。那時胤禛已經九歲，且她忙於照顧尚在襁褓中的胤禎，對胤禛疏於照料，所以她與胤禛遠不及與胤禎來得親厚，母子間除了尋常的問安之外，少有體己的話。總以為在胤禛心裡孝懿仁皇后才是他的親娘，不曾想竟也這樣記著自己。

「沒想到這麼多年過去了你竟一直記在心中，本宮自己都忘記了。」她起身，戴著玳瑁嵌珠寶花蝶護甲的手輕輕撫過胤禛的臉龐，驚奇地發現胤禛的身子竟然在微微顫抖，眼底更有深深的眷戀之情……

是啊，險些忘記了這也是她的親生兒子，與胤禎一樣體內流淌著她的血！

其實往仔細了看，胤禛與胤禎的模樣很像，一樣朗眉星目，只是胤禛的眼瞼更細長，唇更薄一些，這也使得他氣質偏於冷峻陰鷙。

「好快，一轉眼本宮的兒子已經長這麼大了，比本宮還高半個頭。」德妃噓下喉間的哽咽頷首道：「難為你這麼有心了，這幅百壽圖是本宮收到最貴重的壽禮。」

年氏嬌聲道：「貝勒爺對額娘素來是極好的，平常有什麼好東西第一個想到的都是額娘，從不忘教人送進宮裡孝敬額娘。」她是側福晉，因而可以稱德妃一聲額娘。

德妃點一點頭，將百壽圖交給一旁的宮人道：「把它拿到內堂掛起來。」待宮人下去後她又對胤禛道：「往後得空，多來宮中陪陪額娘，還有老十三也是，本宮可是拿你當半個兒子看待。」

「兒臣遵命。」胤禛掩下內心的激動躬身答應，能得到這句話，總算自己的心血沒有白費。

待胤禛坐下後，那拉氏輕咳一聲起身道：「兒臣慚愧，沒有貝勒爺和十三阿哥那般的心思，知道額娘信佛，所以手抄了《觀音經》、《妙法蓮華經》、《金剛經》、《藥師經》各一部進獻給額娘，願額娘日月昌明，後福無疆。」

「好，都好。」德妃望著佛經上一個個工整娟秀的字體連連點頭。「像妳這般年紀，能靜下心來逐字逐句將這幾部佛經抄完也不是一件易事，這份壽禮本宮同樣喜歡得很。」她抬頭一笑道：「如何，身子可有起色？」

那拉氏忙回話：「多謝額娘關心，已經好多了，除了偶爾會咳幾聲以外沒什麼大礙，只是這病根怕是除不掉了。」

「唉，難為妳了。」當中的來龍去脈德妃是知道的，當年生弘暉時就落了病根，如今弘暉又死，對她打擊不可謂不大，今日還能站在這裡實屬不易，如今這病有一半是心病，除非弘暉復生，否則是無論如何也好不了了。

博山爐中焚著百合香，飄渺的輕煙帶出陣陣幽香，飄散在正殿中，香氣含蓄而不張揚，一如德妃其人。

護甲輕輕敲在青瓷纏枝瓷盞上，發出叮的一聲輕響，德妃抬眼柔聲道：「外面的大夫不一定好，還是讓太醫給妳看看吧。最近宮裡來了一位新太醫，雖年紀不大醫術倒是極好，本宮頭痛的毛病，經他針灸之後好了不少；改明兒本宮回了皇上，讓他去妳府裡給妳瞧瞧。」

「多謝額娘。」那拉氏謝過恩後扶著椅子坐下，站了這麼久，她氣息微微有些喘，翡翠在一旁輕輕拍著她的後背順氣。

德妃看在眼裡惜在心裡，無聲地嘆一嘆氣，將目光轉向嬌俏明豔的年氏，她對這位胤禛新娶沒多久的側福晉並不陌生，當下微微一笑道：「素言，那妳呢，又有什麼好東西要送給本宮？」
年氏嫣然一笑，嬌聲道：「貝勒爺他們送的禮個個都別出心裁，與他們相比兒臣的這份禮就俗了許多，額娘見了肯定要說兒臣是個俗人，兒臣都不敢拿出來了。」
德妃被她說得一笑，指著年氏對胤禛等人道：「瞧瞧那張猴嘴，本宮還一句話沒說呢，她就先來這麼一大堆，這是逼著本宮不能嫌她的禮俗啊。得了得了，妳送什麼本宮都喜歡，這總行了吧。」
「好了，素言，別賣關子了，妳的壽禮可是整整裝了兩輛馬車，連我都不知道是什麼，快些拿出來吧。」胤禛難得的心情好。
「妾身遵命。」年氏笑吟吟地屈了屈膝，命人抬上壽禮，只見兩個太監抬著一架紅木屏風進到殿中，正當德妃以為這就是年氏所送壽禮，又有兩個太監抬了與之相似的屏風來，如此周而復始，整整抬了六架後方才停下。
年氏笑吟吟地行了萬福禮道：「額娘大壽，兒臣沒什麼好東西，唯有這一套紅木雕花鑲緙絲絹繪屏風勉強能拿得出手，望額娘不要嫌棄。」
這些屏風每一個高近一丈，寬四尺有餘，以紅木雕就，四周大量鑲嵌湘妃竹、酸枝、檀木等珍貴材料；且每一個屏風正中鑲緙絲花卉兩幅，共計十二幅，每一幅緙絲四周都繡著連綿不斷的壽字。所謂一寸緙絲一寸金，只這十二幅緙絲花卉就不下萬金之數，再加上珍貴的湘妃竹、酸枝、檀木、紅木等，價值無可估量。虧得長春宮正殿夠大，否則還真不見得能放下這些個屏風。

長春宮也有許多屏風，正殿的窗案上就放了一件不及一尺高的紫檀刻螭龍插屏，但沒一件能如眼前這套一般令人驚嘆，不只是材料珍貴，更因雕工細膩；縱是有能工巧匠，也需要很長時間方能完工。

德妃掩下心中驚嘆，對年氏道：「妳有這份心本宮就很高興了，至於這禮，太過貴重了，妳還是拿回去吧。」

年氏故作難過地對胤禛道：「貝勒爺您瞧，額娘果然嫌棄妾身送的禮太俗了，不像您和十三爺還有姊姊那般有誠心、有孝心。」

胤禛噙了一縷微笑在脣邊，淡淡道：「妳明知額娘不是這個意思。」目光掃過那套紅木雕花鑲緙絲絹繪屏風對德妃道：「額娘，既然素言有這個孝心，妳就收下吧，無所謂貴重與否，何況額娘乃四妃之一，當得起這份壽禮。」

見胤禛也這樣說了，德妃只得點頭道：「那好吧，本宮收下了，只是往後可不許再送這樣貴重的禮，萬歲爺多次說過要戒驕戒奢，不可貪圖享受。」

「兒臣知道了。」年氏軟綿綿地答應了一聲重新坐下，眸光掠過靜默的那拉氏時有無言的得意。

之後李氏也呈上了自己的賀禮，是一件翡翠松鶴延年山子，山子兩面皆雕有紋飾，一面為山間野趣，有松、石鶴、鹿等，寓意「松鶴延年」、「鶴鹿同春」；另一面凸雕兩個壽星、採藥童子，背景是樓臺殿宇，山頂有從另一面蔓延過來的紅褐色翠皮，營造了一副旭日東升、霞光流彩的景象，極是別致有趣。

德妃欣然收下之餘，又問了她幾句關於腹中胎兒之事，待她回答一切尚好之後，叮囑她好生休養，切勿動了胎氣。

雖然葉氏也有了孩子，且比李氏還大幾個月，但德妃無疑更看重李氏這一胎，母憑子貴，同樣子也憑母貴，以出身而論，若同為男孩，必是李氏之子承襲世子之位無疑。

「好好好！」德妃連說了三個好字，顯然心情極好。「你們一個個都很有心，本宮非常喜歡，留在宮中陪本宮用午膳，然後再去暢音閣聽戲可好？」

諸人齊齊答應，德妃點點頭正待說話，忽見李氏起身道：「額娘，還有一人未向額娘您賀壽呢。」

「是誰？」在德妃不解的目光中，凌若略有些緊張地走上前屈膝行禮道：「奴婢鈕祜祿凌若給德妃娘娘請安，娘娘萬福。」

這個姓氏令德妃一下子想起康熙四十三年在體元殿所發生的事，當日康熙的震怒猶在眼前，入宮多年她從未見康熙生過這麼大的氣，是以一直對鈕祜祿凌若存了一絲好奇心，當下道：「抬起頭來讓本宮看看。」

當那張臉清晰呈現在眼前時，德妃與當時的榮貴妃一般，倒吸一口涼氣，那張臉竟像極了死去的孝誠仁皇后，更像極了康熙掛在書房裡的畫中女子，難怪當初榮貴妃要在選秀之前廢了她，若換了她日夜對著那張臉，怕也會寢食難安。不曾經歷過那段歲月的人，無法體會康熙對孝誠仁皇后用情之深。

至於書房中那張畫，雖很像孝誠仁皇后，但氣韻之間還是有明顯不同。她曾不只一次見康熙望著那張畫露出緬懷之色，至於畫中女子的身分，康熙從未提及過，只說是一位故人。

那拉氏見德妃面色怪異且一言不發，以為她對凌若入宮一事有所不滿，忙起身請罪：「兒臣見凌格格一片孝心，又想額娘曾問起過，所以趁這次機會斗膽帶她入宮當面給額娘賀壽，是兒臣思慮不周，請額娘——」

「與妳無關。」德妃一抬手阻止那拉氏繼續說下去，目光始終落在忐忑不安的凌若身上，許久方才展顏一笑，帶了幾許溫和道：「起來吧，靜貴人跟本宮提起過妳，她若知道妳入宮必然很高興。」

「靜貴人好嗎？」凌若大著膽子問。

「自然極好。」德妃笑一笑道：「妳難得入宮，待會兒本宮讓人陪妳去一趟承乾宮見見她，她也很記掛妳。」

凌若大喜過望，連忙叩頭謝恩，隨後取出連夜繡好的《八仙賀壽圖》雙手呈上，恭恭敬敬道：「妾身祝願娘娘如日之恆，如月之升。如南山之壽，不騫不崩。如松柏之茂，無不爾或承。」

德妃對她的壽詞甚是滿意。宮女接來繡圖展開，儘管之前已經見了許多匠心獨具的壽禮，但看到這幅《八仙賀壽圖》時，目光依然為之一滯，只見繡工極其細膩，當中八仙神態自然，栩栩如生、纖毫畢現，最難得的是竟能繡出那種飄渺仙氣，令八仙看起來如欲乘風歸去。

「咦，怎麼有朵牡丹花在上面？」德妃見呂洞賓身上有朵嫣紅的花，以為是不小心落在上面的，隨手去拂卻拂之不去，定睛一看方才發現竟是繡在圖上的。

德妃撫著那朵精巧細緻的牡丹花嘆道：「好精緻的繡工，比宮中繡娘所繡的還要精巧幾分，這是妳一個人繡的嗎？為何呂洞賓身上有一朵牡丹花？」莫看這繡圖長寬皆不過一尺，為求逼真，所用之繡線每一根皆細若髮絲，層層疊疊，極耗工夫。

「回德妃娘娘的話，是妾身與溫姊姊一道繡成，她讓妾身代為向娘娘賀壽，祝願娘娘福壽延綿，韶華不老。至於牡丹花……」凌若知德妃會問起這一點，已想好了說辭，微微一笑道：「不知娘娘可曾聽說過呂洞賓三戲白牡丹的故事？」見德妃點頭她又道：「民間傳說白牡丹被度後不願與呂洞賓分離，但又礙於仙規，所以情願放棄仙籍化為呂洞賓衣上的牡丹花，長伴呂洞賓左右。」

第四十五章 請封

「原來如此，想不到她還是個有情有義的女子。」德妃撫著那朵栩栩如生的牡丹花，感慨一番後命人收起繡圖，欣慰地道：「過了那麼多個生辰，就屬今兒個最高興了，不為那些個禮，只為你們這份孝心，本宮真的很高興。」

「娘娘若喜歡的話，我以後和四哥時常進宮來陪您說話就是了，只要娘娘到時候別嫌我煩就成。」胤祥笑嘻嘻道。

德妃睨了他一眼道：「哪有做娘的會嫌兒子煩的道理，不過你若能正正經經娶個十三福晉本宮就更高興了，十四比你小一個月，都已經做爹了，唯獨你還整天吊兒郎當一個人，你皇阿瑪跟本宮都抱怨過好幾回了，每次給你指婚你都左推右推，雖說你不是本宮親生，可本宮也拿你當兒子看待，你自己倒是說說到底什麼時候才肯定下來？」

「等我找到喜歡的那個人自然會定下來，娘娘不用著急。」胤祥嬉皮笑臉地推脫，他最怕的就是德妃說起這事，每回來都要被念叨上好一陣子。

德妃也知道他心思，無可奈何地道：「本宮是不急，就怕過陣子萬歲沒了耐心，隨便給你指一個，待到那時你別到本宮這裡來哭就行了。」

胤祥朝胤禛擠擠眼沒敢接話，那拉氏看在眼裡微微一笑，接過話題道：「難得額娘心情這麼好，兒臣想替凌格格求一個恩典。」

德妃略略一想，已猜到了她要求的恩典是什麼，不過並未說破，只淡淡地睨了滿臉驚訝不似知情的凌若一眼道：「說來聽聽。」

那拉氏對年氏射來的狠厲目光視若無睹，保持著應有的微笑道：「凌格格的阿瑪乃是從四品典儀，她自己也是正經秀女出身，按理來說封個側福晉都不為過，只是不知當時凌格格做錯了什麼，使得貴妃娘娘大發雷霆，貶她為格格；這些日子來，兒臣覺得凌格格知書達禮，溫柔賢慧，且從不曾因格格的身分抱怨過分毫，是以兒臣想晉她為庶福晉。」

德妃抿一口剛沏好的茶道：「庶福晉是不記入宗冊的，也無需宮中下旨，這種事你跟老四自己做主就行了，何必巴巴著來求本宮恩典呢？」

「額娘說得是，只是一來府中庶福晉已四角齊全，非有特賜不得再晉；二來……」那拉氏頓了頓，有些為難地道：「額娘也知道，這格格之位是當初榮貴妃定的，兒臣不敢說晉便給晉了，想來想去唯有來求額娘，額娘如今與宜妃娘娘掌管後宮大小事宜，若能得額娘點頭，那凌格格這庶福晉之位便晉得名正言順了。」

年氏黛眉一挑看向德妃道：「兒臣以為此事不妥，適才姊姊也說了庶福晉一位四角齊全，而今再加一位豈非四角不穩？何況當初榮貴妃既然只以格格之位相待鈕祜祿氏，必然有她的原因在，而今不到一年，且她又無身孕或有功於皇家，貿貿然就晉其為庶福晉，怕是難以服眾。」

「素言說得也有幾分道理。」德妃點點頭，未立刻回答反而看向胤禛。「老四以為如何？」

「一切聽憑額娘做主。」胤禛如是回答，平靜的面容看不出任何端倪。

德妃想了想，眸光瞥過垂首站在底下的凌若，望著那張酷似孝誠仁皇后與畫中女子的臉心中一動，有了決定。「你們一個個也不用再猜來猜去了，本宮不妨告訴你們，昔日榮貴妃之所以發落鈕祜祿氏，是因懷疑她與人私通，事後皇上已經派人查明真相，一切皆是子虛烏有，為著這事皇上也懲戒過榮貴妃了。至於晉封一事，素言說的雖不差，但朝官之女又無失德之處，再居格格之位不免遭人詬病，所以本宮決定准許蓮意所請，特旨晉鈕祜祿凌若為庶福晉。」

那拉氏欣然謝恩，見凌若還呆呆站在那裡，連忙扯了扯她的衣袖小聲道：「還愣在那裡做什麼，快謝娘娘恩典。」

凌若回過神來，連忙跪下哽咽道：「妾身謝娘娘恩典。」德妃適才那番話等於是當眾還她一個清白，令她無需再因此事而被人閒話。

「起來吧，好生服侍四阿哥就是對本宮最好的謝恩了。」德妃話音剛落，便聽得外頭響起一個爽朗的聲音：「在說什麼呢，這般熱鬧？」

隨著這個聲音，一名身材頎長、面貌俊秀的男子大步走進來，正是十四阿哥胤禎，只見他進到殿中後一撩長袍跪下道：「兒臣給額娘請安，祝額娘福壽康安，長命千歲。」

「快起來，讓額娘好好看看你。」德妃極是寵愛這個幼子，見他來高興得不得了，招手將他喚至近前細細打量，心疼地道：「怎的一陣子沒見瘦了許多，人也黑了，可是軍營中太過辛苦？」

「哪有，還不是跟以前一樣。」胤禎笑著取出一串以金絲楠木製成的佛珠。「今兒個是額娘壽辰，兒臣知道額娘虔心禮佛，所以特意去廟中求來一串高僧加持過的佛珠，額娘您看看喜不喜歡。」

「你送的東西額娘什麼時候說過不喜歡。」德妃欣然道，又說了幾句方才想起胤禛他們還在，忙道：「快見過你四哥、四嫂還有十三哥。」

胤禎一拍腦袋笑道：「瞧我盡顧著給額娘賀壽，忘了四哥你們還在，四哥還有十三哥，你們該不會怪我吧？」

「自然不會。」胤禛笑一笑道：「怎麼不見弟妹一道來？」

「她前幾日得了風寒，我怕她傳染給額娘便沒讓她來。」說到這裡胤禛想起一事道：「上回來請安，額娘身子似乎不太爽快，現在好些了嗎？」

「只是小病而已，早就沒事了。」德妃慈顏答道，隨後又絮絮問起了胤禎在軍營裡的瑣事，目光從始至終都沒有從胤禛身上移開過。

胤禛看著眼前這幅母慈子孝的畫面，心中極不是滋味，自胤禛進來後，德妃的目光再沒有離開過他，自己與胤祥彷彿是透明的一般。

他費了無數心血寫就那幅百壽圖，以為可以讓額娘多看他幾眼。是，他確實做到了；可是十四弟一來，額娘的目光又重新回到十四弟身上，連一絲一毫都吝嗇分給他。可見額娘心裡始終都只有十四弟一人，即使今日十四弟送給額娘的只是一塊爛木頭，只怕額娘都會視若珍寶。

他與他終是不同的……

他真正在乎的人總是求而不得，額娘是這樣，湄兒也是這樣……

胤禛滿心苦澀，在心底微微一嘆，移開了目光，在掠過胤祥時，發現他正朝自己笑，露出一口雪白的牙齒，於照進殿內的秋陽下閃閃發亮。

胤禛一怔，旋即微涼的心底生出幾分暖意來，還好，還好這世間還有一個胤祥，他不至於太過孤單。

第四十六章　靜貴人

彼時，承乾宮已經得了德妃的傳話，知道凌若今日入宮，便派人來請其過去一趟，德妃自無不答應之理。

後宮妃嬪，唯有嬪以上方可被稱為娘娘，居掌一宮事宜，承乾宮的主位是大阿哥生母惠妃，秋瓷則居於承乾宮的碎玉軒當中。

凌若懷著幾分激動與忐忑踏入碎玉軒，始一進去便看到站在院中的宮裝女子，匆匆一別，再見已恍如隔世，兩兩相望，未語淚先下。

「妹妹！」秋瓷快步過來握住凌若微微顫抖的手，哽咽道：「我終於見到妳了。真好！真好！」

「鈕祜祿凌若參見靜貴人，靜貴人吉祥！」凌若也是歡喜極了，但她還記著規矩，含淚端端正正行了一禮。

秋瓷趕緊拉住她，嗔怪道：「妳這是做什麼？難道不想認我這姊姊了？」

「自然不是，只是姊姊今日已貴為靜貴人，若太隨便教人看見了惹出話來，豈非為姊姊惹麻煩。」凌若一邊說一邊拭去眼角歡喜的淚水，曾以為這輩子都見不到秋瓷，幸好上天垂憐，讓她們姊妹還有再見之日。

「那就好。」秋瓷拉著她去屋中，剛一坐下便有宮女奉上金絲血燕，秋瓷取過一道奉上的紫雲英蜜，親自澆在血燕上後遞給凌若。「這是皇上前兒個剛賞下來的，一知道妳要來，我立刻就叫人給燉上了，時間倉促也不知火候夠不夠，妳且嘗嘗看味道如何。」這金絲血燕在燕窩中最是名貴不過，宮中也不見得有許多，秋瓷能得皇上親賞，可見頗得恩寵。

凌若依言嘗了一口，果覺與一般燕窩大不相同，當即笑道：「很好吃呢。」

「喜歡就多吃一些。」秋瓷憐惜地看著她道：「剩下那些我已經教人裝好了，待會兒走的時候給妳帶回去，什麼時候想吃了就自己燉，還有那些雪蛤、人參，都帶一些回去。」

凌若連忙搖手道：「這麼名貴的東西姊姊自己留著吃就是了，不用給我。」

秋瓷嗔道：「叫妳拿著就拿著，跟姊姊還客氣什麼，再說了我在宮中什麼東西沒有，缺了什麼只管去內務府說一聲，自會有人送來。」緊緊握了凌若的手道：「我只是擔心妳啊，若兒，妳身為朝官之女卻被貶在四貝勒府為格格，必然受盡委屈，而且我聽說四貝勒這人冷漠刻薄，在他身邊定然不好過。」

凌若噗哧一笑，反握了她帶著珍珠護甲的手道：「哪有姊姊說得這麼誇張，其實四貝勒人很好，何況此次進宮，德妃娘娘已經恩旨晉我為庶福晉。」

秋瓷微微一愣，指尖有一瞬間的冰涼，快到凌若以為是自己的錯覺，再抬眼秋瓷已是一臉歡喜地道：「那就好，如此我也可以安心些。對了若兒，當初到底發生了什麼事，為何妳會突然被貶至四貝勒府為格格？以妳的才貌還有皇上對妳的喜愛，妳必然會留用宮中，封嬪、封妃指日可待。」

凌若將當日的來龍去脈一一相告，聽得秋瓷感慨之餘又氣憤不已，忿忿道：「到底是誰在榮貴妃面前搬弄是非，害妳受這不白之冤？」

凌若蹙了蹙眉道：「我也想知道，榮貴妃是太子妃姨母，受其挑撥不假，但是我與容遠的事所知之人並不多，太子妃又是從何打聽而知？」

秋瓷纖長的睫毛微微一顫，低聲道：「有一件事妹妹還不知道吧。容遠他……」

「他怎麼了？」凌若心中一沉，急忙追問，惟恐對方出事，當初畢竟是她負了他，若他再因自己而出事，恐怕自己這一輩子都不會心安。

「妳放心，他沒出事，只是而今再見，妳我該稱他一聲徐太醫了。」秋瓷吹了吹滾燙的茶水，將浮在上面的茶葉吹開少許後抿了一小口。

「什麼？」凌若豁然起身，驚訝地道：「容遠哥哥他……他入宮做了太醫？」

秋瓷緩緩頷首，沉聲道：「我剛見到他的時候比妳還要震驚，我曾問他為何要進宮，妳猜他怎麼回答我？」

「怎麼回答？」凌若的聲音有幾分難以自抑的顫抖。

「他說自己文不成武不就，唯有一身醫術尚可入目，能派上幾分用場，妳既入宮，那麼身邊有個可信的太醫總能安心一些。」說到這裡秋瓷嘆了口氣道：「可惜他當時並不知道妳已在選秀之前被賜給四貝勒，縱使入了宮也見不到妳。」

「我不值得他如此。」凌若起身，怔怔望著外頭如金的日光，眼角有晶瑩在閃爍。

「這種事情誰又能說得清呢。」秋瓷在後面扶了她的肩，一陣唏噓。「他的身分皇上心裡應該也是清楚的，所幸當今聖上乃是一代明君，明察秋毫，並沒有因妳的事為難於他，反而因他做事認真，醫術又好的緣故，對他很是看重。這太醫好歹是正七品官職，強過外頭行醫，於容遠來說未必不是件好事，但是妳若再多想，那就真的不是一件好事了，妳懂我的意思嗎？」

她的話如一陣帶了幾許寒意的秋風吹過，令凌若一陣激靈，從恍惚中驚醒過來。是啊，她如今已是胤禛的庶福晉，一生一世只屬於胤禛一人，心裡是斷不能想其他了，萬一被胤禛察覺，後果不堪設想。

想到這裡，凌若趕緊斂了所有心思，鄭重朝秋瓷一拜道：「多謝姊姊提醒。」

「那就好。」秋瓷欣慰地點一點頭，又說了一陣話，因凌若趕著要回長春宮陪德妃一道用午膳不能久留，只得依依惜別，臨行前秋瓷將血燕之類的珍貴食材裝了好幾個錦盒給她帶上。

墨玉跟在凌若後面出了碎玉軒，瞧著懷裡捧都捧不下的一大堆東西彎眼道：

「靜貴人對姑娘……啊，不對，應該是主子才是。」叫慣了姑娘一下子要改口還真有些不習慣，不過她打心眼裡高興，終於能改口稱主子了，小路子他們要是知道了，肯定高興得不得了。

凌若睨了她一眼，似笑非笑地道：「妳想說什麼？」

墨玉吐了吐舌頭道：「奴婢想說靜貴人對主子真好，金絲血燕啊，奴婢只在廚房見年福晉身邊的綠意燉過，而且只有小小一盅，眼下靜貴人居然一下子給了一大盒。」

「姊姊待我向來是極好的。」凌若回頭看了一眼被花木遮避的碎玉軒，又有些失落地道：「只不知今日一別，要等到何年何月才能再見。」

墨玉見自己的話勾起了凌若的傷感，連忙安慰：「主子入府不到一年已是庶福晉，且貝勒爺對您又寵愛有加，依奴婢看這側福晉只是遲早的事，待到那時，出入宮廷就方便多了。」逢年過節，側福晉都可隨嫡福晉一道入宮請安，且記入宗人府名冊之中。

凌若橫了她一眼，輕斥道：「不許亂說，若讓人聽去，還以為我覬覦側福晉之位；今日若非德妃娘娘做主，年氏怎肯就這樣輕易讓我晉了庶福晉之位？說到這裡，我當真沒想到嫡福晉會在今日給我這樣大一個驚喜。眾人之中除了溫姊姊，怕只有她是真心待我好，只可惜好人卻未必有好報……」

「主子又想起世子了？」墨玉小心地睨了黯然不語的凌若一眼低低道：「算了，

事都已經發生了，再想也沒有用，奴婢始終相信好人有好報，即便現在沒有將來也一定會有，也許……」墨玉眼珠子滴溜溜一轉，撲閃著在如金秋陽下蒙上一層淺金色的睫毛玩笑道：「也許嫡福晉的福報在主子身上也說不定。」

「妳這丫頭，開玩笑居然開到妳主子頭上來了，看我不打妳！」凌若佯裝生氣地追打跑在前面的墨玉，一路嬉鬧，倒將與秋瓷分別的愁緒沖淡許多。

第四十七章　往事

凌若回到永和宮，見胤祥站在院中與負責灑掃的宮女太監們說著笑話，遂走過去道：「十三爺，怎麼就你一人？」

胤祥揮手示意那些人散去，咧著嘴露出一抹燦爛的笑容。「回來了？」見墨玉手中捧了一堆東西又道：「看來靜貴人對妳挺不錯的，送了這麼許多東西。」不待凌若回答，他招手喚過一個小太監：「去，將她手裡的東西放到四阿哥進宮的馬車裡去，小心著些，都是靜貴人賞的，別碰著磕著。」

「爺您儘管放心。」小太監笑嘻嘻地答應，喚過另一名太監小心接過那些個錦盒。

胤祥生性隨和豪放，從不論出身只論交情，只要他看得順眼的都結交，正因如此，不論宮裡還是軍營、兵部，他都跟底下人混得極熟，雖然八阿哥等人看不起他與下人或那些個粗人廝混，但這並不妨礙胤祥在他們中的威信。

「四哥、四嫂還有十四弟他們在殿內陪德娘娘說話，我看沒什麼事又還沒到用膳時辰，便出來透透氣。」胤祥一邊說，一邊隨意地往擺在院中的石凳上一坐。

從半掩的殿門望進去，能看到殿中果如胤祥所言，眾人正陪著德妃在閒談，十四阿哥胤禎不知說了什麼，惹得德妃好一陣笑。

「咦，怎麼不見四爺？」凌若仔細看了一圈，並未發現胤禛人影。

胤祥撫著自己綁了杏黃帶子的髮辮，斂去面上的笑意淡淡道：「四哥不在裡面，那定是去了奉先殿。」

奉先殿？凌若一陣愕然，奉先殿是用來供奉已故帝后牌位的，除了祭祀、節慶或是上徽號、冊立、冊封以外，平常不會有人去，胤禛好端端地去那裡做什麼？

胤祥看出她的疑惑，拍拍身邊的石凳示意她坐下道：「很奇怪嗎？四哥每次進宮都會去奉先殿。」

「四爺是去拜祭誰嗎？」去奉先殿只可能是拜祭先人，每次進宮都去，那必是感情極其深厚，非父即母，可皇上與德妃娘娘都健在，胤禛去拜祭的又是何人？

「孝懿仁皇后。」說到這個名字的時候，胤祥臉上帶了幾許悵然，若孝懿仁皇后不是那麼早逝的話，四哥的人生必會與現在完全不同。

孝懿仁皇后佟佳氏，乃當今聖上第三位皇后，也是他的表姊，十六年冊封為貴妃，二十年晉皇貴妃，以副后攝六宮；二十八年皇貴妃病重，康熙諭禮部冊立佟佳氏為中宮，翌日薨逝。

胤祥的笑容如天邊浮雲般蒼白，目光越過凌若落在不知名的遠方，帶了幾分難以言喻的傷感。「四哥剛出生的時候德娘娘還只是貴人，按規矩不能撫養皇子女，而當時又正好碰到孝懿仁皇后喪女，皇阿瑪就將四哥抱到承乾宮交由孝懿仁皇后撫養，直至四哥九歲那年孝懿仁皇后病逝方才接回長春宮，那年德娘娘剛生下胤禵不久。」

凌若是第一次聽說此事，心中陡然一震，復又恍然，適才在向德妃賀壽的時候，她就覺得德妃對胤禛的態度有些怪異，親生母子卻顯得不甚親近，直至那幅百壽圖呈上後方顯得親近一些，但還是能感覺到有一層隔閡在，始終不及與十四阿哥那麼親厚自然，眼下一切卻是明白了。九歲方回到德妃身邊，自然不及一直養在身邊的十四阿哥感情親厚。

「那一年我也因額娘逝世而被帶到德妃處，身邊一下子多了兩孩子，且我與十四弟這般幼小，德妃根本照顧不過來，唯有讓乳母與嬤嬤看顧我跟四哥。」胤祥澀然一笑，搖頭道：「僕大欺主，放到哪裡都是這麼個事兒，那些人見我們年幼，德妃娘娘又不管，便開始欺到頭上來，四哥說什麼根本不聽；我哭了鬧了他們也不管。誰叫皇阿瑪當時已經有十幾個兒子，少那麼一、兩個不受重視的皇子根本不會有人在意。」

凌若側目望著胤祥稜角分明的臉龐輕聲道：「那四爺與十三爺那些年豈非過得很苦？」身為天潢貴胄本應是天底下最尊貴的人，誰能想到竟會有這般悲慘的過往。

胤祥搖搖頭苦笑道：「苦不苦我不記得，當時我才一歲不到，能指望記什麼事？這都是後來聽福爺說起的。」福爺是敬敏皇貴妃生前的貼身太監，他倒是很關心敬敏皇貴妃留下的唯一骨血，可是他在對方過世後便被調到御膳房做事，只有偶爾得空時才能偷偷來看一眼，帶些他自己捨不得吃的好東西來給胤禛兄弟倆。可以說他是宮中為數不多真正關心胤祥的人，是以胤祥在成年出宮開牙建府後的第一件事，就是將福爺接到府中頤養天年。

「知道我為什麼與四哥最親嗎？」胤祥突然這麼問。

凌若想了想道：「你們一道在德妃宮中一起長大，自然比旁人親近一些。」

「若這樣的話，那老十四呢？他跟四哥可不親，倒跟八哥走得極近。」胤祥漠然一笑，久遠而塵封的記憶如畫卷一般在腦海中徐徐展開。「四哥看我在那裡哭得上氣不接下氣，乾脆就自己管，哭了他哄，鬧了他抱，連晚上睡覺都是他在管，要知道他當時才九歲啊，自己都還是個孩子，卻要管一個尚不滿週歲的孩子，其中艱辛可想而知。但最可恨的是那個乳娘，她是江西人，喜歡吃鹹鮮的菜肴，而為了能出好奶水，宮裡是不允許在她們吃的菜裡放鹽的，整日吃淡而無味的東西，乳娘早就食不下嚥，只是礙於德妃不敢有違，而今見德妃無瑕照顧我們，便偷偷在吃的菜裡放鹽，以至她出來的奶水又稀又少，我根本吃不飽，餓得哇哇直哭。四哥看在眼裡急在心裡，為著這事不知找了德娘娘多少次，可是那時正好老十四生了病，德娘娘只顧著老十四，根本沒時間理會四哥，甚至還因心煩而訓斥四哥，福爺說有一次他來的時候，看到四哥正抱著餓得哇哇大哭的我在那裡垂淚。」說到這裡胤祥眼中隱現淚光，儘管沒有印象，但依然可以想像那一刻四哥的淒涼無助。

凌若聽得入了神，她從不知道素來給人以冷漠強硬感覺的四阿哥竟還有這樣的童年，她眼前浮現出一個只有九歲大卻抱著嬰兒的胤禛模樣。

淚，驀然落下……

第一次，她因胤禛而落淚，非關恩寵，非關自身，僅僅只是因為心疼胤禛而落淚。與此同時，層層築防的內心正在悄然崩塌……

「後來呢？」凌若抬頭，意外地從胤祥眼裡捕捉到一絲恨意。德妃……他畢竟還是恨的！

胤祥深吸一口氣，將喉間的酸意逼回去，於若隱若現的淚光中赧然一笑道：「妳絕對想不到後來四哥做了什麼，他把那起子欺主的下人跟奶娘全叫到院中，當著他們的面把奶娘狠狠訓斥了一頓，然後下令杖責二十。」

「那奶娘如此刁滑，豈肯甘心受罰？再說那些人會聽四爺話行刑嗎？」凌若疑慮地道。」

「他們自然不肯。」胤祥牽了牽嘴角，含了一抹悲傷但極為自豪的笑容道：「所以四哥將我交給福爺抱，自己則拿起比他人還高的廷杖，一下一下用盡全力打在那個奶娘背上，任她在那裡哭爹喊娘，直至打足二十杖方才停下，福爺說打完的那一刻，四哥看起來比奶娘還要慘，別看奶娘叫得大聲，其實四哥人小力微，這二十杖最多讓她受一些皮肉痛，根本不曾傷筋動骨，養兩天就好了，倒是他自己近乎脫力，雙手不住擅抖，但依然筆直站在那裡。從那以後，再沒有一個人敢輕視四哥，而我也因為有四哥的照拂，得以安然長大。」

「別看四哥現在看起來冷冰冰的樣子，其實以前不是這樣的，福爺說，在那件事以前四哥對誰都很好，孝懿仁皇后將他養育得很好，謙恭有禮，溫潤善良，可是在宮裡人善註定要被人欺，尤其是在沒人庇護的情況下，所以四哥被迫冷下臉，裝成生人勿近的樣子，漸漸的他性子開始變了，變得冷漠多疑，令人難以捉摸，只有在最親近的人面前才會卸下面具。不然賢王的美稱也輪不到八哥。」胤祥無奈地嘆了口氣，當年若非他，四哥也許不會變成現在這樣，他實在是虧欠四哥許多。

「為什麼要與我說這些？」她問，若非胤祥說起，這些事她永遠不可能知道。

胤祥撣撣袍角，長身而起，瞇眼望向遠處宮殿耀眼無匹的琉璃瓦上，咧嘴道：「我也不知道，妳就當我閒著無事隨便找人聊天好了。」

隨便找人聊天？一聊就將掩藏多年的祕辛給聊了出來？這話擱哪兒都不會有人相信。

胤祥低下頭看了她一眼，見她一臉不信的樣子，不禁為之莞爾。「我說小嫂子，妳能不能別露出這樣一副表情，好像我這個謊話說得多麼拙劣一般。」

凌若被小嫂子三個字唬了一大跳，連忙站起來道：「凌若卑微，當不得十三爺這般稱呼。」天家規矩森嚴，以胤祥的身分，唯嫡福晉那拉氏能當得起他這聲嫂子。

「只是一個稱呼罷了，有什麼好大驚小怪的。」胤祥不在意地伸伸懶腰，活動筋骨，他是眾阿哥裡最不拘禮數的，合了他心意，就是販夫走卒也照樣結交不誤；反之，縱是皇親貴戚也不理會。

他可以不在乎，凌若卻不能，再三請他收回這個稱呼，無奈之下，胤祥只得答應若有外人在時便不叫。

「說起來，我第一次見到妳時真吃了一驚，四哥的書房在府裡便跟禁地差不了多少，連嫡福晉都沒進去過，居然任妳出入，真是希罕。」

胤祥漫不經心的話令凌若心中驀然一動，看到自己吃驚的何止胤祥一人，還有康熙、德妃、宜妃以及……榮貴妃。

胤祥是因為看到自己在胤禛的書房，那麼其他人呢？為什麼第一眼看到自己時都明顯露出詫異之色？

德妃等人皆是久居宮中見慣風浪之人，絕不會輕易將喜怒表現在臉上，能令她們吃驚，必然是內心受到了極大的衝擊；而榮貴妃更是露出厭惡之色。

難道……她撫著自己的臉，心裡驟然浮現一個想法，難道自己長得像什麼人？

「在想什麼呢？該進去用膳了。」胤祥見凌若突然撫著自己的臉一言不發，連德妃派人傳話用膳都沒聽到，便拍了她一下。

「沒什麼。」凌若回過神來隨口答應了一句，隨胤祥走了幾步，忽地拉住他衣袖道：「十三爺，待過會兒用過膳後，你能不能陪我去景仁宮一趟？」

景仁宮？那不是榮貴妃的居處嗎？難道小嫂子思來想去，氣不過榮貴妃將她指給四哥為格格，想要去找她報復？縱使榮貴妃失寵終究還是貴妃，豈能容她一個小小庶福晉折辱？這未免也太不知天高地厚了。

見胤祥擰了雙眉神色略有些不悅，凌若知他必是有所誤會，忙道：「我沒別的意思，只是有些事情不明白，想問問貴妃娘娘罷了。」

「這樣啊……」胤祥雙眉一鬆，撫著下巴問：「倒不是不可以，不過妳得先告訴我是什麼事。」

站在紫禁城中，不論望向哪一處，都是華麗輝煌的宮殿與朱紅宮牆，一旦踏入，便再無踏出之日，不論榮寵，不論孤寒。

「我想問問榮貴妃，這張臉到底像誰。今日若不問個明白，只怕將來再無機會。」除此之外，凌若還有一件事想問，但這話卻不方便當著胤祥說。

他們進去的時候，胤禛已經回來了，神色淡然無波，看不出喜怒如何，然這一次，凌若卻從他平靜的外表下看到了深藏在內心的悲傷，儘管已經過去近二十年，但胤禛內心的傷痛從未被撫平過，也許只有在面對孝懿仁皇后的牌位時才能有片刻寧靜。

妳想死嗎？

想死的話就離遠點別在這裡害人。

命是妳的，要與不要妳自己看著辦。

驀然想起第一次見面時胤禛所說的話，那時的她覺得胤禛刻薄無禮，視人命如無物。現在仔細回想起來，胤禛當時看似責罵於她，實際分明是想藉這話點醒她，否則以他的身分何必在乎一個小女子的死活。

且在她差點被撞到的時候，是他策馬追上前在馬蹄下救了她。救她時的怒氣不是因為她衝撞到了他，而是他以為她不在乎自己的性命想要尋死。

冷漠刻薄，那只是胤禛為了保護自己的偽裝罷了，他的心依然屬於二十年前那個謙恭溫良的少年……

心痛、憐惜匯集成一股莫名的情緒在心裡蔓延，此時胤禛察覺到有目光一直注視自己，回頭待看清是淩若時微微一笑，儘管只是淺笑即止，卻令淩若的心像被什麼東西狠狠撞了一下，又酸又漲還帶了一點歡喜……

她終還是違背了曾經發下的誓言，對胤禛動了真情，但願上天不會怪她。

第四十八章　赫舍里氏

午膳過後，胤祥藉口凌若難得來一趟紫禁城，想帶她四處看看，便拉了她從德妃宮中出來。待他們出去後，年氏拿帕子抿了抿唇角笑道：「凌福晉與十三爺才見了幾次面而已，竟這般要好，不知道的人見了還以為凌福晉是十三爺的人呢！」

她看似無意的話令德妃蛾眉微微一蹙，瞧了並肩離去的兩人一眼，委婉地對胤禛道：「老十三性子跳脫好動又愛胡鬧，不知會帶著凌若跑到哪裡去，萬一衝撞到哪宮娘娘就不好了。老四，你性子沉穩，不如一起去，也好看著他們一些。」

「是。」胤禛答應一聲，跟在兩人後面走了出去。

胤祥出了長春宮後領了凌若一路往景仁宮行去，自榮貴妃被禁足後，如今的景仁宮已是門可羅雀，冷冷清清，再不復昔日熱鬧景象。主子失寵，底下的奴才們自也是能偷懶就偷懶，連守門的太監都不知跑哪裡去了，偌大的宮門竟無一人把守，任人出入。

「妳當真要進去?」望著近在咫尺的景仁宮，胤祥再一次勸道，榮貴妃的失寵可說是因凌若而起，儘管依然頂了個貴妃的名頭，可實際上連沒有正式名分的常在、答應都不及，榮貴妃心裡絕對恨不得將凌若千刀萬剮，胤祥還真怕見面時會鬧出什麼事來。

凌若深吸一口氣，朝胤祥欠了欠身，平靜地道：「多謝十三爺帶我來這裡，我自己進去便可，不敢再勞煩十三爺。」

胤祥揮揮手道：「看來妳是鐵了心要進去，罷了，都來了哪有不進去的理，何況沒人領妳進去，萬一被人追究那就是私闖宮禁，走吧。」

「你們要走到哪裡去啊?」兩人剛要抬步，身後倏然響起胤禛的聲音。

兩人嚇了一大跳，回過頭來果見胤禛正一臉漠然，胤祥摸著鼻子打哈哈。「沒去哪裡，剛才不都說了嗎，小嫂子難得進宮一趟，所以帶她四處走走。」他答應凌若有外人時不叫，但這個外人可不包括胤禛。

「結果一走就走到景仁宮來了?還一副鬼鬼祟祟的樣子?」胤禛自然注意到胤祥對凌若的稱呼，倒是不曾說什麼，只是沒好氣地瞪了他一眼，每次胤祥撒謊都會忍不住摸鼻子，根本騙不過他。

凌若知瞞不過胤禛，遂扯了扯他的袖子小聲道：「四爺，您別怪十三爺，是我求他帶我來景仁宮的。」

胤禛聽完原委後，眉頭皺成了一個川字，沉吟半晌道：「皇阿瑪的妃嬪中我並未看到有與妳相似之人，十三弟也沒印象，也就是說即使真有與妳相像之人也是康熙二十年前的人了，眼下……或廢或薨。」

說到這裡胤祥插嘴：「數年前我曾誤闖冷宮，看到過被關禁在冷宮中的廢妃，並未看到有與小嫂子相似者。」

胤禛摩挲著下巴望著凌若道：「會不會是妳想多了？據我所知妳阿瑪與太子妃的阿瑪有過節，而榮貴妃又是太子妃姨母，即使她有心針對妳也是很正常的。」

「那德妃娘娘呢，為何她看到我時也會出神？」凌若反問。

她眼中少有的堅持與執拗令胤禛心中一動，想起去歲歲末凌若初來之時，康熙特意在朝會之後將他叫到養心殿叮嚀凌若一事，讓他不只要好好待她，更要在適當的時候晉一晉她的位分。還記得皇阿瑪說起這些時，無意中流露出來的落寞與思念……

朝官之女被貶為侍妾固然有失公允，但若僅僅是一個普通秀女，斷不會引來皇阿瑪如斯關注，更不需說遷怒榮貴妃，難道她的懷疑是真的？凌若真的與某一位過世的妃嬪相似，所以皇阿瑪愛屋及烏？

德妃肯定是知道的，但她剛才既然隱下不說，那麼再問也是徒然。胤禛想了許久，終是答應了凌若所求，與胤祥一道陪著她踏進景仁宮的大門。

景仁宮如今形同冷宮，整個宮殿看起來空空蕩蕩，一路過來幾乎看不到宮女、太監，地上鋪滿了凋零的樹葉與殘花，踩在地上有窸窸窣窣的響聲，可見已許久未有人打掃；秋風吹過，捲起樹葉四散打轉，令本就蕭索的景仁宮更見破敗。

手指劃過朱紅欄杆，帶起一手的灰塵，凌若在心底嘆了口氣，深宮女子，一生榮寵皆繫於君王之身，若失了君王的寵愛，縱使位分再高身分再貴，也只是枉然。

凌若吹去指尖的灰塵，與胤禛相視一眼，抬手推開那扇朱紅六稜宮門走了進去，外頭秋陽高照，明媚耀眼；殿內卻陰森黑暗，不見一絲陽光。

「誰？」殿內忽地響起一個如鬼似魅的女子聲音，藉著劃破一室陰霾的秋陽，凌若幾人看到一名女子以手遮面，擋住如金耀眼的陽光，待得適應了突如其來的光後方才緩緩放下手，露出一張衰老的容顏——不是榮貴妃又是誰？

與上一回相比，眼下的她不只瘦了，也蒼老了許多，彷彿歲月在一瞬間被奪走。那張蒼白不堪的臉上堆滿了皺紋，脣色亦透著一種死灰的白，鬢邊能看到大片大片的白髮，身上穿了件半舊不新的鐵鏽紅銀絲滾邊旗裝，袖口、領口多有抽絲。若非那張臉輪廓還在，凌若幾乎不能將她與之前那個高貴的婦人聯繫起來。

「是妳！」在看清凌若的一瞬間，榮貴妃豁然起身，牢牢盯著凌若，深切的恨意在眼底瘋狂燃燒，他人還沒來得及反應，她已經張牙舞爪地撲了過來，狠狠掐住凌若的脖子厲聲道：「本宮落到如廝田地皆是拜妳所賜，本宮要殺了妳！殺了妳！」

凌若猝不及防下被她狠狠掐住脖子，氣一下子喘不上來，拚命想要扯開她的手，可是那雙瘦如雞爪的手此刻卻如鐵鑄一般，她根本掰不動一分一毫，反倒是自己因為窒息，手腳開始漸漸無力，眼前更是一陣陣發黑。

「榮貴妃妳在做什麼！快放開她！」胤禛兩人沒料到榮貴妃會這麼瘋狂，一見面就想要凌若的命，顧不得多想，趕緊一左一右用力掰她的手。

凌若捂著被掐得通紅的脖子用力呼吸，許久才從那種要窒息的痛苦中恢復過來，但脖子上還是留有一道怵目驚心的瘀痕，這一次若非胤禛他們在場，她真有可能被榮貴妃掐死。

「貴妃娘娘妳冷靜一些！」胤禛用力按住掙扎不休的榮貴妃喝道，也不知榮貴妃哪裡來這麼大的力氣，他和胤祥一起都有些按不住，幾次險些被她掙脫了去。

「冷靜？你看看景仁宮現在這個狀況，再看看本宮的樣子！四阿哥，你要本宮要怎麼冷靜！」榮貴妃雙目通紅地盯著胤禛，眼裡除了恨意再看不到其他。

胤祥在一旁冷冷接話道：「當初若不是妳冤枉小嫂子將她發落至四哥府中為格格，皇阿瑪如何會龍顏大怒將妳禁足景仁宮？一切皆是貴妃自己咎由自取，怨得了誰？」

榮貴妃怨恨的目光寸寸刮過胤祥的臉龐，尖銳的聲音像鐵片摩擦鋼刀，刺得人耳朵生疼：「本宮廢她是因為她狐媚淫蕩與人苟且，罪證確鑿！何來冤枉一說？倒是十三阿哥，你那麼在意做什麼？哈哈，本宮知道了，一定是你也被這小浪蹄子勾引，有了不軌的行為！」目光一轉又落在一臉平靜的胤禛臉上，尖聲道：「四阿哥，他們這樣給你戴綠帽子，你還快不殺了他們！」

「簡直就是胡說八道！」聽她這樣顛倒黑白辱人清白，胤祥頓時氣不打一處來，橫眉怒喝，若非胤禛阻止，他早已一拳揮過去堵住她的汙言穢語。

胤禛自不會因榮貴妃幾句話就懷疑胤祥與凌若，他多疑但絕不笨，榮貴妃這盆髒水潑得那麼明顯，若連這都看不出來，當真枉自做了二十多年的阿哥；不過他也看出榮貴妃對凌若的恨意非同尋常，絕不是區區過節可以解釋。

「妳有話就儘管問吧，過了今天，妳我都不會再踏足景仁宮了。」他示意胤祥放開榮貴妃，退後數步。

凌若略一點頭，看向面目猙獰的榮貴妃，平靜地道：「妳恨我，並非太子妃之故，而是因為我這張臉，對嗎？」

以榮貴妃對自己的恨意，直接追問，她未必肯回答，倒不若裝作早已知道的樣子，引她將事實真相說出來。

榮貴妃悚然一驚，脫口道：「妳怎麼知道？」

凌若淡淡一笑，撫著臉道：「貴妃不會以為紙能一直包得住火吧？儘管認識這張臉的人已經不多了，但絕非只有貴妃一人，還有德妃娘娘。」

這又是一個令榮貴妃恨極的名字，不過是區區一個端茶遞水的奴才罷了，憑著有幾分姿色就勾引皇上，一步一步，竟也讓她位列四妃，與自己平起平坐多年。原以為自己晉了貴妃又執掌後宮大權可以穩壓她一頭，誰想才幾年光景就落到這步田地，枉頂了一個貴妃的頭銜，甚至比剛進宮時還不如。

她冷笑道：「即使妳知道自己像赫舍里芳兒又如何，妳已經成為四阿哥的格格，縱然皇上再喜歡妳、再喜歡這張臉，也絕不會納妳入宮，這輩子都休想！」

赫舍里芳兒……胤禛與胤祥互看一眼，皆從對方眼中看到了無筆的震驚，赫舍里芳兒，那不就是孝誠仁皇后嗎？她十三歲就嫁給康熙，康熙先後立了三位皇后，但她是康熙的結髮妻子，也是他一生中最愛的女子。

當年孝誠仁皇后過世後，康熙不顧群臣反對，堅決立尚在襁褓中的胤礽為太子，以慰皇后在天之靈。

「孝誠仁皇后？原來我竟是像她嗎？」凌若撫著伴了自己十餘年的臉一陣出神，猜到自己可能會像某人，卻絕對未想到會是一朝皇后，難怪當日康熙對自己那麼溫和，必是因為自己令他想到了早逝的孝誠仁皇后。

榮榮貴妃聽出了端倪，顫手指了她厲聲道：「妳誆騙本宮？德妃根本沒告訴妳是不是？」

「不錯，德妃娘娘什麼都沒說，是我故意借話試探妳。」凌若凝聲道。

榮貴妃氣得幾欲發狂。「賤人，敢竟利用本宮，來人！來人！」她的大聲叫嚷終於引來了躲懶的宮人，看到胤禛等人在均嚇了一跳，連忙跪下行禮。這麼多人，竟沒一個看到他們是什麼時候進來的，若真追究起來，怎麼也逃不過一個失職之罪。

「給本宮狠狠摑她的嘴！」她指了凌若咬牙切齒地道。

「我看誰敢！」胤禛上前一步擋在凌若面前，凌厲的目光掃過諸人，每一個宮人皆心驚肉跳，低頭不敢動手。

「四阿哥，你這是要跟本宮作對？你知不知道以下犯上是死罪？本宮隨時可以問罪於你！」

胤禛不置可否，倒是胤祥冷笑道：「問罪我們？那也要妳能見到皇阿瑪再說，可是皇阿瑪禁了妳的足，也就是說，這一輩子妳都不可能見到皇阿瑪，口口聲聲『本宮』、『本宮』，妳真當自己還是高高在上的貴妃娘娘嗎？今日莫說是以下犯上，就是動手打妳又待如何？」

「你！」榮貴妃被他這番搶白氣得渾身發抖，說不出話來。

胤禛搖搖頭對凌若道：「妳已經問到了想要的答案，咱們走吧。」暗無天日且看不到盡頭的囚禁生涯令榮貴妃形同半瘋，與她糾纏根本沒意義。

凌若想了想，抬頭道：「四爺，妾身還有些事想問問她，能否讓妾身與她單獨待一會兒？」

「隨妳吧，記著不要過久。」胤禛允了她的請求，與胤祥一道走了出去，至於那些宮人也被命退下。

宮門徐徐關起，將一切隔絕在外，宮殿終歸於陰森的黑暗之中，凌若靜靜地望著對面一臉怨恨的榮貴妃道：「我不想知道妳與孝誠仁皇后有怎樣的過往，令妳這般恨她入骨，我只想知道，是誰將我與容遠的事告知於妳？」這才是她來這裡的真正目的。

榮貴妃嗤笑一聲：「妳已經誆了本宮一回還想誆本宮第二回？」她一邊說一邊拔下頭上的銀簪子，執在手中一步步逼近，尖銳的簪尖在黑暗中閃過一絲令人心悸的冷芒。「妳知不知道沒有那兩人在場，本宮隨時能取妳性命？」

「困獸之鬥！」凌若看也不看比在自己喉間的簪子，淡淡道：「殺了我妳也要死，妳害我一次，皇上念著舊情尚能饒妳，再害第二次，妳認為皇上還能容妳在世？」

「死就死！」榮貴妃激動地揮手，簪子在凌若的脖子留下一道傷口，很快便有殷紅的鮮血從傷口滲出。「今時今日本宮還會怕死嗎？妳知不知道這一年來，本宮度日如年、生不如死！」最後幾個字她幾乎是吼出來的。

望著指尖殷紅的鮮血，凌若一字一句道：「當初妳若不存害我之心，又怎會落到這步田地？正如十三爺所說，一切皆是妳咎由自取、怨不得他人！」

「咎由自取？哈哈哈，一切都是我馬佳湘繡咎由自取！」榮貴妃喃喃重複著，忽地仰天大笑，渾濁的淚水於笑聲中不斷從眼角滾落。

第四十九章 真相

她張開手，任由染血的簪子落在地上，只是失魂落魄地望著空無一物的雙手喃喃自語，忽地用力抓住凌若的肩膀道：「有一件事妳說錯了，本宮不是恨極了赫舍里芳兒，本宮是怕極了她；那日本宮在這裡第一次看到妳時，真的很害怕，害怕再有一個赫舍里芳兒出現，害怕本宮現在擁有的一切都會化為泡影！」

「皇上愛她至深，當年就因為本宮說錯一句話，皇上就整整冷落了本宮七年，七年啊，本宮最美好的七年就這麼過去了，無人憐惜無人欣賞，夜夜孤枕難眠。最可憐的是本宮的孩子，只是感染了風寒而已，是可以治好的，可就因為太醫不肯來為他診治，耽誤了病情生生就這樣去了。」淚洶湧而下，不斷劃過那張蒼白衰老的臉龐，抓著凌若肩膀的手不斷用力，許久未剪的指甲一根接一根折斷，彷彿這樣才可以減輕她回憶起孩子病逝時的痛苦。「本宮抱著嚥氣的孩兒哭得肝腸寸斷，恨不得死的那個人是自己。」

凌若無言，縱然她恨榮貴妃當初那般害自己，聽到這些話亦黯然無語，可恨之人必有可憐之處，榮貴妃的可憐，就在於她一直活在孝誠仁皇后的陰影下。

許久，她方忍著肩膀上的痛開口：「妳的孩兒固然無辜，那我呢？這一切本與我無尤，可是妳卻硬要將之報應在我身上。」

「能怪誰？要怪就怪妳長了一張與赫舍里芳兒一樣的臉。而且……」榮貴妃放開她，踉蹌著退後幾步，環視著空曠陰冷的宮殿露出一個比哭還難看的笑容。「而且本宮已經得到報應了不是嗎？幽禁在此生不如死。」

「那當初是誰將我與容遠的事告訴妳？妳與太子妃久居禁宮，根本不可能接觸到外界的事物，更何況此事只有少數幾人知道，就算太子妃的阿瑪也不可能知情。」這才是她來景仁宮的真正目的，從被榮貴妃藉故發落的那一天起，她心中就一直有個疑問，到底是誰在暗中加害自己。至於像誰……固然有所疑，但還不至於非要來問個明白，不過是一個藉口罷了。

在將隱忍了多年的痛苦與悲痛發洩出來後，榮貴妃的情緒看起來平復了許多，她拭去臉上的淚痕默然道：「知道又如何，一切已成定局，今時今日的妳根本改變不了什麼，只是徒添痛苦罷了。」

「痛苦也好過一生糊塗。」這是凌若給榮貴妃的答案，然她心中隱隱已有了不好的預感。

榮貴妃盯著她看了許久，眼底的瘋狂漸漸沉澱，直至毫無波瀾，彷彿一潭靜水。哀莫大於心死，她的心早在被康熙禁足的那一天就死了，只是一口怨氣始終不肯消散罷了。

仰頭將目光投向屋頂蒙塵的描金彩繪，這像不像她的人生？曾經輝煌過、榮耀過，而最終都要歸於塵土之中。自康熙六年入宮，至今已整整三十八年，她的人生有一大半是在紫禁城的爭寵奪權中度過，擁有常人不可想像的富貴，同時也承受了難言的苦難……

若可以選擇，她寧願不曾入宮，不曾見君王，如此，她便可以做一個尋常女子，尋一個普通但是疼愛她的丈夫，平平凡凡度過一生。

而康熙，平定三藩、收復臺灣、抵禦外侵，無疑是一個出色到極點的男子，千百年難得一見，這樣的男子不是她所能擁有的，充其量，她只能是無數追尋他身影的女子之一。

「凌若是嗎？」她突然收回目光這麼問，脣角輕輕彎起，看不出一絲戾氣。

「是。」凌若下意識地答應，這是榮貴妃第一次這麼溫和的叫她，儘管說不上是什麼，但直覺告訴她榮貴妃與剛才不一樣了。

榮貴妃緩緩將凌亂的頭髮仔細抿好，直至一絲不亂後方徐徐道：「有時候糊塗未必就不是福，若我如妳一般大的時候能糊塗一些，也許就不會有之後的諸多事端。前車之鑑後事之師，忘記這件事，好好做妳的格格，以妳的容貌以及今日四阿哥待妳的態度，將來未必不能做到側福晉之位。」

這次她未再自稱本宮，言語更是少有的懇切，多有勸戒之意，可見她是當真為凌若好。世事真的很奇怪，誰能想到就在不久之前，這兩人還是生死相見的仇人。

「人可以裝糊塗卻不能真糊塗，否則只怕到死都不知道是誰害了自己，何況他能害我一次，未必不能害我第二次，若貴妃真是為我好，還請明示。」凌若眼中閃過一絲冷光，曾經與世無爭的心，在殘酷的現實裡漸漸磨出了稜角，再回不到從前。

榮貴妃打量了她許久，忽地低低嘆了口氣。「妳說的也有幾分道理，這世間最可怕的就是有心算無心，若不提防著些很容易吃虧。也罷，我告訴妳，那人……就是石秋瓷！」

當榮貴妃吐出石秋瓷三個字時，彷彿有驚雷在耳邊炸響，令她再聽不得其他聲音，只剩下一句支離破碎的話在腦海裡不斷迴響。

算計她……害她的人是……姊姊……

「不！不可能！」凌若回過神來的第一個反應就是否決榮貴妃的話，她緊緊捂著耳朵大聲喊著，彷彿只有這樣才能讓自己相信這不是事實。

榮貴妃看向凌若的眼神帶了幾許憐憫與不忍。「我說過，妳會因此而痛苦。」

凌若用力地搖頭，慌亂道：「不會，不會，我與她相識十餘年，她性子敦厚溫和，絕對不會加害於我。是妳！」她一指榮貴妃，顫抖地道：「一定是妳想要離間我們姊妹，所以才編了這等話來騙我！對，一定是這樣，一定是這樣沒錯。」

這些話與其說是指責榮貴妃，倒不如說是凌若用來安慰自己的話，只有這樣她才可以將秋瓷與害她之人劃清界線。

「知人知面不知心，畫皮畫骨難畫心。我有沒有騙妳，妳心中最清楚。我與太子妃久居深宮，這消息自然是從宮外而來，當時這麼多秀女中，唯一與妳相熟的就只有石秋瓷，唯一知道妳與徐容遠一事的也只有石秋瓷，除了她還能有誰？」

榮貴妃所說的每一個字都像戳到她心裡的鋼針，痛得她幾乎無法呼吸，身子亦像被抽乾了力氣般，軟倒在冰涼刺骨的地上；她望著掉落在手背上的淚珠喃喃道：「為什麼，她為什麼要這麼做？我一直視她為親姊，為何她害我？」

榮貴妃輕輕一笑，仰頭道：「妳不會忘了這是什麼地方了吧，紫禁城啊，天底下女人最多、是非最多的地方，沒有刀光劍影，可是卻有天底下最殘酷的爭鬥，為了權勢恩寵，什麼都做得出來，連親生姊妹都可以背叛，何況是毫無血緣的妹妹？妳實在太天真了。」

第五十章　深宮

她蹲下身，冰涼的手撫過凌若滿是淚痕的臉龐。「石秋瓷的心比妳狠比妳硬，看得也比妳清；她明白自己比不得妳貌美，只要妳在宮中一日便會壓她一日，所以她容不得妳進宮。」

當榮貴妃從凌若口中得知石秋瓷被封為靜貴人時，不由幽幽地嘆了口氣。「這就是我不願告訴妳的原因，以石秋瓷之心計，雀屏中選是必然的。只要她身在君王側，哪怕只是個答應，於妳來說都是君臣有別，妳根本對付不了她。」

凌若死死咬著脣，就算嘴裡嘗到鮮鹹的血腥味亦不肯鬆開，所有的痛與淚都被她忍在喉間。

「回去吧，將我說的話忘記，安安生生做妳的格格，安安生生過完下半輩子，什麼都不要想，想的越多痛苦越多。」榮貴妃心中亦是感慨萬分，當年她若能平和無爭，也許今日就不會是這樣的結局。

「不去想？」凌若喃喃地重複著這三個字，衣袖下十根手指緊緊蜷在掌心，殷紅的痕跡從中滴落。她知道榮貴妃說得沒錯，自己與秋瓷的地位天差地別，縱使再不甘心又能如何，根本威脅不到她一分一毫，可是要當成什麼都沒發生過，她真的做不到，做不到啊……

淚不斷落下，彷彿斷了線的風箏，心中的恨在這連綿不絕的淚珠下始終不能平息，她明知自己入宮是為了家人能過得好些，並無利慾爭寵之心，依然不顧昔日情分，暗施算計。自己一直珍視的姊妹之情，在她眼中原來只不過是可以拿來利用的工具。

好恨！好恨！只要一想到那個虛偽的女人，凌若就恨得幾乎要嘔出血來，蜷在袖中的雙手不住收緊，直至掌心傳出輕微響聲。

望著凌若那恨之如狂的面容，榮貴妃彷彿看到不久前的自己，也是這般怨極恨極，皆是可憐之人，其實天底下又有哪個女子不可憐！

如此想著，她對凌若不禁又同情了幾分，輕聲道：「虎無傷人意，人卻有害虎心，這本就是一個弱肉強食的世界，紫禁城更是如此，吃一塹長一智，此事就當是教訓，往後不要再輕易相信人，凡事都留個心眼，妳……」

說到這裡，榮貴妃看到凌若攤開的掌心，眼皮微微一跳止住了後面的話，原本瑩白如玉的掌心此刻血痕交錯，鮮血不斷從傷口滲出來，猙獰可怖，更有幾片指甲生生折斷在掌中，染血的斷甲令人心悸不已。

「旁人的背叛我可以當作是個教訓，唯獨她不行！我定要她付出代價！」感受著手掌傳來的痛楚，凌若拭乾了臉上的淚水一字一句地道，神色堅定無比。

榮貴妃知道自己再勸無用，只是搖頭道：「妳縱使恨又能如何？她是皇上身邊的人，不論得寵與否都不是妳能對付的。」得寵的妃嬪自然高高在上無人敢犯，縱然失寵也依舊是主子。

看著斷甲掉落在滿是塵土的地上，凌若冷冷吐出連自己都覺得可怖的聲音：「如今不可以不代表將來也不可以，我可以等，一年，十年，二十年我都能等。」

「妳這又是何必呢？冤冤相報何時方有盡頭，縱使十年、二十年又能如何，她依舊是靜貴人乃至靜嬪、靜妃，除非……」後面的話戛然而止，因為那是大不敬，乃至謀逆大罪。

「除非什麼？」雖說不急於一時，但也得有辦法才行，一時之間哪裡能想得到，此刻聽得榮貴妃似乎有辦法，她連忙追問。

榮貴妃只是猶豫了一下便釋然了，如今她還有什麼好怕的，而且第一個不敢說出去的恐怕就是凌若，當下肅聲道：「想對付靜貴人，除非老皇駕崩新皇登基，而且繼位者還得是四阿哥才行，否則終妳一生也不可能對付得了她！」

一旦康熙駕崩，秋瓷便成了太妃，雖依然有個妃字，但再無任何地位可言，且不能再居原有的宮殿，與所有太妃一道遷居壽安宮。若然胤禛能夠繼位為帝，凌若哪怕只是一個貴人，也足以令她求生不得求死不能。

胤禛……登基……

凌若萬沒料到榮貴妃會說出這等在旁人看來大逆不道的話來，覬覦皇位那是殺頭大罪，何況當今聖上早已立下太子，在太子之下，論序位有大阿哥、三阿哥；論賢名有八阿哥，怎麼著也輪不到胤禛來坐那至高無上的寶座。

何況這種關乎大清國運的傳承，她一個小小女子根本沒有插手的餘地，甚至只要露出一絲破綻就會死無葬身之地。

可是榮貴妃說的也沒錯，除此之外，她根本沒有機會對付秋瓷，紫禁城的朱紅城牆如一道不可跨越的鴻溝，將她與秋瓷隔絕成兩個世界的人。

榮貴妃與其說是在告訴她辦法，不如說是在勸她放棄不切實際的想法。皇位根本落不到胤禛頭上，她的報復自然也就成了一場笑話。

見凌若已經動搖，榮貴妃正待再勸幾句，忽地見那個裝束簡單的女子一改適才無助之色，朝自己行了一個大禮，清越堅定的聲音在耳邊響起：「多謝貴妃為我指點迷津。」

望著她倔強至極的臉龐，榮貴妃有一瞬間的失神，心底更浮起一個看似荒誕不經的想法，也許……也許在多年以後，這個看似弱不禁風的女子真的可以影響皇權更替。

她搖了搖頭，將不切實際的想法拋諸腦後，勾起沒有一絲血色的唇角道：「看來我再說什麼妳也不會聽了，罷了，路是妳自己選的，是福是禍就聽天由命吧。天色已晚，妳回去吧。」

凌若也怕胤禛在外面等急了，何況自己想的都已經問清楚了。當下欠了個身，流蘇垂卻，帶著難言的複雜道：「妾身告退，將來若有機會再來看望貴妃。」

雖然廢她的人是榮貴妃，但罪魁禍首卻是石秋瓷，若無她告密，縱使榮貴妃再不願讓她入宮，也找不到理由。

將來……榮貴妃怔忡地望著轉身離去的凌若，宮門再一次被打開。暮色四合，天邊五彩斑斕的晚霞像極了她封貴妃時穿的那件妃紅撚金緙絲繡鸞鳥吉服，那時的自己多麼風光無限，謂曰後宮第一人也不為過；那時的自己從未想過有朝一日會落到這步田地。

時也，命也，興許這就是她的命吧。

望著徐徐關起的宮門，榮貴妃露出一個靜默的微笑，一如初進宮時的她，三十餘年歲月，今日是時候畫上一個句號了。

玄燁，生時你不願見我，那麼死後呢，你可願念在三十餘年相伴的情分下，再來見我一面？

明知不能擁有，依然忍不住戀上，所以她始終超脫不了紅塵萬丈，所以她怕赫舍里芳兒。同樣的，她也羨極了赫舍里芳兒……

康熙四十四年八月十二，榮貴妃馬佳湘繡薨於景仁宮，時年五十二歲。

第五十一章　疑心

得知這個消息的時候，正登上馬車準備離開紫禁城的眾人皆為之一震，尤其是胤禛與胤祥，目光不自覺地望向同樣震驚的凌若，他們是唯一知道凌若去見過榮貴妃，更曾經單獨相處過的人。雖然凌若出來後說只是問一些有關孝誠仁皇后生前之事，但就在他們離開後沒多久，榮貴妃就薨了……無病無災突然去世，必是自盡無疑，凌若究竟與她說了什麼，竟令榮貴妃自盡。

「啊——啊——」遠處有數隻昏鴉撲著黑色的翅膀飛過暮靄沉沉的天空，落在宮牆屋頂上，黑羽飛落，帶來無窮無盡的蒼涼與落寞。

紫禁城的朱紅宮牆圈禁了無數女子，終她們一生也走不出這個精緻華美的牢籠；後宮佳麗三千，最終能夠成為人上人的不過寥寥幾人，其餘的皆淹沒在無情歲月中，根本不會有人去理會她們的生死。

康熙是念舊情的，雖然於榮貴妃有怨，但念在她陪了自己三十餘年，終是保全了她身後的尊榮，以貴妃儀制治喪，諡號榮惠，停梓七日後下葬妃陵，而他也於下葬那日去見了榮貴妃最後一面，想來榮貴妃泉下有知也該安慰了。

回到淨思居後，迎上來的水秀等人被凌若難看的臉色嚇了一跳，忙問其可是出了什麼事，凌若搖頭不語，正歇息間，李衛進來回話說溫格格來了。

若說貝勒府中最得凌若信任的，除了淨思居這些人外，必是溫如言無疑，且她的救命之恩更令凌若備感溫暖視若親姊。可眼下她卻頭一回起了疑心，連相交十餘年的石秋瓷都可以翻臉無情，更何況認識尚不足一年的溫如言，真的能夠相信嗎？

「姑娘，可要請溫格格進來？」李衛見她遲遲不發話，面色瞧著也不對，遂小心翼翼地問。

凌若閉目輕輕敲著桌面，與溫如言相處的點滴在腦海中一一閃過，儘管瞧不出什麼破綻，但一朝被蛇咬，十年怕井繩，這個心結她終是越不過去，同樣的一時半會兒也不知道該如何面對溫如言，想到這裡她睜開了眼，漠然道：「去告訴溫格格說我今日累了，讓她先回去，改日再敘。」

聽到這話，李衛等人頓時愣了一下，往常姑娘聽得溫格格來，高興都來不及，而今卻避而不見，進了一趟宮怎麼覺著姑娘好像變了個人似的，難道宮裡發生了什麼事？眾人面面相覷，以目光詢問唯一跟凌若一道入宮的墨玉，可墨玉自己也是一頭霧水摸不著頭腦。

溫如言得了李衛回話後微微愕然，她是頭一遭在凌若這裡吃閉門羹，隱隱覺著有些不對，難道有什麼難言之隱不方便相見？但凌若不肯見，她也無法問個究竟；頷首待要離去，旁邊的素雲忍不住憤憤地啐了一口，低聲道：「剛封了庶福晉就翻臉不認人，真沒想到竟也是一個勢利小人，虧得姑娘之前那麼照顧她。」

李衛雖也覺得自家姑娘的做法有欠妥當，但聽得旁人辱及姑娘還是忍不住出言反駁：「休得胡說，我家姑娘豈會……」說到這裡他忽地反應過來，張口結舌地問：「等等，妳……妳剛才說什麼，庶福晉？我家姑娘？」

凌若被德妃特賜為庶福晉的事，他們剛一踏入貝勒府就傳得沸沸揚揚，溫如言也是因為聽到這個消息心生歡喜，才迫不及待的趕來，至於淨思居的消息則晚了一點，墨玉也一直沒機會說。

素雲不顧自家姑娘的勸阻，一臉鄙夷地道：「果然有什麼樣的主子就有什麼樣的奴才，你主子會裝你也會裝，庶福晉有什麼了不得的——」

「住嘴，連我的話也不聽了是嗎？跟我回去。」溫如言一臉薄怒地打斷素雲的話。

「是。」見姑娘動了真怒，素雲不敢違逆，狠狠瞪了還沒回過神來的李衛一眼，跟在溫如言身後離開了。

就在轉身的那一剎那，溫如言看到虛掩的門後人影閃動，雖然只是匆匆一瞥，但還是能認出凌若無疑。她就在門後卻避而不見，到底這一趟入宮發生了什麼事，令她刻意疏遠自己？

溫如言帶著滿心的疑慮走了，至於凌若，她站在門後，將外面的話聽得一清二楚，包括素雲那番指責。她仰頭看著漆畫的頂梁，嘴裡說不出的苦澀。

溫姊姊，我可以相信妳嗎？相信妳不會背叛，相信我們可以做一輩子的姊妹？

淨思居的人從墨玉口中得知凌若已被封為庶福晉，皆是歡喜不已，只是礙於凌若神色不對不敢驚擾，但每個人臉上皆是掩不住的喜色，從今往後他們終於可以光明正大稱姑娘一聲主子了。

墨玉喚過小路子：「姑娘這回進宮見了靜貴人，她賞了好些個東西下來，皆在馬車上，你隨我一道去把東西搬下來，裡面還有幾盒金絲血燕，等會兒記得拿一盒到廚房給燉上。」

「不必了。」小路子剛要答應，一個冷凝的聲音搶在他前頭道：「把這些個東西全鎖到庫房去，沒我的命令誰都不許動。」

說話的正是凌若，她回過神來，緩步至椅中坐下，墨玉以為她是不捨得吃這些東西，遂笑道：「主子，靜貴人賞的東西雖然名貴，但終歸是拿來用的，放久了反而不新鮮；何況這陣子雨多潮溼，若是因此受潮發霉那多可惜。」

「我叫妳鎖進去沒聽到嗎？」凌若心中厭惡，聲音不由得含了一絲怒氣。

一直以來她待下人都是和顏悅色，而今突然動怒令諸人為之心驚，慌忙跪地請其息怒，墨玉更是慌忙道：「奴婢愚笨，請主子息怒，奴婢這就去將東西鎖到庫房去。」

看著誠惶誠恐的墨玉等人，凌若靜了靜紛亂的思緒，示意他們起來。「不怪你們，是我自己心中不快，將東西鎖進去就是了。」待要揮手讓他們退下，她忽得心中一動，揚臉道：「去將李衛也叫進來，我有話要說。」

要想讓石秋瓷付出應有的代價，絕非一朝一夕所能做到，同樣也絕非憑一已之力能做到的，論親近，非墨玉這些日夜在身旁伺候的人莫屬，且往後要倚靠他們的地方還有很多，與其到時候遮遮掩掩，倒不如現在說明白的好，若真有那二心的，也好早些發現。

待李衛進來後，凌若命人將門窗皆關好，正色道：「你們幾個皆是在我身邊伺候的，也是我最信任之人，而今我有一件關係極大的事要和你們說，這件事可能會危及你們的性命，若你們當中有不願聽的，就站出來，主僕一場我絕不為難，甚至可以為你們向貝勒爺求一個好去處；但是……」說到此處，她話鋒一轉，含了幾分狠厲在裡面：「若過了今日卻讓我發現你們生出背叛之心，絕不輕饒！」

眾人心中一凜，情知她要說的話必然非同小可。墨玉最是乾脆，直起身子道：「奴婢說過要陪在主子身邊，不論何時都不會改變。」

凌若點點頭，目光掃過恭恭敬敬伏在地上的幾人。「那你們呢？」

李衛磕了個頭說道：「只要主子一日不嫌棄奴才，奴才就一日陪著主子，主子去哪裡奴才就去哪裡。」

小路子知自己說話不流利，是以李衛剛一說完他就忙點頭道：「奴才……奴才也……也是。」

「還有奴婢們。」水秀與水月齊聲道：「主子不只待奴婢們好，還讓李衛教奴婢們念書識字，真正將奴婢們當人看待，雖然才學了沒幾天，但是奴婢們也知道什麼叫禮義廉恥、孝悌忠信；這輩子絕不敢做出背叛主子的事！」

第五十二章　休戚與共

見沒有一個人心生反意，凌若心中湧起一陣感動，深宅大院之中並非盡是些薄情寡義之輩，也有重情重義者，老天總算待她不薄。

隨即她將景仁宮發生之事細細說來，在這偌大的貝勒府裡，她所能信任的也唯有眼前這些人了。墨玉等人皆知自家主子是被人陷害才委身四貝勒府為格格，卻萬萬沒料到陷害她的人，竟是凌若常提在嘴邊的那位靜貴人，怪不得回來後面對靜貴人賞的那堆東西連看都不願看一眼。

墨玉是見過秋瓷的，先前還覺著她人挺好，現在才知道她口蜜腹劍，這次若非榮貴妃說起，只怕主子終其一生都不會知道害自己的人到底是誰，還會懵懂的信任甚至感激她，真是想起來都覺著可怕。

水秀一臉嫌惡地道：「主子您既然已經知道靜貴人是什麼樣的人，那往後可得離她遠點，省得她再想招數害人。」

「是啊。」墨玉也在一旁附和：「這種人太可怕了，奴婢光是想就毛骨悚然。幸好現在她是皇上的人，與咱們沒什麼關係，否則真要食不知味、睡不安寢了。」

凌若看了她們一眼，意味深長地道：「若我不願就這樣算了呢？」

水秀與墨玉相互看了一眼，不知她這是什麼意思，倒是李衛沉默良久，低聲道：「主子可是想要對付靜貴人？」

對於李衛能猜到自己的心思，凌若並不意外，眾人之中論心思縝密者非李衛莫屬，且他識文斷字，遠非一般奴才所能比，說起來讓他做個奴才實在是委屈了。

她當下點頭，拂袖起身，靜悅的聲音清晰傳入每一個人耳中：「這世間口心懷鬼胎、口蜜腹劍的並不是只有靜貴人一個，咱們府中就有不少，若每一次都避而遠之，縱然天下再大也無容身之所。」說到這裡她輕輕嘆了口氣：「我已經站在懸崖邊了，退一步換來的不是海闊天空，而是粉身碎骨。」

「奴婢愚昧。」墨玉和水秀一臉通紅，雖然凌若並非有意說她們，但想到自己適才一心息事寧人的態度，便覺臊得很。

「無妨，起來吧，還有你們幾個也都別跪著了。」凌若看向垂首不語的李衛柔聲道：「你覺得此事可行否？」

這個問題顯然很難回答，李衛沉吟了很久方才面帶難色地道：「恕奴才直言，靜貴人如今是皇上的寵妾，縱使貝勒爺見了也要行禮，主子想要對付她實不比登天易。不過……」

「不過什麼？」凌若撫著繡有胡姬花的領襟問，神色間有幾分期待。

「不過並非全無機會，就看主子等不等得了。」李衛咬咬牙豁出去道：「當今聖上雖尚值盛年，但畢竟已五十有餘，恕奴才說句大不敬的話，一旦皇上龍馭賓天，這靜貴人便成了先帝遺妃，只要她不是太后那便好辦了。所謂太妃不過是被遺棄了的嬪妃而已，根本沒有地位可言。」

見他停下了話語，凌若微微一笑，似不經意地道：「可是我依舊沒有機會，她是太妃，而我只是一個庶福晉，依舊是四面紅牆遙遙相隔。」她知道他必然想到了唯一的辦法，只是顧忌太多無法說出口而已。

李衛內心確實在不斷掙扎，後面的話等同謀逆，若傳了出去難逃死罪，而且給主子指這麼一條不歸路未必是好事，甚至會害了主子，可除了這條路，他再想不到其他。

凌若靜靜站在沉香長窗前沒有出言催促，許久，李衛終是狠下了心，算了，死就死吧，再難走總是有一條路，有那麼一線曙光，總好過主子將來走偏了。只見他抬起頭沉聲道：「那若登上帝位的是貝勒爺呢？」

聽得這般大逆不道的話，除了凌若鎮定自若外，餘下者皆是被嚇得不輕，小路子趕緊上去捂住他的嘴慌聲道：「你瘋了，這種話也敢說出口，莫道皇上春秋正盛，即便龍馭賓天也有太子繼位，怎麼著也輪不到貝勒爺！」急切之下，這些話脫口而出倒是半點也不結巴。

李衛也是破罐破摔了，抓下小路子的手瞪眼道：「你以為太子之位很穩嗎？」此言一出，莫說小路子等人，即便凌若也為之側目。「此話怎講？」

李衛嘆了口氣道：「奴才雖然一直在貝勒府裡，但對外頭的事也有耳聞，恕奴才說句不該的話，太子論賢名不及八阿哥；論才學不及三阿哥；論才幹更不及貝勒爺；他能成為太子只因其母為孝誠仁皇后。可是皇上選的是下一任皇帝，關乎大清百年國運，怎能因一已喜好而枉顧江山社稷？昔日立其為太子，皇上未嘗不是抱著極大的期望，親自教導習政，希望可以培養出下一個明君，可是觀太子這些年來的所作所為，與皇上年輕時天差地別，奴才不信皇上對他全無失望，雖然現在皇上身子還健碩、尚有時間，但想來太子也是如坐針氈，提心吊膽，唯恐皇上對他不滿。」

凌若吃驚地看著他，彷彿第一次認識對方，良久徐徐吐出憋在胸中的一口濁氣，看來她還是低估了李衛，能憑隻言片語，便將事情分析得如此透徹，心思縝密通透非常人可及，實在是一個難得的可造之才，若非一場大水毀了一切，說不定他已經考取功名，在官場上展露崢嶸。

「可這跟貝勒爺又有什麼關係？」水秀還是沒怎麼明白，傻傻地問了一句，話音剛落腦袋上便挨了一下，卻是李衛，瞪了眼道：「妳笨啊，若皇上不滿意太子，妳說皇位會傳給誰？」

水秀恍然大悟，張著嘴大聲道：「我知道，我知道，是其他皇子！」這一句話聽得眾人心搖神馳，貝勒爺也是龍子鳳孫，額娘又是當今四妃之一，若真要傳位其他皇子，貝勒爺未必沒有機會。

「只要一日新君沒有登基，貝勒爺就一天有機會，奴才只是怕……」李衛欲言又止，面上帶有幾分難色。

「怕貝勒爺沒有爭位之心？」凌若望著穿過窗紙滲進來的沉沉暮色，脣角漸漸勾起，露出一抹傾城之色。「時間可以改變很多事，現在說這些為時尚早。」

李衛與眾人對視了一眼，一道跪下，正容道：「奴才們自知人微言輕，但只要主子有吩咐，奴才們必將赴湯蹈火，在所不辭。」雖沒有言明，但他們不是傻子，都知道凌若要選的是哪一條路，儘管很艱難，但是答應了就再無反悔之理。

「好！好！」凌若含了笑一一扶起眾人。「從今往後我們休戚與共，禍福同享。」

第五十三章　入府

日子在平靜中緩緩滑過，由初秋漸入深秋。這些日子胤禛似乎比以前更忙了，經常三更半夜才回府，就算回了府也待在書房，只有累極的時候才會睡上幾個時辰，更甭提召寢之事。

至於胤禛在忙什麼，府中知道的人並不多，凌若算一個，只因她常去書房伺候，有意無意間總會看到一些往來公文，再加上胤祥又經常出入，言談間經常提起的無非兩件事，一是兵餉，一是黃河。

先前撥給兵部的那些銀子已使得差不多了，按理說現在正是秋賦時，各省各府收上來的稅賦上繳國庫，戶部理應銀錢充裕，可將先前拖欠的糧銀兵餉給補上，哪知戶部還是在那裡叫窮，太子又不肯管，實在被逼急了就叫他們自己看著辦；可沒他的手令，他們又不能查戶部，總之是一拖再拖，實在叫人頭大。

這邊事還沒平息，河南一地因入秋以來氣候反常、連日大雨，導致黃河水位不斷上漲，因泥沙淤積，為防決堤，朝廷連年加固加高堤壩，多年下來黃河水位已經高過四周的房屋田地，一旦決堤，造成的損毀將不堪設想，朝廷已經派了欽差前去巡察，但大雨不停，只怕後果堪虞。

一場洪水下來，毀的何止是財帛還有性命，到時候不知又有多少人家破人亡、流離失所，李衛是親自經歷過的，凌若常從他嘴裡聽說當時的慘況。

胤禛不只知曉其中厲害，更明白一旦大災釀成，朝廷將將為此支付高昂的代價，且以戶部現在這般模樣，胤禛甚至懷疑是不是有人貪贓枉法、中飽私囊，否則何至於如此。

他與胤祥原是想將此事上奏天聽的，可惜並無真憑實據，更重要的是皇阿瑪已將戶部交由太子打理，他們越過太子直接上奏，便是對太子不敬，若因此起了嫌隙，豈非壞了多年的兄弟情誼？為著這件事他也很為難。

他一邊要想辦法從戶部要銀，一邊要關注黃河一帶情況，甚至還要安撫對太子日漸不滿的胤祥，實在是忙得焦頭爛額。

為著這事，連中秋節都沒心思過了，不過胤禛倒是記著凌若家人入府的事，原是前些日子就要入府的，哪知凌若額娘感染了風寒臥病在床，直到現在才痊癒。

見胤禛百忙之中還記著自己的事，凌若一陣感動，自知道後便日日盼著這一天快些到來。

九月初四，自清晨起便下起了濛濛細雨，涼意漸盛，晌午時分，一輛老舊的馬車停在貝勒府門前，從上面下來一對年逾四旬的夫婦。

「老爺，若兒就在這裡嗎？」富察氏望著貝勒府幾個字顫聲問，眼中噙滿了激動歡喜的淚水。

凌柱拍拍她的手，強按下眼中熱意點頭道：「對，若兒就在這裡，妳很快就能見到她了。」

富察氏歡喜不已，取下絲帕拭去眼角的淚痕，終於就要看到女兒了，她已經近一年沒見過女兒了，也不知她現在怎麼樣了。當初得知女兒被賜給四阿哥為格格時，她的心都快碎了，朝官之女淪為無品無階的侍妾，簡直就是一種侮辱與諷刺，所幸……所幸前些日子得了消息說若兒已被晉為庶福晉，總算有些安慰。

「哇，好大好漂亮，簡直就跟皇宮一樣。」清脆的女孩兒聲在他們身邊響起，是伊蘭。她從馬車中探出頭來望著飛簷捲翹、寶瓦琉璃的貝勒府驚嘆，秋雨濛濛為它籠上一層不真實的氤氳，顯得格外壯闊華麗。伊蘭看得移不開眼，朱紅色的府門，威武的石獅子，還有帶刀的守衛，這裡比他們家實在好上太多了。

「真沒見識。」榮祥沒好氣的把擋在前面的伊蘭推開，「蹭」一下從馬車中跳下來，站在凌柱邊上老氣橫秋地比劃道：「皇宮有養心殿、體元殿、奉先殿等等，還有東西十二宮，可比這裡大多了。」

伊蘭一噘嘴巴不服氣地道：「哼，你又知道了，明明自己也沒去過，在這裡瞎神氣什麼。」

「我雖然沒去過，但是聽阿瑪說的多了。等將來我長大了，也要考取狀元入朝為官。」榮祥仰著下巴得意洋洋地道。

伊蘭用手指在臉上劃道：「你連《論語》都還沒背會呢，就大言不慚說要考狀元，真是羞羞。」

「好了好了，在家裡還沒吵夠嗎，到了這裡還要吵，真是沒規矩。」凌柱拉住他們兩個喝斥。

見凌柱發話，兩個小人兒不敢多言，互相瞪了一眼把頭扭到一邊不搭理，正在這時，一個青衣小帽、下人打扮的年輕男子從貝勒府裡面出來，看到凌柱幾人面露喜色，快步過來衝凌柱拱手道：「敢問您可是凌柱凌大人？」

所謂宰相門前七品官，何況是貝勒府中來人，凌柱不敢托大，連忙還禮道：「正是，不知這位如何稱呼？」

李衛笑一笑道：「不敢，奴才賤名李衛，是負責伺候凌福晉的下人，大人喚奴才小衛子就是了。福晉已經在府中盼望多時，凌大人和凌夫人還有公子、小姐若無事的話，請隨奴才進去吧。」

「好！好！有勞小哥在前面帶路。」想到馬上就能見到女兒，縱是凌柱也難捺心中激動，攜了富察氏快步往裡面走去，一刻也不願耽擱，一年未見，不知女兒怎樣了，是否真如書信中所言一切安好。

入了府立時有早已候著的下人遞上油紙傘供遮雨之用，這油紙傘比之一般人家用的精緻許多，除了傘紙上印有江南煙雨，山水美景之外，傘柄處更綴有流蘇，轉動間流蘇飛散，如花飄零。

伊蘭一邊把玩著傘一邊東張西望，這貝勒府裡的一切對她來說都是新奇好看的，一路走來可見小橋流水、四時花令，甚至還有亭臺水榭，真的好漂亮，剛才路過池子時，她還看到水中有錦鯉游動，於細密的秋雨間帶起一抹耀眼生花的金色。

「榮祥，你說我們要是生活在這裡該有多好。」伊蘭蹦蹦跳跳地說，她已經被這裡的奢華精緻吸引，與他們家相比，這裡無異於皇宮，而且生活在此有人伺候，自己什麼都不用做，聽那個小衛子說姊姊身邊現在有五個人呢，連吃飯、穿衣都有人服侍。

「不要。」榮祥皺了皺鼻子，硬邦邦地蹦出這麼兩個字來。「阿瑪說過，一入侯門深似海，這裡固然吃的好、穿的好，可是規矩同樣大，走到哪裡都有人看著，一點自由都沒有，不如咱們自家的院子舒服。」

這一路走來，不時會遇到府裡的下人，那些人在看到他們一身尋常打扮後，或多或少皆露出鄙薄之色，哪怕經過他們身邊時，也故意抬高了下巴裝作沒看到，這種輕蔑令榮祥心裡非常不舒服，若非是為了見姊姊，他恨不得掉頭就走。

伊蘭沒好氣地翻了個白眼給他，粗人一個，連好壞都不會分，她懶得再理。

第五十四章　相聚

說話的工夫他們已經到了淨思居近前，隔著老遠便看到有人站在院門前左盼右顧，神色焦灼，不是凌若又是誰？她身後站著墨玉，一把淺青色底子繪櫻花的油紙傘為兩人擋住漫天細雨。

遠遠看到人過來，雖然隔著朦朧的雨幕看不清，但凌若知道那必定是她的阿瑪、額娘，身子激動地不住顫抖，鼻間更有無盡的酸澀，盼了那麼久終於讓她盼到這一日，自入府以來，數百個日日夜夜，她沒有一刻不在思念家人，擔心父母手足是否安好，會否因為與她分離而傷心。

絲帕輕輕拭去凌若不知何時滑落臉龐的淚珠，耳邊是墨玉關切的聲音：「主子，今兒個是高興的日子，您千萬不要哭，否則教老爺夫人看到了豈非更難過。」

「我知道，不哭，我不哭。」凌若手忙腳亂地拭去眼角的淚，唯恐被看出端倪，偏偏越是不想哭這淚就越忍不住，像決堤了的河水一般洶湧而出，直將一方絲帕都給浸溼了。

「阿瑪！額娘！」在迷離淚眼中，她終於看清了凌柱夫婦的身影，快步迎上去，內心悲喜交加，更有深深的內疚在其中。相別才一年而已，阿瑪的鬢角就多了許多白髮，而額娘也明顯蒼老了許多，必然是因這些日子過於操勞傷神之故。

「若兒！」思女心切的富察氏哪還忍得住，就要過去抱住從未離開過身畔的女兒，然凌柱緊緊拉住她的手，垂首行禮道：「臣凌柱夫婦攜子女見過凌福晉，福晉萬安。」

凌若先是一愣，旋即明白過來，自己如今已是皇子妾室，雖不及宮中人那般尊貴，但也非尋常人可及，對凌柱而言，她先是四皇子的福晉，才是他的女兒。

「阿瑪、額娘快快請起。」凌若強忍淚意道，待兩人直起身後方哽咽道：「女兒不孝，讓兩位老人家操心了。」

富察氏不住搖頭垂淚，千言萬語，一時間竟不知如何開口，只是緊緊握了凌若的手說什麼也不肯鬆開，兒啊，她的兒啊。凌柱雖未說話，但能看得出他也是萬分激動，雙脣不住顫抖。

「姊姊！」

「姊姊！」隨著這兩個聲音，榮祥與伊蘭從富察氏身後上前，猶如燕子一般撲進凌若懷中，扭結糖似地在她身上蹭個不停，親熱地不得了。

「姊姊，我好想妳啊，妳想不想蘭兒？」伊蘭嬌憨地抬起頭，雙眼笑得瞇成了一條小月牙。

榮祥不甘落後，嚷嚷著：「還有我！還有我！姊姊不在都沒人陪我玩了。」

「想！都想！」儘管衣服被蹭得一團皺，但凌若絲毫未有不悅，反而是許久未有過的開心與輕鬆，這就是她的家人，血脈相連的至親，縱然天各一方也斬不斷、割不捨的至親。

她比了比兩人身高，寵溺地笑道：「才一年不見就長高了許多，尤其是榮祥，都快趕上姊姊了。」

榮祥得意地挺了挺小胸脯正要說話，卻被凌柱一眼瞪了回去。「告訴你們多少回了，到了貝勒府要守規矩，切不可亂來，怎麼依然這樣沒規沒矩？還不快回來站好給凌福晉行禮！」

凌若攬了頗有些不情願的榮祥與伊蘭笑道：「該行的禮剛才已經行過了，如今我是阿瑪、額娘的女兒，是榮祥他們的姊姊，弟妹與姊姊親熱是理所當然之事。」說到這裡，她往後望了一眼，奇怪地道：「咦，大哥呢，他怎麼沒來？」

富察氏聞言眼睛又是一紅，欲言又止，李衛見狀忙湊上來道：「主子，咱們還是進去再說吧，這雨雖然不大，但密得緊，夫人身子剛好，可不能再淋雨了。」

經他這麼一提醒，凌若方才省悟過來說了這麼許久話，竟一直站在外面，雖然有傘遮著，但風吹雨斜，遮了一邊沒另一邊，只這會子工夫諸人身上便已溼了一片。凌若連忙將他們迎了進去，待一一落坐後，又命人奉了茶，方才再度問起榮祿今在何方。

凌柱嘆了口氣，看著她道：「妳先回答阿瑪一件事，當日妳是否存了心要入宮，而非原先所說的應付了事？」

富察氏亦道：「是啊，若兒，以妳的聰慧，要避免鋒芒並非難事，妝容更是可以醜化，為何……」

「為何最終為榮貴妃所忌是嗎？」凌若轉著手裡的青花瓷盞靜靜承認：「不錯，女兒當時確是改了初衷，想要留在宮中。」

「可是因為妳大哥之事？」這一回凌若沒有回答，但凌柱知道她這是默認了，見自己果然猜對，他連連搖頭，痛心疾首地道：「妳這又是何必！不管怎麼樣都有阿瑪在，阿瑪會想辦法幫妳大哥解開困局，何苦要賠上妳一生的幸福！」

「阿瑪還有辦法嗎？」凌若淡淡地問了一句令凌柱啞口無言的話。

確實，他當時已無法可想、無路可走了，只能眼睜睜看著兒子的前程毀於小人之手，可即使如此，他也不願用女兒的幸福去換取榮華富貴。

凌若扶了扶鬢髮上鬢翅皆全的雙蝶穿花珠釵道：「阿瑪在朝中被人排擠，大哥明明是庶起士之才，卻被外放江西任按察使經歷毀了大好前程，您要女兒視若無睹，女兒做不到。」說到此處她又嘆了口氣。「原以為只要我入了宮，太子妃一脈便不敢輕舉妄動，誰想卻被他們搶先一步，尋了個緣由將我剔出秀女名單。」

見女兒如此懂事，凌柱既欣慰又難過，十六歲本當是天真爛漫不知愁的時候，無奈他這個阿瑪沒用，要女兒小小年紀就為家中操心，搖頭道：「說到底還是阿瑪害了妳。」

「阿瑪無需自責，這條路是女兒自己選的，不論結果如何，女兒都不會怪怨於人。何況……」她噙了一抹微笑在脣畔道：「何況自入貝勒府以來，貝勒爺待女兒極好，否則也見不到阿瑪、額娘。」

「那就好。」凌柱點點頭，心中總算有了幾分安慰，外間雖四處傳言說四貝勒爺為人刻薄寡恩，無情無義，但凌柱好歹為官多年，知道朝堂之上所聽，甚至連所見也未必屬實。一個人心中就有一種是非黑白。在他看來，胤禛多年在朝中的所作所為，雖有不少遭人詬病的地方，但論才幹卻是極為突出，還心懷百姓，敢為人所不敢為之事，是朝中近年少有的真正做實事之人。

凌柱捧茶在手，於茶霧繚繞間解開了凌若心頭的疑問：「妳大哥在年後就去江西赴任了，他說為官者不應為權勢榮華，而當為天下百姓謀福祉。他還說讓妳放心，縱然遠離京城，也必當做出一番成績來。」

「大哥能想明白自然最好。」凌若放下了提在喉嚨的心，她真怕大哥會過不了心中那道坎。天高任鳥飛，海闊憑魚躍；大哥年紀輕輕便能夠寵辱不驚，將來成就必不可限量。

他們說話這陣子工夫，榮祥已經將小几上的幾盤點心悉數吃了個乾淨，拍著鼓鼓的小肚皮，意猶未盡地道：「姊姊這裡的點心可真好吃，我還想吃。」

凌若寵溺地捏捏他筆挺的鼻粱道：「你若喜歡，晚些走的時候姊姊讓廚房多做一些給你帶著。只是現在可不能再吃了，否則撐了肚子還怎麼用午膳，姊姊知道你要來，特意讓廚房備了你最愛吃的五彩牛柳和八寶野鴨，很好吃的哦。」

「真的嗎？」聽到這兩個菜，榮祥的眼睛一下子就亮了，使勁往肚子裡嚥了口唾沫。他現在正是長身子的時候，胃口極好又愛吃肉食，只是家中不富裕只能偶爾吃上一頓，有時候實在饞極了，就央榮祿偷偷去山上打點野味，也虧得榮祿雖然習四書五經，但滿人出身的他同樣自小學習騎射之術，三不五時就能打到一隻野鴨或山雞。只是現在榮祿外放江西，榮祥又小，凌柱怕他一個人上山會出意外，是以堅決不讓他私自外出，可把榮祥饞壞了。

「姊姊妳儘管放心，他肚子大著呢，待會兒保準他吃的比誰都要多。」伊蘭親暱地抱著凌若的胳膊道。自進來後她就一直黏在凌若身邊，不時撫一撫她身上柔軟光滑的錦緞，眼中盡是豔羨之色，姊姊如今所穿所戴的東西都好精緻、好漂亮，她若也能像姊姊一般該有多好。

凌若莞爾一笑，撫了伊蘭嬌嫩如花的臉頰正要說話，有人推門進來，卻是水秀，只見她欠身恭敬地道：「主子午膳已經備好了，是否現在起膳？」

入秋以後天氣漸涼，為怕菜肴冷卻失了該有的味道，廚房每做好一道菜都會以銀蓋覆之保其溫度，待要用膳起方才起蓋，故稱之為起膳。

凌若微一點頭，朝凌柱與富察氏笑道：「說了這麼許久的話，阿瑪跟額娘也該餓了，不如咱們先去用膳？」

「也好。」凌柱剛一答應，榮祥就跳起來拍手歡呼：「好啊，有牛肉和野鴨吃了。」

看著他饞極的模樣，凌若既覺得好笑又覺得心酸無比，堂堂朝廷官員卻連牛肉、野鴨這等尋常之物都無法天天吃，說出去只怕沒人相信。

「走吧，姊姊帶你過去。」她一手牽著伊蘭，一手拉過榮祥略有些粗糙的小手，與凌柱夫婦一道往偏廳走去。

小路子與水月早已候在偏廳，偌大的圓桌上擺滿了一道道佳餚，等他們一一落坐後才起膳，一個開蓋一個報菜名，菜十二品：花菇鴨掌、五彩牛柳、佛手金捲、炒墨魚絲、草菇西蘭花、山珍刺龍芽、蓮蓬豆腐、奶汁魚片、鳳尾魚翅、紅梅珠香、宮保野兔、繡球干貝；湯一品：龍井竹蓀；餑餑二品：肉末燒餅、龍鬚麵。

為著今日這道午膳，凌若數日前便去廚房交代過，每一道菜都是她親自定的，還特意封了個紅包給廚子，務求盡善盡美。

桌上每一道菜都色香味俱全，看得榮祥和伊蘭直了眼，他們長這麼大從未見過一頓飯這麼多菜，正當他們以為菜肴都齊了的時候，有兩人從外頭抬了一個紅漆托盤進來，上面擺著一隻剛剛烤出來的乳豬，色澤金黃，香氣撲鼻，還在冒著熱氣。

看到那隻烤乳豬，凌若柳眉微微一蹙，她倒是點過這道菜，不過廚房說乳豬近日所得極少，除了份例之外只怕供應不上，是以便撤了，怎得現在又端來？

凌若不認識那兩個人，卻認識跟在他們之後進來的人，正是嫡福晉身邊的三福，他進來後朝凌若打了個千兒道：「奴才給凌福晉請安，凌福晉吉祥。主子知道今日凌福晉家人過來，特命小的將供應給含元居的烤乳豬送過來，請凌老爺和凌夫人享用。」

凌若還沒來得及推辭，三福已含笑道：「主子說了，凌福晉的家人等同於她的家人，盡些心意是應該的，她本該親自過來，只是無奈近幾日頭疼病犯了，動不得身，只能差遣奴才過來，請凌福晉千萬不要推辭。」他故作可憐地道：「主子可是發話了，若奴才不能完成這樁差事，那奴才也不用回去交差了。」

這自是玩笑之話，不過那拉氏的這番心意卻令凌若心頭微微一暖，感激道：「那我就恭敬不如從命了，煩請替我謝謝嫡福晉，改明兒再去給她請安。」

「奴才記下了。」三福答應一聲又道：「還有一件事，主子讓奴才問一問凌福晉，府裡請了外頭的戲班子，三日後在清音閣唱戲，據說這戲班最拿手的一齣戲是穆桂英掛帥，不知凌福晉可有興趣聽？」

「自然有興趣，到時我一定過去。」凌若含笑答應，又命水秀取銀子賞了三福，三福謝過，將專門用來切乳豬的刀交給小路子後垂手退下。

小路子用刀將乳豬細細切好後，拿小碟子盛了一一端到諸人面前，榮祥最是高興不過，二話不說拿了筷子便夾著吃。這烤乳豬取的是剛產下一月內未斷奶的豬崽，因著不曾吃過五穀雜糧，是以肉質極嫩兼有一股奶香，而在烤製中廚子又添加了諸多祕製醬料，令這肉吃在嘴中滋味無窮，連不甚愛吃肉食的富察氏都吃了好幾塊，更不需說嗜肉如命的榮祥，話也顧不得說只一味埋頭苦吃，長這麼大，他何曾吃到過這般美味的烤肉。

凌柱嘗過之後亦是對其大加讚賞，直言比以前同僚請客時在酒樓吃到的烤乳豬好吃數倍。凌若笑著夾了一筷青魚魚尾上的肉到富察氏碗裡，瞥見伊蘭托著腮幫子發呆，奇道：「蘭兒怎麼不吃菜，可是不合妳胃口？想吃什麼告訴姊姊，姊姊讓人給妳做去。」

伊蘭搖搖頭，盯著凌若看了半晌後，跳下椅子走到她旁邊，睜著墨水晶般的眼睛小聲道：「姊姊，我也想來聽戲，可以嗎？」

「這……」凌若沒想到她會提出這麼一個要求來，一時間有些難以回答。

正在她為難之際，凌柱「啪」的一聲放下筷子瞪眼喝斥：「胡鬧！妳以為貝勒府是自己家嗎？想來就來想走就走？快坐好，不許再煩妳姊姊。」

凌柱素來待子女極好，重話也少有一句，現在見他板了臉喝斥，伊蘭倒是不敢頂嘴了，悶悶不樂地坐回到位子上，嘴裡小聲嘟囔：「不行就不行，幹麼這麼大聲凶人家。」

坐在旁邊的富察氏輕聲安慰：「別不高興了，妳想看戲的話，額娘帶妳去戲園子看就是了，別難為妳姊姊，乖！」

「那個地方什麼樣的人都有，我才不要去呢！」伊蘭轉過頭不高興地說，貝勒府專程請來的戲班子，跟外頭那些品流複雜的戲園子怎能相提並論。

見她不肯聽勸，富察氏也無可奈何，望向凌柱的目光頗有幾分埋怨，縱使不行也該好生說道才是，何故這般訓斥。

「好了，不生氣了。」凌若拍拍她的手笑道：「姊姊到時候問問嫡福晉，若她不反對的話，妳就入府跟姊姊一起去清音閣聽戲好不好？」

「當真？」伊蘭驚喜地問，臉上盡是歡欣之色。

「自然真，姊姊什麼時候騙過妳。」她是真心疼愛這個妹妹，不願讓她受一分委屈、添一分難過。

得了凌若的應承，伊蘭心情頓時由陰轉晴，歡喜不已，連著胃口也好了許多，與榮祥爭爭搶搶，使得這頓飯極為熱鬧，一大桌子菜竟是吃得七七八八，乳豬更是吃了個乾淨。

第五十五章　承諾

凌若一邊與凌柱夫婦說話，一邊細細剝著葡萄皮，這葡萄是來自西域的品種，色呈紫紅，果肉脆甜，比南方栽種的葡萄好吃許多，且適應的季節也長，從夏初可以一直到冬時，唯一不好的地方就是葡萄皮黏連極牢，甚是難剝。

每剝好一顆凌若都會用銀籤子插了遞給凌柱和察富氏，然後繼續剝下一顆，這無疑是繁瑣的，然凌若卻極為享受；自入了這貝勒府，雖不至於六親斷絕，但能侍奉在爹娘膝下的機會卻極少，所以她極為珍惜這來之不易的機會，今時之後不知何年何月才能再侍孝於雙親。

絮語間終是說到了原先一直避而不談的話題，富察氏告訴凌若，就在她留選後沒多久，容遠便關了藥鋪不知去向，也不曉得是否還在京城。

原以為凌若聽聞這個消息會吃驚，哪想她只是笑笑，將手上最後一顆葡萄剝好後道：「我知道，他如今已是宮中七品御醫，我雖不曾見過，但聽聞皇上和諸位娘娘對他甚是器重。」

容遠為何進宮，稍稍想想便能猜到，他對凌若實是情深意重，無奈造化弄人，人始終算不過天，他進了宮凌若卻在宮外，兩兩相隔，難見一面，實令人唏噓感嘆。

「若兒，妳已經放下了嗎？」適才說話時，凌柱一直注意凌若的表情，見她神色如常並未有所波動，故有此一問。

「不放下又能如何？」凌若反問，嘴角含了一抹諷刺的笑容，手指在軟滑的錦衣上輕輕撫過。「我是我，他是他，早在我決意入宮的時候，與他就再無半分瓜葛。今時今日我別無他求，只盼他能早些將我放下，找一個值得他愛的女子攜手一生。至於他對我的好，我一生都會記得，來生必還他這份情意。」

「更何況……」凌若轉臉一笑，宛如破曉而出的朝霞，燦若雲錦，神色間更有繾綣的溫柔。「貝勒爺待女兒極好，女兒斷不會做出有負他之事。」

知女莫若父母，見她這般模樣，凌柱夫婦豈會看不出她已對胤禛動了真情，能真心相許自是好，只是……彼此都從對方眼中看到了擔憂。

凌柱想了想還是決定提醒：「妳要明白，貝勒爺非一般人，他身為皇子又有三妻四妾，妳許他以真心，他未必能以真心相報。」

「我明白，所以我從不敢奢求過多。」她起身，望著外面濛濛似籠了一縷霧氣的細雨，靜靜道：「只是，動了心便再難收回，註定回不到靜寂無波之時，但女兒亦是幸運的，不論道路艱難與否，至少能陪伴在所愛之人身邊，至少貝勒爺信我，所以女兒……」笑意緩緩在脣邊綻放，如雨中玉蘭，絕色無瑕。「甘之如飴。」

期望越多失望就越多，她不敢奢望胤禛能如愛湄兒那樣愛她，只要胤禛能信她如一，此心便足矣。

凌柱長嘆一聲道：「都是阿瑪無用，若不進宮哪有這許多煩惱遺憾，妳又何需受諸多痛苦。」

「人生不如意事十之八九，一切皆是命定，阿瑪無需自責。」凌若走至凌柱面前緩緩俯下身去，枕於他的膝上，安靜道：「何況女兒並不覺得苦，世間有千萬條路，女兒相信，這條路一定能夠走得通。」

富察氏說不出話來，誠然如今的凌若錦衣玉食，於外人來看並不苦，然她要與無數女人共同分享所愛之人，對於曾經「願得一心人，白首不相離」的凌若而言，必然苦不堪言。

凌柱撫著凌若髮間冰涼的珠翠久久不語，直至茶盞中再看不到一絲升騰的熱氣，方才緩緩扶起凌若，與她四目相對，一字一句道：「記住妳今日說過的話，不擇手段也好，負盡天下人也罷，總之不許放棄！在阿瑪和額娘眼睛閉上之前，妳絕對絕對不許出事！」

凌若明白阿瑪這是在提點自己，也是在逼自己許諾。身在貝勒府必然難逃明爭暗鬥、勾心鬥角，一旦心慈手軟必將萬劫不復。寧可我負天下人，不可天下人負我。她慎重地點頭，與凌柱擊掌為誓，許下一生不變的諾言：「是，女兒記住了。」

「好！好！不愧是我鈕祜祿凌柱的好女兒！」凌柱最清楚這個女兒的性子，一諾千金，既然答應了就一定會盡全力去做。榮華富貴他並不在乎，只在乎女兒的性命，要在這種是非最多的地方保全性命，甚至出人頭地，必要用到非常手段，當斷不斷只會反受其害；女兒能明白這個道理，他總算有幾分安慰，如此想著，眉眼間不由得多了幾分笑意。

「阿瑪，我也是您的好女兒。」在一旁看了許久的伊蘭忽地跳下椅子，跑到凌柱身邊仰著頭嬌聲道。

凌柱哈哈一笑，抱起伊蘭。「對，都是阿瑪的好女兒、好兒子，阿瑪和額娘以你們為榮。」

這樣的歡愉一直持續到晚膳過後，隨著天色漸晚，離別二字不可避免的浮上諸人心頭，凌若忍了滿心酸楚，命水秀幾人取出數天前就備好的各色禮物，有上好的錦緞也有人參、茯苓等滋補之物，皆是往常胤禛賞下來的，除此之外還有榮祥愛吃的各色點心，裝了滿滿一大食盒。

凌若依依送出淨思居，眼見分別在即，不由得悲上心頭，強忍了淚道：「今日一別，不知何時才能再相見，阿瑪、額娘，請千萬千萬保重身體。」

「我們會的，妳也是，萬事小心。」富察氏一邊抹淚一邊不住叮嚀，凌柱扶了她的肩膀輕聲安慰：「莫哭了，妳這樣只會讓女兒心裡更難受。何況往後又不是見不到了，將來有機會，我們還是可以來探望女兒的，再不然的話寫信也可以。」

「是啊。」凌若含淚安慰道：「這貝勒府不是皇宮，雖也有規矩，但總歸沒那麼嚴苛，往後女兒一得了機會便央四貝勒讓你們入府相見，貝勒爺待女兒那麼好，他一定會同意的。」

在他們的勸說下，富察氏終是忍了傷感轉身離去，榮祥和伊蘭雖也有不捨，但到底還是小孩子心性，並未想得太多，更何況凌若還答應了伊蘭三日後讓她入府看戲。

凌若站在垂花門前目送他們，待人走遠後那含在眼中的淚方才悄悄垂落。

此去經年，再相見不知何年何月，但總歸是有個盼頭，不至於讓人絕望……

第五十六章　榮憂相隨

凌柱一行人在李衛的引領下出了貝勒府，李衛幫著將東西裝上馬車後方才離去。馬車帶著輕微的晃動緩緩駛離，伊蘭趴在窗沿上望著漸漸遠去的貝勒府，不時回頭看一眼堆滿了馬車的各色禮物，精巧的小臉上流露出深深的羨慕之色。

許久，她似乎下定了什麼決心，對正與富察氏說話的凌柱鄭重道：「阿瑪，等蘭兒長大了，也要像姊姊一樣成為人上人。」

凌柱一愣，抱過伊蘭讓她坐在自己膝上問：「為什麼突然這樣想？」

伊蘭把玩繫著藍色絲帶的髮辮，一臉奇怪地反問：「阿瑪難道不這樣想？您看姊姊現在過得多好啊，錦衣玉食，出入有人伺候，還給了咱們那麼多好東西，那些緞子好滑、好舒服，比阿瑪上朝時穿的朝服料子還要好。」

凌柱愕然，沒料到她會有這樣的想法，一時竟不知如何回答，反倒是在一旁啃蘋果的榮祥皺著鼻子吐出兩個字：「膚淺。」

一聽這話伊蘭立時不高興了，像炸了毛的小貓，柳眉倒豎喝道：「你說什麼？」榮祥把蘋果啃乾淨，將果核往外面一扔，抹抹嘴道：「我說妳膚淺，姊姊如今固然是錦衣玉食，但何嘗又不是關在金絲籠中的雀，莫說出門了，就是見一見親人都難，妳沒見著剛才咱們走的時候姊姊有多難過，虧得妳還羨慕姊姊，不是膚淺是什麼。」

伊蘭不以為然地反駁：「姊姊雖不能出貝勒府，但旁的地方卻無一絲受委屈，甚至還能幫襯咱們，難道說還是忍凍挨餓來得更好？」

「話不投機半句多！」兩人哼一聲，各自將臉轉到一旁不再說話。

凌柱輕拍著伊蘭的腦袋道：「妳當真以為妳姊姊只是被限制了自由嗎？」

「那還有什麼？」伊蘭一臉茫然地問。

凌柱嘆氣，看著富察氏道：「夫人，妳有沒有覺著除了淨思居以外，不論我們走到哪裡，彷彿都有人盯著？」

富察氏一臉詫異地脫口：「老爺也有這種感覺嗎，妾身起先還以為是錯覺來著。」

凌柱搖搖頭，望著不時被風吹起的車簾，沉沉道：「看來若兒在貝勒府的日子並沒有她自己說的那樣好過，一言一行皆被人監視著。」他輕撫著伊蘭的背道：「風光榮華之背後，是旁人難以想像的刀光劍影與生死相向，每一處皆是殺機四伏，稍有不慎就會落得一個粉身碎骨的下場，從此萬劫不復。只怕妳姊姊在貝勒府的每一個夜晚，都不曾真正安枕無憂過。」說到此處他長嘆一聲，仰臉道：「若然可以，阿瑪寧願妳姊姊從未與皇家有過交集，粗茶淡飯過著寧靜淡泊的日子。」

伊蘭嘟了小嘴不悅地道：「阿瑪嚇唬人家，哪有您說的那麼可怕。」

凌柱憐惜看了她一眼道：「妳現在還小，很多事都不懂，等將來長大了自然會明白。」

伊蘭不以為然地撇撇嘴，將目光轉向細雨漣漣的車外，隨著馬車的轉彎，她只能看到貝勒府飛簷的一角，然那份厚重的奢華早已深深刻入她腦海，抹之不去。

朝雲閣中，年氏正閉目倚在貴妃榻上，兩個小侍女一左一右蹲在兩邊，以玉輪在其雙腿上按摩，小几上擱著一座鎏金博山香爐，正焚著上等的百合香，縷縷輕煙帶著令人心怡的輕香自爐中悠悠逸出，於無聲無息間遍布屋中每一個角落。

這百合香以沉水香、丁子香、雞骨香等二十餘種香料，照古法配製而成，製成之後必須以白蜜相和，放入瓷器中再封以蠟紙，才不至於洩了香氣。年羹堯知道妹妹喜香，不知從何處購來百合香殘缺的古方，交由京城最有名的製香師研製，終是部分還原了這種古香。

「福晉您是不知道，她不知給貝勒爺灌了什麼迷湯，這才入府一年都不到呢，就讓她家人入府相聚，妾身當時可是足足等了三年才等到這個機會。更過分的是那頓午膳，不算點心果品，光是菜就足足有十二道，招搖至極；嫡福晉甚至還派人送了一隻烤乳豬過去。」宋氏言辭間是掩之不去的酸意與嫉妒，她熬了這麼多年，甚至失去一個女兒才熬到庶福晉之位，可鈕祜祿凌若呢？她什麼都沒做，輕輕鬆鬆就與她平起平坐，這教她如何甘心。

宋氏絞著帕子撇嘴。「妾身親眼看到他們走的時候拿了許多東西回去，什麼緞子、首飾、補品，應有盡有，敢情咱們這貝勒府就是他們鈕祜祿家的金山銀山。」

「說夠了嗎？」年氏睜開半閉的眼眸，抬手示意綠意攙她起來，髮髻正中的金累絲鳳釵垂下一顆小指肚大小的紅寶石，流光閃爍，映著眉心金色的花鈿格外耀眼。

年氏扶了扶雲鬢，眸光漫不經心地掃過忿忿不平的宋氏道：「她能讓貝勒爺和嫡福晉抬舉，自是她的本事，何需惱怒？妳說這麼多無非是希望我出手對付她。」

宋氏被年氏毫不留情點中了心事，訕訕不知該說什麼好，許久才憋出一句：「妾身……妾身是替福晉不值，鈕祜祿氏素來自以為是、不尊福晉，甚至還毒害了福晉最喜歡的絨球，簡直就是罪大惡極，福晉難道要眼睜睜看著她成氣候？」

年氏咯咯一笑，柔若無骨的手輕輕搭在宋氏肩上。「知道我生平最討厭什麼人嗎？」

宋氏怔一怔，仰臉與年氏目光不經意交錯的瞬間，身子往後縮了一下，有難掩的恐懼在其中；雖然年氏在笑，但那雙眼冷得像千年不化的寒冰，毫無溫度可言，只一眼便能將人凍住。

「我……妾身……妾身愚昧，豈能猜得出福晉……的心思。」她想站起來，但按在肩上的那隻手猶如千鈞重，令她根本生不出一絲反抗的欲望，唯有結結巴巴地說著，雙手死死絞著帕子，扯出一抹比哭還難看的笑容。

宋氏的害怕，正是年氏想要的，她伏下身，在宋氏耳邊一字一句道：「我最恨的就是心口不一、自作聰明的人。」

此時乃九月深秋，尚未入冬，宋氏卻有一種赤身站於冰天雪地中的感覺，連血液都似要結冰一般，耳邊的聲音更如閻王催命，嚇得她魂飛魄散，連忙雙膝一屈倚著繡墩跪下磕頭。「妾身知錯，妾身知錯，求福晉饒恕！」

年氏默然一笑，回身坐下，接過綠意遞來的茶慢慢抿著。沉默往往是最好的威懾，因為它會使別人揣摩不到心意無從應對。待得一盅抿完方才對跪在地上心驚膽顫的宋氏道：「妳以為妳那點小心思能夠瞞得過我？哼，簡直就是笑話！」

眼淚鼻涕花了她的妝容，令她看起來像個小丑，然現在的宋氏已經顧不得許多，她爬到年氏腳邊，握著她的裙襬哀求：「福晉，妾身知道錯了，妾身下次絕不敢再犯，一定對福晉忠心不二！」

儘管年氏入府不足一年，但宋氏已經領教過她的手段，不說淨思居那回，就是宋氏親眼所見的就不只一回，她暗恨自己一時糊塗，可是現在說什麼都晚了，唯有不斷求饒。

年氏嫌惡地瞥了一眼花了妝的宋氏，若非還有用得著她的地方，真恨不得一腳踹出去，這副窩囊樣子看了就鬧心，如此一個愚鈍如豬的人也敢在她面前耍心眼？當真是活得不耐煩了。揮手示意侍女扶起她。「記著妳今日的話，若再有言不由衷，我定不輕饒。至於鈕祜祿凌若……我自然會好好教教她，讓她知道不是得了貝勒爺幾分寵愛就可以為所欲為。」她撥弄著指上的鏤金菱花嵌珍珠護甲冷笑道：「嫡福晉不是讓咱們三日後去清音閣看戲嗎？那咱們就好好看這場戲，別辜負了嫡福晉一番心意。」

鈕祜祿凌若，上回被妳逃過一劫，那這一次，還能那麼幸運嗎？

第五十七章 清音閣

九月初六，葉秀被釋了禁足，許她踏出流雲閣同去清音閣聽戲。這是嫡福晉的意思，葉秀畢竟沒犯什麼大錯，小懲大戒一番就是了，好歹她腹中還懷著貝勒爺的骨肉，若因禁足而憂思過度致使胎象不穩，那便得不償失了。

凌若聽聞這個消息，並沒有墨玉他們想像得訝異與不甘，甚至連眼皮都沒有抬一下。在她看來葉秀脫困是早晚的事，不管是胤禛還是嫡福晉，出於其腹中骨肉的考慮都不會長久禁她的足，尤其胤禛現下子嗣空虛，只要這個孩子在，她便不會真正被冷落沉寂，脫困只是早晚的事而已。

看來，明日那場戲會很熱鬧……

遠處，一個頎長身影於無邊夜色中緩緩向她走來，英挺冷峻的面容在黑暗中若隱若現，衣衫被漫捲的長風吹起，獵獵飛舞，猶如黑暗中的君主。

四目交錯的瞬間，有抹淺淡但卻真實的溫柔在他眼底閃過，脣角更微微翹起含了一絲笑意，令他面部的線條看著柔和了許多。

望著那越來越近的身影以及向她伸來的手，凌若突然笑了，帶了明媚到極致的深情，伸手與他緊緊相握在一起，心是從未有過的安定……

胤禛，為了你，我心甘情願在這萬丈紅塵中受苦，不求榮華富貴；不求你心唯一；只求，多年後你依然會伸手與我相執，哪怕我已白髮蒼蒼、容顏不再……

那拉氏請的是京城最有名的集慶戲班，初七這日一大早，戲班子便入了貝勒府，在清音閣搭臺置景。夜幕降臨前一切準備停當，只待府中各位主子一到便可開鑼上演，那拉氏點的是穆桂英掛帥，也是集慶戲班的壓軸戲。

未到掌燈時分，環繞清音閣的燈籠就已依次亮起，遠遠望去，百餘盞絹紅燈籠便散發著如流水一般的暖光，與天上明月星光交相輝映，為清音閣添加了一絲奢華氣息。

隨著時間推移，府中大大小小的主子陸陸續續引燈前來，於戲臺對面的樓閣中依次落坐，這樓分上下兩層，樓下看戲，樓上供人小憩之用。

當凌若牽著伊蘭的手踏入戲閣時，裡面已經坐了不少人，鶯鶯燕燕笑語嫣然，多是一些格格，三三兩兩聚在一起說著什麼，看到凌若來，神色間流露出幾許羨慕與嫉妒，僅僅不久之前，她還是與自己等人相同的身分，甚至尚有不如，她們可以盡情嘲笑諷刺她，可現在她卻已貴為庶福晉，成為貝勒爺身邊的新寵，聽聞貝勒爺雖不極寵於她，書房卻始終允她自由出入，這樣的殊待，哪怕是年福晉也不曾擁有。

「妾身們給凌福晉請安，凌福晉吉祥。」不論她們心中甘願與否，身分擺在那裡，禮不得不行，當中更有一些人提心吊膽，唯恐凌若記著之前的過節。

凌若何嘗看不出眼前這些人的心思，不過她也懶得計較，正要示意她們起身，忽地瞥見不遠處角落裡有人正看著自己，也是唯一不曾向自己行禮的格格。

溫如言默然地看著朝自己望來的凌若，眼眸中流露出深深的失望，自那次之後她又去過淨思居幾回，可每一次凌若都避而不見。一次尚情有可原，那麼第二次、第三次呢？也許素雲說得沒錯，是她看錯了凌若，錯以為可以與她做一輩子的姊妹，原來……她也與其他人一樣跟紅頂白，一旦上位便翻臉無情，當初的姊妹情深，現在看來不過是虛情假意罷了。

罷了，罷了，這深宅大院中哪有真正可以相信之人，是自己太過一廂情願。溫如言漠然一笑，飲盡杯中之酒，別過頭不願再看凌若。既然她已決定與自己劃清界限，那便由著她去吧，她溫如言自有傲骨，不會去巴結任何人。

凌若看到了她眼中深切的失望，但同樣無能為力，石秋瓷的背叛已經成為她的心魔，只要一日解不開，與溫如言的隔閡就會存在一日。

「我們過去坐吧。」她收回目光，牽了伊蘭的手往自己所屬的那排位置上走去。瓜爾佳氏已經先到了，凌若與她並不相熟，頷首算是平禮，見過後與伊蘭一道坐下，一落坐立時有下人過來奉茶。

伊蘭小心翼翼地捧著茶盞，這青花纏枝的細瓷茶盞輕薄透光，捧在手中隱隱能映見手指，如玉一般，遠非家中所用的粗瓷杯盞能比，盞蓋剛一揭開便能聞到一股沁人心脾的茶香。

伊蘭穿了一身嶄新的粉紅彈花棉襖，髮間插著凌若前兩日送她的珍珠簪子，她長相本就甜美可愛，如今再一打扮更顯嬌俏，長大了必然也與其姊一樣是個美人胚子。

今兒個一早小衛子就去接她，說是姊姊已經得了嫡福晉許可，允她入府看戲，她歡喜得不得了，央著額娘將原本準備過年時穿的粉紅彈花棉襖翻了出來。論料子自是姊姊送的那些錦緞更好，可是兩、三日間哪來得及做成衣裳？富察氏起先是不同意她穿的，倒不是怕髒了舊了，只是這棉襖是冬天穿的，眼下不過是深秋天氣，這衣裳穿著不免有些熱，但伊蘭執意如此，只得由著她去。

流光溢彩的戲臺，呼之即來的下人，這一切都令伊蘭在感覺新奇的同時痴迷不已，這裡比家中好太多太多，她若能像姊姊一樣一直住在這裡該有多好。

正自出神間，身邊突然傳來說話聲，伊蘭抬頭，瞧見姊姊正在與一個容色妍麗、身著煙紫色細錦旗裝的女子說話，那女子身邊還站著一個與自己年紀相仿、膚色白皙的女孩，她穿了一襲淺綠色織錦緙花裙裳，底下是一雙銀色挑碧絲的繡鞋，鞋尖處各綴著一顆明珠。伊蘭不自覺地摸了摸她特意別在髮上的珍珠簪子，與那兩顆明珠相較，她簪子上的珍珠無論色澤還是大小都遠遠不及。

那女子低頭打量了伊蘭一眼，露出一個溫和的笑容與凌若道：「這便是妳妹妹？長得很是標致，想必假以時日又是一個大美人兒。」

「姊姊謬讚了。」凌若微微一笑，對伊蘭道：「還不快見過李福晉和靈汐格格。」

伊蘭乖巧地答應一聲，雙手搭於右側屈膝，像模像樣地行了個禮，嬌聲道：「鈕祜祿伊蘭見過李福晉，見過靈汐格格。」

靈汐漠然看了她一眼便將目光重新投向遠方，自上回險死還生後，她的性子就變了許多，沉默寡言，孤僻疏離，不願外出，即便是面對至親之人也不願多說一句，與以前活潑好動的她判若兩人，令胤禛與李福晉憂心不已，只盼著她能快些好起來；這次李福晉也不知費了多少口舌，才使得靈汐願意出門來清音閣看戲。

「起來吧，我與妳姊姊情同姊妹，無需見外。」李氏倒是極為熱情，親手拉起伊蘭不說，還摘下手上鑲有紅藍淚滴狀寶石的金鐲子，套在她皓白如玉的手腕上道：「算起來妳也該稱我一聲姊姊，這個鐲子，便當是我這個姊姊給妳的見面禮吧，可不許拒絕。」

這只金鐲雖不算珍品，但做工極為精巧，鑲在上面的寶石亦是玲瓏剔透，猶如陽光下彩色的水滴，伊蘭幾乎是一眼便喜歡上了，望向凌若的目光中不由得多了幾分期待。

凌若本欲拒絕，但觸及伊蘭眼中的期許時心頭驀地一軟，不由改了已經到嘴邊的話：「那就快謝謝李福晉。」

於家人她始終有所虧欠，尤其是兩個弟妹，這般年幼便要替她在父母膝前盡孝……聽到自己可以留下這個鐲子，伊蘭頓時笑彎了眉眼，甜甜地朝李福晉道：「多謝李福晉。」

「叫我姊姊便是了。」李福晉似很喜歡伊蘭，拉著她的手在前面坐下問東問西，又叫人拿來精巧的點心給她；伊蘭嘴甜，一口一個姊姊叫得極為親熱，不消一會兒工夫兩人已極是熱絡，絲毫沒有陌生感，倒比木然坐在一旁不言語的靈汐更要像母女倆。

李福晉從碟子中取過一塊松子糕遞給伊蘭道：「來嘗嘗府中大廚的手藝，外面可是吃不到的。」

伊蘭依言接過，咬開來發現糕中嵌著整粒、整粒的松子仁，又脆又香，回味甘甜，連聲稱讚好吃。咬了幾口後，她歪頭想了想，從碟中又取了一塊松子糕，跳下椅子跑到凌若面前，將糕點塞到她嘴裡甜甜地道：「姊姊也吃。」

凌若佯裝生氣地道：「還記得我是妳姊姊啊，看妳跟李福晉聊得這麼開心，我還以為妳準備認她做姊姊了呢。」

伊蘭知道姊姊不會真生自己的氣，是以嘻嘻一笑，把身子往凌若懷裡一偎，撒嬌道：「哪有，蘭兒只有一個親姊姊，李福晉就算再好也不及姊姊萬一。」

莫看伊蘭年紀不大，心眼卻不少，雖當面時稱李福晉為姊姊，但與凌若相處時依然以福晉呼之，以示親疏有別。

「妳唷，這張小嘴跟抹了蜜一樣，真讓人拿妳沒法。」凌若寵溺地刮她小巧的鼻梁，笑意淺淺。

「對了，姊姊，靈汐格格是李福晉的女兒嗎？她怎麼一句話也不說，好奇怪啊。」伊蘭湊到凌若耳邊小聲地問，剛才她與李福晉說話，但眼角餘光一直有注意坐在旁邊的靈汐，發現她不言不笑，像個木頭人。

凌若自然知曉靈汐這般皆因之前所受創傷太大，令她整個人近乎封閉，但這話卻是不好對伊蘭明說，只好含糊過去。隨後她告誡妹妹李福晉身懷六甲，讓她與李福晉相處時小心些，切不可衝撞了對方。

說起來，李福晉此刻已懷孕四月，可是觀其身量依然清瘦，只是小腹略顯，若不知情根本看不出她身懷六甲；與正在向她行禮的葉秀截然相反，葉秀懷孕不過六月就已大腹便便，跟八、九個月的孕婦相似，很多人懷疑她懷的會不會是雙胎。

眼見著人越來越多，凌若示意伊蘭坐好不要再四處亂走，以免撞到他人，惹來不必要的麻煩。

伊蘭剛要答應，忽地一陣香氣迎面而來，與平常聞到的脂粉香氣不同，此香甘馥清幽，極是好聞，令人一聞之下便銘記於心、難以忘懷。伊蘭好奇地循香望去，只見一名長身如玉，面貌冷俊的男子迎面朝她們走來，他身後還跟著兩名女子，右側那位容色端莊，眉目和善，令人一見之下便生出幾分好感；左側那位則是華衣珠釵，明豔不可方物，伊蘭聞到的香氣正是從她身上散發出來。

一直以來，伊蘭都覺著姊姊是這個世間最美麗的女子，擁有傾城之貌，天底下當再無與她一般貌美的女子，如今方才知曉，原來還有人可以與姊姊相提並論，甚至論風姿更勝一籌。

在伊蘭驚訝於年氏驚人美貌之時，凌若已經拉著她跪下，不只她們，清音閣所有人盡皆起身，向著府中身分最尊貴的三人行禮，連那在戲臺上準備的戲子與樂師都遙遙拜倒，齊聲道：「給貝勒爺請安；給嫡福晉請安；給年福晉請安。」

「都起來吧。」胤禛擺手示意眾人起來，又親自扶起李氏和葉氏道：「妳們兩個懷著身子無需拘禮，好生坐著就是了。」

那拉氏亦在一旁笑道：「是啊，與其拘這些虛禮，倒不如好生養著身體，待十月懷胎後為貝勒爺誕下健康聰明的麟兒。」

胤禛正要領那拉氏與年氏落坐，眸光掃過面無表情直直仰頭望著自己的靈汐，心頭微顫。弘暉死後，靈汐封閉了自己，這麼久來，莫說笑，甚至連話都不肯說，彷彿與世隔絕。為此他甚至請太醫來看過，但太醫直言這是心病，非藥石所能奏效，只能靠家人多在身邊陪伴，待她自己解開心結。他彎身抱起靈汐柔聲道：「跟阿瑪一起坐好不好？」

靈汐看了胤禛許久，直至空洞的目光凝聚起一絲微弱的焦點方才輕輕點頭，胤禛欣喜地抱了靈汐一道在闊背紫檀木椅中坐下，那拉氏與年氏分坐兩邊，李氏坐在那拉氏下首，其餘人則依著品級高級依次落坐。
那拉氏接過下人遞來的茶喝了一口，訝然道：「咦，今天的水好甜啊，彷彿跟平常喝的不太相同。」
年氏揭開茶盞，撥了撥浮在上面的茶葉微笑道：「難得今日姊姊有興趣請戲班來讓貝勒爺和眾姊妹們熱鬧熱鬧，我這個做妹妹的當然也得盡些力，今兒個泡茶的水，是妹妹特意命人從玉泉山上運過來的，甘甜清冽，用來泡茶最好不過。」
「妹妹有心了。」那拉氏笑一笑，轉向正與靈汐說話的胤禛：「貝勒爺，今兒個凌福晉的妹妹也來了，您要不要見見？」
「是嗎？」胤禛濃眉一挑，往凌若所在的方向看去，果見她身邊站了一個陌生的小女孩，當下招手示意她們過來。
凌若趕緊牽了伊蘭上前行禮，伊蘭從未見過這位貴為大清朝四皇子的姊夫，此刻既緊張又好奇，睜著圓溜溜的大眼偷偷打量穿了一襲湖藍嵌金繡雲紋長袍的胤禛。她自以為小心謹慎的舉動皆被胤禛看在眼中，化為莞爾一笑。
德妃貌美，生的胤禛五官也極為出色，只是神情過於冷峻，所以令人望之生畏；而今無意的一笑，猶如破開千年寒冰而來的春風，又如天際四散垂落的浮光，令人沉淪其中難以自拔。

熹妃傳
第一部第一冊

作　　者／解語
執 行 長／陳君平
榮譽發行人／黃鎮隆
協　　理／洪琇菁
總 編 輯／呂尚燁
執行編輯／陳昭燕
美術監製／沙雲佩
美術編輯／陳又荻
國際版權／黃令歡、梁名儀
企劃宣傳／洪國瑋
文字校對／朱瑩倫
內文排版／謝青秀

國家圖書館出版品預行編目資料

熹妃傳．第一部／解語作．-- 1 版．-- 臺北市：城邦文化事業股份有限公司尖端出版：英屬蓋曼群島商家庭傳媒股份有限公司城邦分公司尖端出版發行，2022.08-
冊；　公分
ISBN 978-626-338-192-6（第 1 冊：平裝）

857.7　　111009848

出版／城邦文化事業股份有限公司　尖端出版
台北市 104 中山區民生東路二段 141 號 10 樓
電話：（02）2500-7600　傳真：（02）2500-2683
讀者服務信箱：7novels@mail2.spp.com.tw
發行／英屬蓋曼群島商家庭傳媒股份有限公司城邦分公司　尖端出版
台北市 104 中山區民生東路二段 141 號 10 樓
電話：（02）2500-7600　傳真：（02）2500-1979
劃撥專線：（03）312-4212
戶名：英屬蓋曼群島商家庭傳媒（股）公司城邦分公司
劃撥帳號：50003021
※ 劃撥金額未滿 500 元，請加付掛號郵資 50 元
法律顧問／王子文律師　元禾法律事務所　台北市羅斯福路三段 37 號 15 樓

台灣地區總經銷／中彰投以北（含宜花東）　楨彥有限公司
電話：（02）8919-3369　　傳真：（02）8914-5524
雲嘉以南　威信圖書有限公司
（嘉義公司）電話：（05）233-3852　　傳真：（05）233-3863
（高雄公司）電話：（07）373-0079　　傳真：（07）373-0087
馬新地區總經銷／城邦（馬新）出版集團 Cite（M）Sdn Bhd
電話：603-9057-8822　　傳真：603-9057-6622
E-mail：cite@cite.com.my
香港地區總經銷／城邦（香港）出版集團 Cite（H.K.）Publishing Group Limited
電話：852-2508-6231　　傳真：852-2578-9337
E-mail：hkcite@biznetvigator.com

版　次／ 2022 年 8 月 1 版 1 刷　Printed in Taiwan